想象另一种可能

理
想
国
imaginist

捉住那只发情的猫

谈波 著

上海三联书店

图书在版编目（CIP）数据

捉住那只发情的猫 / 谈波著 . -- 上海：上海三联书店，
2022.10（2022.11 重印）

ISBN 978-7-5426-7862-1

Ⅰ . ①捉… Ⅱ . ①谈… Ⅲ . ①中篇小说—小说集—中
国—当代②短篇小说—小说集—中国—当代 Ⅳ . ① I247.7

中国版本图书馆 CIP 数据核字 (2022) 第 164460 号

捉住那只发情的猫

谈波 著

责任编辑 / 张静乔
特约编辑 / 黄盼盼
装帧设计 / 陆智昌
内文制作 / 陈基胜
责任校对 / 张大伟
责任印制 / 姚　军

出版发行 / 上海三联书店
　　　　　（200030）上海市漕溪北路331号A座6楼
邮购电话 / 021-22895540
印　　刷 / 山东韵杰文化科技有限公司

版　　次 / 2022 年 10 月第 1 版
印　　次 / 2022 年 11 月第 2 次印刷
开　　本 / 850mm×1168mm　1/32
字　　数 / 186千字
印　　张 / 10.25
书　　号 / ISBN 978-7-5426-7862-1/I·1787
定　　价 / 62.00元

如发现印装质量问题，影响阅读，请与印刷厂联系：0533-8510898

目　录

大张的死与她无关

大张家住体育场北门外日本房，你随便提一场球赛，大张都看过，小时候他夹在大人中间往里蹭，北门不行换东门，东门不行换南门，后来出名了，人就是票，把门的争先跟他打招呼，带五六个人没有问题。

　　大张不踢球，只讲球。

　　当着大张讲球，不出娄子几乎不可能，多数大张会点出来，补上关键，让你心服口服，就怕他不吱声，只瞅着你，那才考验人呢。

　　场内比赛结束，场外热闹开始，街道两边儿，能吹能泡的，各吸引一圈儿，连成一大片，夏天能泡到后半夜，甚至天明。早些年，这是城市唯一的夜生活，地方上一景，每到周日，有没有比赛，都会有球迷赶过来，哪怕刮风下雨，哪怕只待一小会儿，听一耳朵，插一嘴。

　　有专聊老辽宁队的海带，阵型打法不用说，队员家住在哪条街，哥哥外号叫什么，弟弟在哪个厂子上班，爸爸右手小手指头如何被车床连根切掉，都清清楚楚；世界杯老李，八二年24支决赛队首发球员倒背如流，随时给有备而来的球迷表演，"要不咱赌点什么？"彪子才上当来；

杠头老苏只唱反调，大老远走来，没听清别人讲什么，劈头一句："胡说八道！嗯？"调准方向，开足火力，直至对手败北，承认他全对，可老苏并不领情，"什么？胡说八道！"一个 180 度反转，准备把对手连同刚才的自己一块儿驳倒。

大张当然是最大个儿的凝结核，吸引的圈最大。这圈人是球迷角的精髓，浑身洋溢一种说不清道不明，却实实在在的东西，可能就是所谓的"懂球"吧。体育场老人认这个。

一般人看到比分，"懂球"的人看到的是后防线；一般人叫嚣拿下八一队得三分，懂球的人却笑而不语，左右手同时向上伸出食指，结果真的一比一。不过，等下一次，一般人吐露大连八一必须一比一，"懂球"的人又会转身而去，能离你多远就多远；一般人埋怨教练大迟笨嘴拙腮，明明三比一赢了，赛后发布却低着头，听不清他呜噜了些什么，任客队金指导严声厉色，侃侃而谈，不知底儿的还以为他的球队赢了呢，但是"懂球"的人不在乎这个，"球是踢的，叫唤，有什么用？"

更有人为发泄而来，争得死乞白赖，直至动了手，相互揪着，找大张了断。

大张说："教练臭，早该把三号换下。"

一个迅速松开手。

"怎么样，我说输在了三号身上嘛。"

另一个同时松开，低头离去。

不但球迷，球队也给大张面子，迟指导每回见到大张，都会主动跟他握手，赠送两张球票。

大张随即丢给小范。

"谢了哥！"小范转手卖掉。

自有了联赛，体育场变成棵摇钱树，加上演唱会、服装节，特别是服装节，请的都是国际港台一线明星，一场下来，活络的票贩子能挣一千块。

大张却不屑一顾。在球上，他的标准是"纯"，不跟钱搅和，一辈子看球讲球，还不足够？

鞍山球迷领袖小富农率领十几位弟兄来大连看球。

大张海带一帮儿，张罗着接待。

球场北门外，马路牙边儿上，大伙凑份子，小范跑腿儿，搬了几十箱啤酒，海虹蚬子烤鱼片。大连这边儿觉得，小富农他们虽然不懂球，但人很热情，而且挺谦虚的。

临别小富农一扔烟头，对大张发出邀请。

"九月鞍山见，来小弟的地盘儿！"

鞍山没有球队，足协把一场大连的比赛放到了鞍山。

小富农披红挂绿，背对着赛场，擂鼓吹号。

大连一帮子人窃笑不已。

不过政府满意，球门后的广告给了小富农，让他轻轻松松大赚一笔。球赛结束，小富农宴请大张一行，安排在大酒店，"企业赞助的"。酒足饭饱，两辆崭新的红色大巴早停在酒店正门，等候把坐火车来的大连朋友送回大连。

小范感叹不已。

"哥，咱得考虑考虑怎么在足球身上赚点钱！这么好的资源，不利用可惜了。"

大张回答："不整邪的，足球就是足球，跟赚钱没关系。他们懂球吗？"

小范说："懂球不懂球不重要。"

"说什么？跟你翻脸啊！"

联赛一年比一年热火，队员年收入过了百万，大球星接近千万，还没算其他进账。各地领袖级别的球迷也纷纷成了富人。唯有大张还那个老样子，只是看球，讲球。后来，他上班的建筑公司倒闭，拿了八千块钱来家，继续看球，讲球。

大环境小环境怎样变化，都影响不了大张看球，讲球。

他不找工作，不顾家，不听劝，每天泡在球迷角，最晚一个回家。终于惹得老婆不开门，踢也不开。离婚时，女儿跟了妈妈，大张净身出户，搬到了早就离了婚的哥哥家。

一向利整的大张，渐渐邋遢。

球迷聚会，大家不再叫他。先是巧妙避开，好像某个环节出了点小问题，再是渐渐谁都不提及这个人了，一旦不小心带到，也只引来片刻冷场，后来渐渐多了讥笑和嘲讽，没有多少时间，不知不觉中，大张竟然成为了一块笑料。相当不好笑的笑料。

中场休息，一个驼背大个子，披着脏兮兮的军大衣，从一块区域，翻过栏杆，到另一个区域，他面对球迷，把手臂挥到空中，停住，直到球迷发出了让他满意的口号，才把手臂松下来，再去翻栏杆，到下一个区域。

以前这是小范干的活儿，现在交给了大张。赛后大张能得五十块钱。

不知什么时候，大张跟哥哥闹翻，不再回哥哥家。白天，他在球迷角东站站，西坐坐，夜深了，他跟跄着步伐，回到他的窝。体育场外的日本房已经拆迁，剩半栋水泥楼，晚上，大张睡在那里。

大张摸了摸后脑勺，摸到一个地方，倏地收手。

他把手含在嘴里，呼呼吹气。

实际他受伤的不是手，而是后脑勺。

那是白天，球赛快要开始了，没有人给他票，他硬往里进，被武警拦下。新换的小武警并不知道他是谁。

球迷起了哄。

正好有一队人进贵宾门。

大张喊道："凌导！"

凌导却没有理睬，或许根本听不到。

大张挤上前。

随行的一大汉抬胳膊拦开。

没有要到票，大张下不来台，他想表演一个侧手翻，结果砸了，后脑勺磕在水泥地上。

他爬起来，挪到一棵树旁。

球赛结束，他仍在树下坐着。有球迷递给他一瓶啤酒。

大张喝一口，呛了出来。他把酒瓶放到地上，就这么一声不语，坐到了半夜。

街道完全空了，大张拎起地上的军大衣，披到身上，摇摇晃晃往窝走。

"谁呀？"

大张发现有人在他的窝里。

他忘记了，这人已经在他这里三天了。

"你老婆啊。"那人说。

她也忘记了，昨天还说是他的英语老师呢。

"谁？"

"你老婆呗，还能有谁？"

他捂了一下后脑。

她知晓白天发生的一切。

"素质真差，怎么跟大迟比。"

"你不懂。他是那一茬子最好的右边后卫，防守稳，下底传中到位。"

"呸！人坏等于零，一个一个的，呸！"

"不想跟女人讲球。"

"我不是女人，我是你老婆。"

"我老婆早跟我离了。受够了。"

"那是跟你闹着玩呢。你不也总说要甩了我，不要我了，我知道你是逗我呢，你没有那么坏。"

"我累了，你走吧。"他躺到纸壳堆的床上。

"这就是我的家，我哪儿也不去。赶也不走。"

她蹲到他身边，抚摸他的额头。

大张睡了过去。

一会儿他醒来。

"有碗小米粥喝就好了。"

"没问题，老公，稍等片刻。"

"热乎的，热乎乎的。"

"必须热乎乎啊。"

大张闭上眼。

"唉，哪儿去弄啊？"

"老婆自有办法。"

她弯腰从地上抄起一个热水瓶，打开塞子，冒出了热气。

"看，看啊。"

"热的！怎么弄的？"

她做调皮状。

"不告诉你。"

她泡好了一桶方便面，端到大张面前。大张躺在纸壳上。她吹着气喂他。

他吃了几口面，摇摇头。

"汤！"

她喂他汤。

一口一口，大张把汤全喝了。

"谢谢。"

"跟老婆还客气个啥。"

大张打了个饱嗝，带出来一口血。

大张说："血？"

她说："没有吧，西红柿的汁。"

她擦干净大张的嘴和手，察看了他后脑勺的伤。

"不要紧，问题不大，没破。那些混蛋！"

"你不懂球。"

"好吧老公，看你面子，不骂了，睡吧，这一天够折腾的。"

大张睡着了。

可是，只一会儿，大张睁开眼。

"你是谁？"

"我是我呗！摔彪了，连老婆我不认识了？"

她外衣已脱掉，穿着内衣短裤。

大张望着她。

她坐到他身旁。

"往里点，老公。"

她挤开一点地方，躺在他的身边。

"老公，你闻闻我香不香？法国牌子，不舍得，关键时候用。"

大张鼻子抽动了两下。

"今晚儿让你闻个够！"

声调里杂着害羞。她伸手去抓大张的手。

大张的手又冷又硬。

"怎么回事，老公，你这是怎么了？不正常啊。"

她摇摇他。

"出个动静，说句话！"

她摸他的嘴。

"老公，你病了？"

她推推大张。

"别吓我呀，老公，咱们去医院吧。我有钱。"

她拽大张。

"起来，老公，你别跟我倔，听我的，起来。"

大张根本不配合，她只好松开手。

"好吧，老公，你等我一会儿，我去打出租。"

她穿好衣服。

很快，她推着一辆破旧手推车回到楼梯口。

"老公，车来了！"

她拖起纸壳的两个角，把大张拖到屋外。

"老公，别一动不动啊，老婆哪有那么大的劲，你真以为你老婆无所不能啊！"

她好歹把大张弄上了推车。

"老公，躺好，别乱动啊，摔了可不赖我。"

她推着车，东拐西拐，沿着大道，快跑着，上了香炉礁立交桥。在桥上，她转了好长时间，最终似乎明白过来，她迷路了。她手扶车把站了一会儿，然后，她像《夏家河的小虎》的小虎，挺直了身子，抬头望望夜空，望望四周，突然撒腿就跑。小虎骑着一辆三轮车，车上载的是病危的父亲，当时小虎把父亲拉到靠近周水子附近的一个十字路口上，他要去中心医院，但不知该往哪个方向走，他被难坏了，刚才还知道呢，怎么回事呀？他挺直了身子，抬头望望夜空，望望四周，突然撒腿就跑。被扔在十字路口的父亲还活着，路人报警送到医院，第二天才死。

而大张呢，十有八九，在被弄上手推车之前已经离开了人世。

立交桥上，灯光点缀的黑暗中，她被难坏了，不知医院在哪个方向，甚至很快忘记了自己是谁，为什么会来到这里，这里是哪里，突然，她什么都不顾了，扔下手推车就跑，拼命跑，一直跑，跑到了天明，到了一家门前。她按门铃。

"谁？"

"我。"

"真是孩子你！"

"妈。"

"好孩子，你可回来了！这两个月跑哪去了？"

"心里难过，楼下公园转了转，现在好了，我放下了，处对象有成有黄，没什么了不起，妈，你放心吧，我不闹了，没事了，都过去了。周一我就上班。"

"这回一走俩月，比去年那次还长，可熬死你妈了。"

妈妈抓住女儿的胳臂，盯着她的眼睛看。

女儿真的好了，恢复到了正常人，重新上班，介绍对象，结婚，生孩子。当妈的欢天喜地，别人不提发生在女儿身上的那段不愉快，她也不提。至于大张，她根本不知道有这么个人，别说她，连女儿，当事人，也遗忘得一干二净，她丝毫不记得，曾有个叫大张的球迷，临终最后几天是跟她一起度过的。

零下十度蟹子湾

好些人知道轰动全城的蟹子湾村凶杀案，却说不清蟹子湾村在哪里。

　　刘森邀请李雅去他住的蟹子湾村过夜，李雅以为在偏远农村。

　　"太远了吧！"

　　"比最近的旅馆近。走猫步十九分钟。"

　　她调皮状扭动了两下腰肢。李雅不是那种古怪精灵的小可爱，她是个身材丰腴的大高个儿，平常少言少语。

　　"我十点才能下班。"她说。

　　"那再来六瓶，我边喝边等。"

　　"少喝点！"

　　"没事儿，啤酒对我就是饮料。"

　　李雅是这家小酒馆的服务员，刘森是顾客，他这是第二次来吃饭，已经稳稳把她聊到了手。

　　城市东北部海岸线被大大小小工厂占据，蟹子湾村夹在市化肥厂和市炼油厂之间，属于最后一块净土，近几年随着工厂扩大，蟹子湾村被不断蚕食，最终两座工厂的围墙碰到一起，蟹子湾村挤落沙滩，有名无实。沙滩上盖了

两排简易房，住着六个北面来的民工，为蟹子湾村的三家
大户捕捞海鲜。刘森自己包一条船，带着一个没人愿意要
的半吊子搭伙。承包另两条船的是两对夫妻。

"来吧！"刘森蹲在墙上，伸下双手。

"不用。"李雅自己爬了上去。

一前一后，李雅跟着刘森，沿着窄墙小心行走。窄墙
等于一条直直的小路，到了尽头，就到了海边儿。刘森先
跳下去，把李雅接下来，抱紧了亲她嘴，李雅的嘴唇柔软
温暖，不满意的是她不肯把舌头伸出来。不过，进到屋里
就不一样了，李雅不仅温柔听话，还特别主动。中途她说：
"森，只要别使那么大劲儿，随便你玩。"

车轴汉子咧着嘴无声地笑，双胯并没有停止使劲。

李雅的身体突然僵硬。

"森，窗外好像有人！"

刘森抓起一个空盆子，砸向了铁皮墙壁。

"锅底子，滚犊子！"

第二天一早李雅做好早饭，收拾了屋里卫生，叫刘森
起床。

刘森握起拳头敲墙壁。

"锅底子，开饭了。"

一个相貌猥琐的小个儿应声而入。

"森哥，啥呀，咋这么香？"

"往哪儿瞅？叫雅姐。"

"雅，姐。"

李雅没搭理他。在厨房她小声跟刘森说："这人眼神怎么直勾勾的，真恶心，吃饭还吧嗒嘴。"

"哈哈，我已经习惯了，锅底子人不坏，就是磕碜了点儿，懒了点儿，笨手笨脚了点儿，胆小了点儿，别的没毛病。"

"还要啥毛病？"

"锅底子一直在海边儿打零工，饥一顿饱一顿的，我收留了他。"

当天晚上，刘森去小酒馆接李雅，这次李雅先爬上墙，在前边走，走到尽头，她转回身，跟刘森抱在一起，抱了一会儿，刘森双手抄着李雅腋下，轻松把她放下墙头，然后把墙上的两个提包放下去，这是李雅的全部家当，她小酒馆辞了，来海边给刘森做饭，刘森许诺给她开一千块钱，其实她并不在乎这一千块钱，她觉得刘森人好，能跟他搞对象最美了，虽然对他的来历一点不了解。李雅把自己情况一条不落地交代，可刘森似乎不领这个情，自己的事只字不提。

有一次她套他话。

"你媳妇长啥样啊？"

"我媳妇多了，你问哪个？"

"都给我讲讲，反正我也——"她把后半句话咽了回去。她内心确实是这样想的，她觉得自己配不上他。

"有啥可讲的。"

不说也罢，她挺怕从他嘴里听到他已经结了婚。

李雅找个机会单独问锅底子。

"森哥老家是哪儿的？"

锅底子掉头离去。

"雅姐你可拉倒吧，别说我不知道，知道我也不敢说呀，森哥不得削死我呀？问都不能问，他是真发火啊，金浩都不惹他，我敢？"

金浩是他们的东家，原蟹子湾村村长的儿子，他一般不来这里，来了就欺负人，锅底子最怕他，躲得远远的，刘森的前两任都是让他欺负跑的，不过他对刘森始终客气。

晚上李雅搂紧刘森。刘森的身体像个小火炉。

"森，咱俩永远相依为命吧。"

"我不可能总这个穷样子，年底结完账，有了本钱，准备往南方走，自己做点生意，给人打工不能长远，得自己干。"

"带上我！带上我吧！我不会做生意，不会可以学，我学东西可快了。"

"你真想去？"

"想，你到哪儿我到哪儿，你跳火坑我不眨眼跟着。"

"我可不跳火坑，我要奔向幸福生活。"

"那我帮你幸福。"她说。

傍晚，刘森和锅底子下完蟹子笼回来，正准备吃饭，海面上发现一条长龙，两条拖轮拖着一串水泥桥墩子出港。

"快，回去！"

刘森招呼锅底子上船。

经过一阵忙活，抢在长龙经过之前，他俩把蟹子笼系到船上，一趟一趟，全部拖到了安全水域，今天背到极点，马上要往回返了，锅底子脚一歪掉到了海里，一条腿被蟹笼上的铁钩挂住，爬不上来。

因为走得急，脱下的皮衣裤没来得及重新穿上，锅底子在海里打起了哆嗦。

"森哥救我！"

刘森脱掉外衣，拿着水手刀下到海里，一次一次地下潜，切割缠住锅底子脚脖子的尼龙绳，终于把锅底子拖上来，他自己却冻透了，回来后发起了烧，半夜加剧，第二天早上好了一点，邻居两对夫妻过来看他，拿了各种药。

锅底子哼哼唧唧："呜——森哥，你这都是为了我呀！"

刘森说："瞧你这点出息，一会儿去收蟹子，自己能行不？"

"没问题，森哥，我再笨也跟着你干了快一年了。再说也不会总一个人，那我可受不了。"

刘森躺了一周，状况一天比一天好，不过还是不能出海。李雅提出替他上船，因为锅底子抱怨他一个人干不了，关键每次回来没有多少收获，刘森一急之下，病又重了。

"还是抬你去医院吧！"李雅说。

"再躺两天差不多了。"刘森坚决不同意去医院。

"我上船帮帮锅底子吧，他连个份子都拿不回来，这怎么能行呢。我不晕船，忘了上次跟你出海了？我学什么可快了！再说我会游泳，船翻了也淹不死，这你不用担心。"

第一次出海，李雅满载而归，船一靠上岸，她先进屋看望刘森，回头再跟锅底子一块儿卸货。

刘森把干活窍门、安全事项，以及什么时候该提醒锅底子注意什么，统统教给她。

有一天晚上，刘森叫醒李雅，把金浩到年底该给他的工资数目告诉了她。

"我离过婚，儿子我妈给养着呢，包里有地址电话，等东家结了钱，你第一时间寄给我妈。"

"放心吧，森，你放心养病，任何事情都交我来办。"

"在家的时候，我拼命想混得好一点，混出个人模狗样儿，也许命里没有？遇到坎儿太多了，我这个人又受不了屈儿。我受不了屈儿。"

"人哪能不受屈儿呢？我什么屈儿都能受。"

"我能吃苦，不能受屈儿，在家摊上了事儿我就出来了，捞海挣点本钱，谁知这样！李雅，除了家里人，我担心的只有你了，担心你受屈儿。以后你受屈儿就想想我生气的样子，我会气死气死了。"

李雅激动得浑身发抖。

"森，别想那么多，睡吧，我们会越来越好的，我们才刚开个头呢。"

白天干活太累了，李雅疲劳过度，眼皮直打架。

"这到底怎么回事儿呀？魂儿从后脑勺往外飘。李雅，我恨啊，我不甘。"

李雅迷迷糊糊中睡着了，这是她听到刘森的最后几句话。

天亮李雅发现刘森已死，她的哭声惊醒了锅底子和两家邻居，大家谁都不相信眼前的事实。

处理完后事，刘森妈跟金浩算了工钱，李雅发现少两个月的工钱，她以为东家算错了，就领着他妈去找金浩。

金浩没有算错，他有他的算法，刘森没干到年底，按照行规扣两个月不多。

李雅说："就差个十几天。"

"十几天？这十几天可不一样，年底了，哪儿能招到人？"

"老板，那我替他干到年底。我跟锅底子搭伙，这个月都是我俩出海，蟹子并没有少几只。"

金浩一愣。

"锅底子同意吗？"

"没问题。"

金浩招手锅底子近一点。

"锅底子，你同意？"

锅底子往前挪了半步。

"金老板，我同意。"

"你个臭彪子，她又不是你老婆，你敢跟她同船？"

"金老板，我不信那些。再说，森哥为了救我得了病，我不怕。"

"妈了个逼，我不知道你？想玩邪的不是？给我滚！"

李雅说："老板请你放心，我们保证多出海，多捞蟹子。你看森哥的妈妈哭得多可怜，家里还有个没上学的孩子等着花钱。"

金浩吐了口痰。

"那行，你们自己要求的，出了任何事与我无关。一个逃窜犯能让你们这样，他算值了。不过你们给我小心着点，要是把我的船损坏，我可不惯着你们啊，那可不是一个月两个月工资能解决的问题。"

白天李雅和锅底子上船出海，晚上吃了饭各回各屋休息。有时候锅底子要唠一唠闲话，唠得起劲了不愿意走，李雅就往外送。睡觉前，李雅把森哥的水手刀放在枕头旁，有几次她冲动着不想活了，活够了，但她得把森哥的钱要回来寄给他妈。

很快到了年底，一年一年，又是一年，这一年过的，跟任何一年不同。李雅把船收拾得整整齐齐，又把屋子收拾得干干净净。

她给金浩打电话。

"老板，元旦快乐。"

"谁呀？"

"老板，我是跟锅底儿搭伙的李雅。"

"有事？"

"那个啥，咱把森哥的账结了吧？"

"结账，结什么账？"

"老板，森哥那两个月工资。"

"啊，这个，你们接着干，给我干到阴历年底，准时结账，一分不少你们的。"

李雅跟锅底子继续给金老板捞海，临近春节，一天晚上，金浩醉醺醺来到了蟹子湾村李雅的简易房。

李雅跟锅底子正在吃饭。

"老板来了，欢迎！"

他俩站起身来。

金浩斜着眼看他们。

"来瞅瞅你们干没干坏事。"

锅底子给金老板搬椅子。

"金老板，我们在吃饭。"

"你妈了个逼，我不知道你在吃饭，给我滚出去。"

锅底子往外跑。

"回来。"

锅底子赶快回来。

"趴下。"

锅底子立马像狗那样趴到地上。

金浩一屁股坐在椅子上，闭着眼睛喘了阵粗气，然后提起双脚，准确地搭到锅底子的后背上。

"锅底子，我多长时间没收拾你了？皮紧了吧，以前看你森哥面子，这次我要给你算总账。"

"金老板，你收拾我干吗？你别收拾我！"

金浩用脚向下压锅底子。

"叫爷爷！"

"哎哟，轻一点儿，金爷爷，我没差事儿吧？"

"没差事儿？嗯？没差事儿就不能收拾你了？"

金浩用脚后跟用力磕锅底子的后背。

锅底子疼得差点儿站起来。

金浩一条腿滑落到地上。

"你敢？"

锅底子重新趴下。锅底子怕的人很多，但他最怕金浩，他亲眼看见金浩把一个雇工门牙踢掉了三颗。

李雅替锅底子求情。

"老板，大人不记小人过，别跟他计较了。"

金浩翻翻眼皮。

"他是你野汉子？"

锅底子说："她是森哥的女朋友。"

金浩一脸不屑。

"鸡毛女朋友。你以为我不知道你是干什么的？我打听过了，要不要我说出来？"

李雅说："我没干过亏心事。"

金浩说："那你在浪沙洗脚房干啥了？"

"上班。"

"好人家的姑娘还有在那儿上班的？"

李雅闭着嘴不说话。

金浩说："你们这些下三烂，在我面前装正经，限你们两天统统给我滚蛋！我来的时候简单瞅了瞅，船破损了好几处，不追究责任你们就烧高香了，还想要钱？"

李雅说："我是干过洗足，干过服务员，自己磕碜自己认，但船没有破损，我敢较这个真儿。老板，森哥的钱你就给了吧。多干这一个月我不要了。别少森哥的钱就行。"

　　锅底子说："金老板，我给你磕头，把森哥的钱给了吧，你也不差这仨瓜俩枣。"

　　金浩一脚把锅底子踢翻，因为用力过猛自己从椅子上摔下来，他是个二百多斤的大块头，爬起来比较费劲，锅底子趁机往外跑，他看了看李雅，李雅摆手，他蹿出了门。

　　李雅抓起两件大衣，跟着跑了出来，金浩追到门口，朝他们撇出一个酒瓶。

　　门外太冷了，加上酒劲上头，金浩关上门，倒到床上睡过去了。

　　李雅抱着大衣追上锅底子，给锅底子披上一件，自己穿上了一件。

　　这半个月都是干冷干冷的，海上无风无浪，小船摆在水里，纹丝不动。

　　李雅说："锅底子，咱俩上船。"

　　"冻死了。"

　　"收一趟蟹子。"

　　"不去，我怕冷。再说皮裤靴子都在屋里。"

　　"要皮裤靴子干啥，用不着。"

　　"不行，今天太冷了。"

　　"跟我去还怕冷？真没出息。"

　　锅底子瞅瞅李雅。

　　李雅说："你不去可别后悔。"

　　"我去。"

　　两人上船，锅底子发动机器。

锅底子把船往黑暗处开，黑暗总是在前边不远，却怎么都开不到，朦胧的月光像一盏舞台射灯，紧紧跟踪着男角女角。有两次锅底子想熄火停船，李雅不允许，让他再往远处开，第三次他不听她的了。他熄了火，直接向她扑过来，一顿抠摸。上了劲儿的李雅推开锅底子，脱下裤子到膝盖弯儿，跪在船板上。面对如此肥白诱人的屁股，锅底子哭着挺了过去。

完事后锅底子发动机器。

"太冷了，咱回屋！"

李雅目光沉静。

"锅底子！"

"啥？"

"你能不能帮我干一件事？"

"你都让我这个了，有啥事不能帮你？你叫我干啥我干啥。"

"你在暗处藏着就行了，不用你干，我干，我要是干不成了，你再帮我。"

"干啥？"

"你说金老板恶不恶？"

"你想揍金老板？揍他一顿行，咱俩连夜跑了，不会有啥事，但是雅姐你想没想到，森哥的钱，咱的钱，那可就要不回来了。"

"他一毛钱都不会给咱，还会让咱赔偿他船。"

"他干得出来。"

"锅底子。"

"啥？"

"我想杀了他。"

船晃荡了一下。

"能行吗？"

"不用你动手，你在我身后看着就行，万一我打不过，你帮我一下。杀了他，咱们俩一起跑路。"

"能，行吗？"

"能行。"

"你，能行吗？"

"行，锅底儿。"

"你再想想。"

"不用想，我不能让森哥受屈儿。你说森哥能受这个屈儿吗？"

"森哥不能受这个屈儿。"

临近岸边，锅底子熄火滑行。

"雅姐，要不我先去跟金老板谈谈，只要他把森哥的钱结了，咱放他一马。"

"他会揍你的。"

"那不去了。"

下了船，李雅走在前边，锅底子跟着。

李雅说："你在门外等着。"

李雅打开了门。

金浩坐在桌子前吃剩菜剩饭，他刚睡醒，饿了。

他看到李雅，直接开骂："妈了个逼，上哪儿去喇叭了？给我烧壶水。"

李雅拿了电水壶，接了一点水，插上电。

"金老板，我给你炒个菜吧。"

"少献没味的殷勤，有茶泡点茶。"

"没有茶，明天我买点备着，下次就有茶喝了。"

"没味的屁话，还下次呢，明天你们就滚蛋，永远不想再看到你们。"

水开了，李雅倒上半杯热水，掺上凉开水，递给金浩。

金浩咕咚咕咚见了底。

"再满上！"

李雅接过水杯，说："金老板，森哥的钱你就给了吧。活儿没差你的，还多干了一个月。"

"烦死了，再提森哥我把你扔海里去找他！今年我不会给你们一分钱了，想要钱，过了阴历年，我允许你们继续干一年。船损不用赔，正常开工资。"

李雅满脸通红，胸膛起伏不定。

金浩说："盘儿不小啊，等哪天先去玫瑰洗浴好好泡泡搓搓，喷点香水，我用用你，表现得好，年底多给你俩钱儿也说不定呢。"

李雅从后腰摸出刀子。

锅底子推门而入，挡在李雅和金浩之间。

"金老板，快跑！"

金浩不知锅底子是怎么回事，抬脚要踢，被锅底子抱住，向后推开。

锅底子说："金老板，她要杀你。"

李雅刀子已经握紧。

金浩没有看懂眼前的状况。

锅底子推开金浩，捡起地上的洗脚盆，砸向了李雅。

洗脚盆砸在了李雅脸上。

李雅用手挡着脸。

锅底子抄起一个板凳。

李雅说："锅底子你帮谁？"

锅底子说："不帮老板还能帮你？我可不想犯罪，你跟森哥都是天生的犯罪分子，早晚法办。"

李雅说："你他妈的纯是个卵子！"

锅底子抡着板凳打李雅。

板凳打在李雅的胳膊上、头上。

金浩笑了，他后撤两步，扶起椅子坐下。

"你们耍，我看耍猴。"

锅底子说："金老板快跑，她有劲儿。我扛不住了。我先跑了。"

没等锅底子转身，李雅已经捅倒了他，脚踩住了，继续捅。

金浩这才看到了血，看到了她手上的刀子。

他从椅子上跳起来，喊道："你他妈彪呀，屁大点事你动刀子！"

李雅用了最大劲儿捅向金浩肚子，手指都没了进去，拔出来再捅第二下，一下，一下，直到他倒下。金浩翻滚过身，往门口爬，李雅跨上去，照着他后背扎。

　　"我不受屈儿。"

一生只爱克拉拉

达明木匠在一号院出了名，他大衣柜做得漂亮，他做床、做圆桌、做流行的高低柜都漂亮，这还不算，达明木匠有绝活儿，他能用一只电烙铁当画笔，在衣柜立面烙祖国大地，烙老虎、龙、万马奔腾。我们这帮小孩儿爱看他用电烙铁画画，不爱看他拉锯刨板敲敲打打钉钉子。他手头轻灵，可有一次压住烙铁不动，烫得木板直冒烟，我们一旁喊："着了！快点！着了！"他惊醒状，抬起烙铁快速划动，不一会儿，一匹奔马跃然成形，白烟散尽处，原来是高高扬起的黑马尾。达明木匠干活认真，算账不斤斤计较，就是爱喝点酒，喝多了他会哭，不是耍酒疯那种哭，而是一言不发，任由泪珠淌成了溜儿，我亲眼见到过才敢说。达明木匠从一号院来到我们二号院，我爸早等不及了，第一个把家里的木料推到木匠房。木匠房设在我们院一个废仓库里，铁炉子原本就有，支一张军用单人床妥妥了。达明木匠家在柳树，每半个月回家一趟，走的时候，他会捎上一小袋大米或者白面孝敬老妈，当天去当天回，不在家过夜。达明木匠三十三岁了，还没有谈朋友，院里有好几个阿姨要给他介绍对象，均遭到拒绝。年轻时不懂道理，达明木匠帮朋友刻公章被判过刑，家长们劝慰改了就是好同志，该找对象找对象，不是人品问题，又有手艺，不愁没人嫁，家长们显然不明白，达明木匠不找对象可不是因为自卑，恰恰相反，他准备打一辈子光棍是因为清楚自己已经不可能再看好任何一个姑娘了。不过有个人不相信这是真的，即使是真的，她也有决心把他扭转过来。

我早晨上学总能看到达明木匠，他站在木匠房外面抽烟，我向他挥手，他冲我点头。我爸那会儿在独立营当政委，从棒棰岛搞了一草包海蛎子，三轮挎斗摩托带了回家。我爸捡了些大个的，让我送给达明木匠，他说："别人家核桃楸，咱家是柞木，打家具太硬了，干活儿费劲。"

我拖着草包子到木匠房，好多小子已经在那里了，多数是我们二号院的，也有一号院的。他们在炉子盖上烤饼子片，一面焦黄了，再翻过来烤另一面。"谢谢！"达明木匠接过草包子。小伙伴们洗海蛎子拿到炉子上烤。先是滋啦滋啦，然后声音渐小，接着在无声之中，海蛎壳张开。

"俺说怎么这么腥呢，这破东西有什么好吃的。"操一口河南腔的葛妹妹推门而入。

她从一号院给达明木匠带来两瓶散酒，部队自己酿的。达明木匠刚给她哥，葛副大队长家做完了全套家具。葛妹妹是葛副大队长最小的妹妹，从河南老家来看哥哥，平日帮哥哥家做饭洗衣服干点杂活儿，住着住着就不愿意回农村了，想在大连找个对象。她看上了达明木匠。

她可不认为自己看错了人，她不相信世上有主动选择打光棍的男人。别的没什么，葛妹妹唯一担心男方瞧不上农村人，嫌她没有城市户口，不过他犯过错误，被政府严重处理了，虽然有木匠手艺，那并不算正式工作，关键他来大院做木匠活儿严格来说属于投机倒把，亏了她哥哥和部队罩着，才吃得好喝得香，有钱挣，还可以往家里捎点大米白面。哥哥答应妹妹夏天让她在部队酒厂干临时工，工资不多，但挣一点攒一点，以后慢慢想办法。

热辣辣的葛妹妹不见外，她放下酒瓶开始扫地抹桌子，抢着给达明木匠洗衣服。达明木匠基本上不主动跟她说话，但这丝毫没有影响到葛妹妹的好心情，她不感到害臊丢人或者怎样，该扫地扫地，该抹桌子抹桌子，该洗衣服洗衣服，就差拉锯刨板敲敲打打钉钉子了，可惜不会。

"俺走了！"葛妹妹说。

"不送。"达明木匠说。

葛妹妹慢慢走了出去，听并没有人跟出来，她只好站下，转回身。

"哎，哎！"她向达明木匠招手。

达明木匠说："干什么？"

葛妹妹说："你出来！"

达明木匠走到门边，两手撑着门框，不再往外半步。

葛妹妹走回来，小声说："别听信谣言，俺在老家没处过对象，俺哥在外当军官，俺也是挑的。俺也不是二十八，俺二十五。"

达明木匠眯着眼睛，一声不吭。

葛妹妹说："俺哥家里的活儿，不能就这么撂了，干完这家，你回去接着干。"

达明木匠说："二号院排上队了。葛副大队的活儿差不多了，剩个拉窗拉门，不是不着急，明年春天再说吗？"

葛妹妹说："着急！有没有先来后到了？干完了这家必须回去！"

那年我上三年级，刚学会了逃学，成天跟着院里的大孩子东跑西颠，哪儿有热闹就往哪儿凑，木匠房是我每天必去的地方。达明木匠喝了酒话特别多，讲话水平也高，比我爸或者院里任何一个叔叔都高得多了去了，从语气到内容，都让我们着迷。

家具做好了，达明木匠让我爸验收，我爸看后件件喜欢。

达明木匠提议在书桌一面支撑板镂空一个芭蕾舞女，我爸一时语塞。达明木匠用剪子在一张纸上剪出样式，一个舞女前伸手臂，腾空跳跃，但是看不出来穿没穿衣服。

我爸犹豫了片刻，同意了。

达明木匠说："我马上凿，凿好了就往家里抬，明天刷漆。"

爸爸说："怎么在家里刷？在这里刷不行？"

达明木匠说："刷完漆就不能大动了，磕了碰了补漆可丑了。"

爸爸说："是啊，这点我没想到。"

二号院是个小院，不到二十栋日本房，式样却有十几种，不同式样之间内部差别很大。搬家具的时候，达明木匠对我家非常熟悉，他知道过了玄关是走廊，然后往哪里拐是主人卧，哪里是儿童房，哪里是书房。他知道毛玻璃门的是浴室，厨房在北，厕所在西，厕所里面，有门一分为二，外间是小便池，里间是蹲坑。他还知道后门西侧有个带竖窄条通气窗的仓库，仓库对面是取煤口，储煤箱在室外，储煤箱上的卸煤口一定要上锁，小偷若从这里进去钻过取煤口，直接就到了后门玄关。

"这么熟悉，这里以前是你家吧？"我问。

"我小时候来玩过，我第一次来的时候，这里住着一家外国人。"

油漆终于干了，家具归位，爸爸妈妈左看右瞧，非常满意，做了好几个菜，让我去请达明木匠。

我爸陪着达明木匠喝酒庆贺，我爸不会喝酒，每次端起酒盅只用舌头舔一舔。达明木匠两口一盅，刚放下我爸就给他倒满。

达明木匠的话渐渐多了。

"为什么我对这片儿这么熟？我小时候在石矿南边住，我爸下放到红旗公社，家才搬到了柳树。第一次来你们院我十四岁。你这里天棚、地板洞我全爬过。"

爸爸说："噢，这房子一直空着？"

"苏联专家撤走那年，这个院空了一小半，岗哨也撤了，我们经常来玩，有个小哥们儿在上边最后排一家的地板洞里找到一把日本指挥刀。我第一次来的时候，你家住着石矿一个苏联工程师，他女儿跟我差不多大，那年跟着她妈来看父亲。十一月份，天很冷了，她和她妈还穿着布拉吉。苏联小姑娘活泼，经常在大院外面散步，她一出现，我们这帮小子鸦雀无声了，好半天才吹口哨、哈哈笑。她不骂我们，也不跑开，大胆地向我们打量。我觉得她在看我，那双大眼睛啊，我们长不了那样的眼睛，真的是蓝色，其实从蓝色眼睛里要看清她的眼神挺难的，我能看清，我觉得它们总是盯着我转。有一次，她把画架支在大院门口，背对着我们，画你们大院。我们远远地蹲在她的身后。从这里看你们院，确实角度最佳。野孩子中我不是最胆大，但我最有水平，我会画画，还跟大小子们学过几句俄语，小伙伴们推着我，一把推到她的身后，轰地散开。她好像知道是我，猛地回过头，露出'果然是你'才会产生的笑容。

"这以后我最幸福的事就是能看见她，大院门口有骚鞑子站岗，我们顺着墙走，走到她家不远的地方，爬上墙头，哈哈笑着打口哨，她听到了就会出门来，看看有没有我。有一次门开了，出来的不是她，是她爸爸，红脸膛大肚子，他一手端着酒杯，一手拎着手枪，看见是我们，抬手朝天一枪，我们跳下墙就跑，好长时间没敢再去找她。

"她来院外找我了，我们那么多人在一堆儿，她直接向我走过来。她递给我一个苹果，我接过来，对她说：'子得拉斯维也杰，乌切尼尕。'她笑了，嘀里嘟噜跟我说了好多，我只猜对了一句，克拉拉，她的名字叫克拉拉。我身后传来小伙伴的起哄声，于是我不管三七二十一对她说：
'亚留不留杰别，克拉拉。'说完了转身就跑。"

爸爸傻乎乎地问："那是什么意思？"

达明木匠说："俄语，你好，女学生。我爱你，克拉拉。"

爸爸脸红了，他看看我。

"你吃没吃饱？吃饱了去你房间写作业去！"

我说："作业写完了。"

达明木匠说："你儿子很聪明，看到他就像看到我的小时候。"

爸爸嘟囔道："我可不想让他成为小流氓。"

爸爸说话带浓重的山东口音，达明木匠可能没有听清，也许是装作没有听清。

达明木匠说："听说他画画，送他到少年宫没有？"

爸爸说："没有，少年宫太远了，当个爱好吧。去，把你画的画拿给达明叔叔看看！"

我走到门口，回头向达明木匠招手。我画得太多了，不知该拿哪本，而我画得最好的是一幅大院写生，已经用糨糊粘在墙上了。我让他来，就是想让他看这幅画，跟那个苏联女孩画的角度一样不一样？

达明木匠来到我的房间，他的脚步沉重了起来。

"克拉拉，这是克拉拉的房间。"

好半天，达明木匠从梦游状态中醒来。

他称赞我贴在墙上的画，跟克拉拉画的角度一模一样。

达明木匠说："好了，我要回去了。"

我发现他眼眶里有泪珠在打转。

自从打了这些新家具，我成了我爸的勤务兵。这一周来，我爸来回颠倒它们的位置，昨天把大柜搬到东边，今天又搬到西边，床的位置也挪来挪去，有时候刚挪过来，发现不对，马上又挪回去。我妹妹小，弟弟更小，我妈做饭，他能调动的只有我这个倒霉蛋，我的手背都碰破了好几处。

邻居纷纷来我家参观，摸摸这，看看那，拉拉抽匣，拽拽柜门，尤其那个跳跃状的芭蕾女郎，都咂舌称奇。本来没有打家具打算的邻居，也产生了打家具的愿望。

大家议论达明木匠，说起他的身世性格，说起葛妹妹追求达明木匠。

"哪有大姑娘这么主动的？是不是在老家结过婚？"

"能说会道的，不知道害臊是什么！"

"我听说她找过婆家，让人家退婚了。"

"这咱不知道，不知道的事可不能乱说。"

我爸爸带回来好多肚脐波螺，煮熟了让我送一些给达明木匠。木匠房照例聚集了好多大大小小的伙伴，在那里听他讲自己的故事。

"关上门，小点声，再重申一遍，谁也不准传出去，谁传出去谁就是叛徒！达明哥，讲吧！"

"克拉拉邀请我去她家做客，她见我听不懂她的意思，大方拉着我的手去了她家。她妈妈病了，靠着床头坐着。

我翻看了一本飞机坦克画册。克拉拉给我倒上一杯咖啡，不好喝，苦，放了糖也苦，可惜那糖了。我虽然听不懂她们说话，但我能感觉到，她的妈妈把我当成了一个朋友看待。克拉拉拿她在斯大林广场照的相片给我看。我忽然变得非常懂礼貌，言谈举止稳重大方，没给中国人丢脸，后来，我适时地向她们道谢告别。回家我发烧了，烧得直说胡话，三天没有上学。我做了个噩梦，梦见大海涨水，克拉拉被海水冲走了，她喊："奥列格！奥列格！"奥列格就是我，那天她给我起的名字，她写在纸上，指指我，指指名字，我就明白了。'奥列格！奥列格！''克拉拉！'我奋不顾身跳下去，梦醒了。终于我病好能下地了，我跑来你们大院，我绕到墙头那边，爬上去，发现克拉拉家人去屋空。我两腿一软，摔了下去。后来听说，她妈妈病情加重，全家回国治病去了。小伙伴们告诉我，克拉拉那两天总在大门口徘徊。

　　"我大病了一场，不是一般的感冒发烧，差一点死了，住了一个月医院、打了吊瓶才活了过来。从那以后，我没有一时一刻不在思念克拉拉。"

　　达明木匠的眼泪流下来，哗哗地往外流。

　　小伙伴们抢着最后几个肚脐波螺。

　　"他喝多了。让他去睡吧。"

　　达明木匠对着我说："我不死心，病好了后再翻墙来到你家，望着你家大门，多么希望克拉拉能出现呀！突然，我看到了红色蜡笔写在墙上的'奥列格'和一个向斜下方的箭头。我走上前，沿着箭头指示的方向在土里挖出了一个饼干盒，里面一张克拉拉在斯大林广场铜像照的相片，还有一张她画的肖像画，那是我，旁边写着：'玛仪奥列格'，我的奥列格。"

达明木匠向窗外望了望。

"'奥列格'印着红色唇印。画上、相片上滴满了泪痕。这两样东西我一直珍藏，将跟我到永远。"

葛妹妹来二号院了，带来满满一套袖鸡蛋。她从一号院走小路，途中在山坡草窠里捡到了一大窝鸡蛋。她确实能干，我们专门在山上寻找都找不到，她顺路就捡到了。那都是我们院养的鸡跑出去下的蛋，鸡也有不听话不回窝下蛋的，有一只鸡打头，带动其他鸡跟着，一下一大窝。

葛妹妹下最后通牒来了。

"咋了，俺哪里差劲儿，比不上你那个克拉拉？人家外国妞儿真看上你？别做梦了！苏修是咱们国家的敌人，反修防修就包括你的克拉拉。"

达明木匠说："我求求你，别提克拉拉，不提克拉拉，你干什么都行。"

葛妹妹说："给你两天时间，回一号院首长家做拉门。"

达明木匠说："明年再做吧。"

"不行，非得让首长亲自来找你？"

"那，不用。"

"再过半个月俺要回老家了，俺得帮着俺哥把这事办完整。"

第二天晚上我去木匠房发现已经锁了门。小伙伴告诉我，上午的时候，葛妹妹和两个勤务兵推着一辆手推车，把达明木匠带走了。

葛副大队长家木匠活做完，葛妹妹回老家的时间也到了，可是葛妹妹没有回老家，而是留在了大连，她跟达明木匠结婚登记了。

她在登记表郑重写下自己刚刚改的名字。

"葛拉拉。"

达明木匠吓了一跳，瞪大眼睛望着葛妹妹。

"你不是总想着克拉拉吗？让它陪你一辈子。"葛妹妹使劲抿嘴，可心底里的欢乐，还是把她的嘴角微微翘起。

「爸！」

"爸!"

"嗯!"

"中午在家吧?"

"在家。"

"我给你送饺子,尝尝我包的饺子。"

"学会包饺子了?"刘工心想。

刘工爱吃饺子,爱了五十多年了,他今年六十虚岁,明年退休,在单位他经常出差,天南海北吃遍了,觉得还是自己包的饺子最好吃,鲅鱼馅,猪肉白菜馅,羊肉大葱馅,牛肉洋葱馅,鸡蛋韭菜虾皮馅都是他的最爱,他自己擀皮儿自己调馅儿自己包,当然也要自己下,而且多数时间他自己一个人吃,他单身已经二十八年了,离婚的时候女儿不到四岁,女儿跟了她妈,实际住在姥姥家,跟着姥姥过。对于离婚,刘工没有后悔过,片刻都没有,只是刚离婚那几年,他会常常假设,没有生孩子该有多好!

现在,女儿坐在餐桌对面,他不这样想了。女儿特别懂事,幼儿园,上学,考大学,工作,谈恋爱,都没有让他操过心。不求最好,也不最差,事事居中,他觉得女儿这一点像他，不仅性格像，大高个儿也像，面貌也像，这些年他就是基于对自己的了解，从而对女儿放心，觉得她是他的亲闺女，遇到任何情况都能应付得过去。

"爸，好吃吗？"

"还可以。下一次调馅儿滴上几滴香油，筷子拌，要快速，慢了不行。"

"我同学徐倩教过我这个方法。"

"哪个徐倩？"

"我就认识一个徐倩，她爸爸跟你一个单位。"

"那我知道了。她去年结的婚不是？"

"大前年。她家陪嫁了一台卡罗拉。"

刘工陷入沉默。

"爸！"

"嗯！"

"爸。"

"有事？"

"爸。"

"说。"

"要不要我把他带来你看看？"

刘工一摆手。

"不用，你看好了就行。"

说完他感觉有些不妥。

"那个啥，你妈的意思呢？姥姥姥爷怎么看？"

"我妈没意见，姥姥姥爷都喜欢他。"

"那挺好!"

刘工第一次登岳父岳母家门,老两口也非常喜欢他。后来要离婚,他们百思不得其解。没有外遇,没有打架,甚至连高声争吵都没有,只冷战了半年多,说离就离了?他还记得岳母在厨房一个人自言自语:"为了什么呀,放着好好的日子不过,烧的,烧的,怎么烧成这样!"

刘工陪女儿到楼下,他正好要去文玩市场转转。

女儿走近一辆两厢标致 307。

"爸,我下周还给送饺子,香油调馅儿。"

女儿开车走了。刘工坐进自己的老捷达,连抽了两颗烟。女儿明年五一结婚,女婿是本市人,但他不想出席女儿的婚礼,孩子她妈愿意出席那是她的事,反正他不出席,他把这个想法告诉了女儿,女儿没有埋怨爸爸。他还告诉女儿,回门子也免了吧,闹哄哄俗不可耐!女儿说对,两人感情好是关键,搞这些形式没有什么意思。刘工从心里赞叹女儿不愧是他老刘亲生的,三观正,交流无障碍。

文玩市场热热闹闹,核桃,手串,烟斗,铜器玉器,假古董,任一摊位都让刘工流连忘返,尤其碰到买卖双方讨价还价,刘工最爱看这个,没成交有没成交的遗憾,成交有成交的兴奋,自认为占了便宜的一方会趁机讲出东西后面的一些知识和典故,又有趣又长知识。刘工并非快要退休了才喜欢上这些东西,他少年时就喜欢,那会儿还没有这种市场,有天津街文物商店,他额头顶在玻璃橱窗上,一看就是半天。

根雕摊吵起来了。摊主老姚跟一位五十多岁的女顾客在吵架，女顾客的丈夫倒是想息事宁人，一旁拉妻子离开，妻子体重大，又在火头上，拉了几下没有拉动。刘工听出了个大概，好像为了五块钱，而且老姚已经找给了她，女顾客仍然不依不饶。刘工觉得应该前去劝解一下，他了解木工出身的老姚，是个实诚人，平常跟自己特别聊得来，这两年他从老姚这里学习到不少木材木器方面的知识。可很快刘工改主意了，他没有上前，而是选择了后退，悄悄转到拐角处，看不见老姚的地方，一个手串摊位前，装作在挑选一串带鬼脸的假越黄。此刻，他的心情半是尴尬，半是愤怒。那位女顾客不是别人，正是跟他有过一段地下情人关系的前同事。尴尬是第一次见到她的丈夫，愤怒是当初自己眼光怎么会如此之差，再怎么也不至于为了五块钱如此出丑吧？还有这才退休几年就敢胖成这样？这把刘工给气的，原本没有买什么的打算，一下子买了两串假越黄。

他远远地听见她说："算了，把理儿说开了就可以了，我也不是得理不饶人。"刘工的刻薄之心瞬间柔软，开始回想起她的好来，她嗓音沙哑性感，年轻时很有点魅力。他想起当年他们的一些秘密经历，以及调情做爱时她的种种放纵，他还想起她向他提起过的，一直纠缠在她心头的一个问题以及其他一些不是问题的问题。"我想不通，你们究竟是为啥离呀？一问你这个你就沉默，那问你点别的，你得回答啊，今年先进选举你投谁的票了，没投姓阎的那个小妖精？"她争风吃醋的样子很可爱，这是她的本能，也可能是她挑逗男人的花招，不过他喜欢，他发现他往往因为女人的小缺点而喜欢上她们，那是刺激他对她们产生欲望的重要原因，不过情欲过后一片虚无，他跟她完全不是一路人，他通过偷情越发对婚姻不信任，越发认为自己离婚正确，而她呢，越是偷情，越是精心维护好自己的丈夫和家庭。"哎，明天你值班吧？我办公桌下面有苹果，我已经洗好了，吃的时候简单冲一下。"

刘工坐在办公室，望着窗外的小山包发了一阵呆，他发呆只有他自己知道，因为他总是表情平静，外人很难看出他的内心情绪变化。

小山包在公司院内，山包南坡卫生归他们一室负责，每年入冬前清理一次枯草树叶子，平常捡一捡塑料袋废纸屑，谁知今年负责北坡卫生的二室独出心裁，组织力量把野树杂草连根铲除，公司表扬之余，还拨下一笔费用，让他们修建花坛。一室主任急了，找来刘工商量对策，杂草容易处理，那几棵野树不好整。刘工主动接过了这个任务，室主任批了两千块钱的工程费，用来雇人砍树，树根不好挖可以不挖，刘工说树根他自己挖，留着做根雕。室主任比他年轻七八岁，算是目睹过他的离婚过程，那会儿小山包野山枣树已经长得比人高了，秋天，刘工溜达一圈能收获一小塑料袋山枣，山枣树越长越高，不知哪年起已经长成槐树那么高了，树越高，山枣越少，因为太高了，结了枣也看不到，不了解底细的会以为它是棵槐树。刘工离婚时室主任还是个毛头小伙子，插不上嘴，后来，他当上了室主任很久了，话赶话说到离婚，他对刘工说："大夫人脉多广啊，找还找不着呢，刘工你可真牛。"

办公室的格局二十年没有变过，摆着十多张办公桌，除了室主任，所有科员都在这里办公。六十虚岁的刘工坐在自己位置上，右前方他旧情人位置已经换了新人。再过几个月，他也要永远离开他的位置了，他掏出手机，起身拍了几张照片。回顾自己大半生，名利权一样不占，他算计的是怎样付出最小收益较大，他性格平和，不争不抢，但也绝不吃亏，该得到的自然得，需要争的他会考虑一下性价比。他比较得意的是，在单位他得到了比领导还多的出差游玩机会，实现了"把农家肥施遍祖国各地"的理想，业余生活他比谁都丰富，每个周末和假期安排满满，钓鱼滑雪自驾打弹弓户外露营文玩市场，很多人羡慕他玩得潇洒，当然，背后议论他不着调不负责任也是这帮人。

座位还是那些座位，人已不是那些人，刘工年轻的时候，单位五十岁以上的，在他眼里已经不存在了一样，无论领导还是同事，那些老人跟他交谈，他都是打哈哈，对方越是严肃，他越是哈哈，现在轮到他自己到了这个年龄，他当然知趣，早已把自己化作不占空间的存在了。当年，他刚离婚那时候，哪怕谴责他拿婚姻家庭当儿戏的那些同事，也承认小刘是个好性格的人，这就更令人费解了，多么般配的一对儿，一个国企工程师，一个大医院大夫，怎么会无缘无故离了呢？各种猜测不绝于耳，刘工却始终稳如泰山，不置一词。

别说同事，就是他的前妻，女儿的妈妈，至今不知道丈夫为啥要跟她离婚，只是有一天他突然开始对她冷淡，不愿意跟她讲话，不听劝，也不解释。他前妻性格也属于高冷型，不会像普通妇女那样无尊严哭闹，两人冷战了一段时间，就那么稀里糊涂地离了。但是随着年龄增加，她的疑问越来越重，这当然不是说她还留恋着他，那是不可能的，她只觉得委屈，明明她被嫌弃，被抛弃了，却不知因为什么。简单指责他脑子有病已不能安慰自己。

"爸，开门吧，我刚停好车，马上上楼。"

刘工提前把门开开，等着女儿上来。

"吃吧，还热乎。"

刘工尝了一个。

"咋样，爸？"

"还行，肉老了，下次搅肉加凉开水，一定要凉开水，提前放冰箱冷藏好。"

"爸你都是跟谁学的？"

"你奶奶打的底儿，加上自己多年的实践。选肉也很关键，里脊肉看着好看，不如梅肉，梅肉香。"

"好吧，下周我试试。"

"怎么，你下周还来？"

"嗯，还给你送饺子。"

"你奶奶要是能吃到你饺子该多好。"刘工心想。

刘工妈妈心脏病多年，前年去世了。老太太三十多岁守寡，把三个孩子养大成人，很不容易。老人家满心不愿意儿子离婚，但孩子大了不由娘，说也不听啊！刘工排行老小，上面有一姐一哥，他们对弟弟的所作所为很不理解，但也无能为力。

送走了女儿，刘工来到了文玩市场根雕摊位找老姚聊天解闷，正赶上老姚跟一个山东口音的老头争论枣木和山枣木哪个值钱。

老头走后，刘工说："我都听糊涂了。"

老姚说："没什么可糊涂的，值钱当然山枣木值钱，不过山枣木无大料。除了河本大作家里的那个酒柜。"

刘工说："河本大作？"

老姚说："对呀，小鼻子，在南山住过。"

刘工问："酒柜是怎么回事？"

老姚说："刚才老山东不是讲过了嘛，可惜了了，让二十高的红卫兵劈碎烧火了。咱光知道老酒泡山枣，不会想到山枣木酒柜装老酒，小鼻子会享受。"

刘工问："山枣无大料，酒柜大料哪来的？"

老姚说："两个地方，老铁山和大黑山，旅顺老铁山两根，大黑山三根，才凑成了一个酒柜，打酒柜的木匠姓王，大纺老王家的，当年为这事儿没轻挨斗，他孙子上个礼拜来过这儿。河本大作日本家有一个祖传酒柜是山枣木做的。他在南山居住期间，正仕途不顺，想找点事儿分分心，于是悬赏找来木头，照着老柜子的样式，打造了那个举世有双的酒柜。"

刘工问："那现在要是有做一个酒柜的大料，你要不要。"

老姚说："我不眨眼掏三十万收了。去年黄河根艺大展，一个山枣木巨型根雕出价八万。大黑山响水寺侧院有两棵山枣树，长成了槐树那么高了，一般人都以为那是槐树。蔫人出豹子，刘工，你不会要翻墙把它们砍了吧？"

周六中午，女儿下好了饺子送来。

刘工打开饭盒。

"味道还可以，肉也嫩了，是梅肉，但下锅没掌握好，下饺子也是个功夫，破了这么多，一二三，破了三个。"

"爸，不能说'破'，要说'挣了'，影响财运。"

"喊，你信这些？"

"我姥姥信，也没见她挣到钱，我妈妈也没挣到什么钱，所以肯定不准。我见不少做生意的人家拜关公。鲁丽家就供着关公，她爸妈做生意，有的是钱。"

"鲁丽，我认识吗？"

"你不认识，我大学同学，浙江温州的，全家都做生意。爸，你今天不去文玩市场了？"

"不去了。今天去单位砍树搞卫生。"

"爸。"

"嗯。"

"我走了。"

"嗯。"

"爸！"

"嗯？"

"下周我再给你包饺子。"

"你只会包饺子？"

"我刚学包饺子，炒菜还不行。"

"你来，我做给你吃。"

"好，爸！"

　　刘工一大早去菜市场买了五花肉，大头宝鱼，一块豆腐。他知道女儿爱吃红烧肉，做了满满一大盘，大头宝别看个头儿小，味道鲜美却数第一。他炖好了鱼，又做了个麻婆豆腐，拌了土豆丝。他在做这四道菜的时候，没有发觉它们跟二十八年前他在一个周末做的四道菜一模一样，做好了，端到餐桌上，回头一瞧，他大吃一惊。那是个周天，他刚学着做菜，想在妻子面前露一手，他把菜做好了，用盘子盖上。妻子上午有个会诊，中午回来吃饭，他的家离医院不远，他决定去接她。他走着她每天走的路，这样避免走两岔了。他感觉随时会碰到妻子。医院是小鼻子留下来的，像个巨大城堡。太阳当头，灼热难耐，刘工躲在一棵柳树下望着住院部大门。一对年轻夫妻走出来，两人并没有搀胳膊牵手，但刘工第一眼认定，从门里出来的是一对夫妻。不过他错了，那女的是他妻子，男的是她们科的科主任。他们从他面前经过的时候，他才认出她来。他俩边走边交谈着，不是你一句我一句那种交谈，而是他说一句，她听了笑笑，然后看看他的脸，老半天才说出几个字，刘工听不到她说什么，科主任继续往前走，她仰脸朝他等待着，表情甚是妩媚，这表情刘工熟悉，妻子平常高冷矜持，只有在那个时候，也不是每一次，才会向他展露她心醉神迷的妩媚表情。他俩从他面前走过，继续往前走，从背影看，还是很像一对夫妻。妻子晚上才回家，她吃着丈夫做的红烧肉，没觉得凉，饭量很小的她，把一盘子都吃光了。刘工问她中午怎么没回来？妻子轻描淡写地说她被护士长拉去逛天津街了，买了一个围巾。刘工张口结舌，他咬牙下了决心，不但不能让她看出他的嫉妒，更不能让她看出来他此时此刻对她谎言的鄙视。围巾放在床上，包装盒子非常精美。

　　看着桌上这四个菜，刘工很不舒服，他去厨房炒了个大葱鸡蛋。

　　大葱鸡蛋做好了，女儿正好赶到。这一个月，女儿来了四次，快赶上往常一年来的次数了。女儿不是无事闲磨牙那种孩子，平常她电话都少打，微信也互不相扰。

　　"味道怎么样？"

　　"好吃，爸，你怎么做菜这么好吃？"

　　"琢磨，干什么事都得动脑子。"

　　"我妈真没有福气。"

　　"你说那会儿呀，那会儿我厨艺一般般，我是在跟你妈分开以后才精湛起来。如果单讲色香味中的味，我不服大连任何一个厨子。多大的厨子我都不在乎，我做菜还有个特点，不指着鸡精味素。他会做饭不？"

"会，比我做得好吃。"

"那还不错。你也得学着做饭啊，为人妻了，将来还要为人母。而且慢慢你会体会到，做一手好菜也是种享受。你婆婆什么样人，对你有没有要求？"

"我婆婆人还可以，挺通情达理的，对我没啥要求。"

"那么你呢？"

"我怎么？"

"你对爸爸有没有要求，别客气，有要求你就说，爸爸能办到的尽量办！"

"没要求，爸，不就是结个婚嘛，咱家就这么个状况和条件，爱结不结，再说他家也是普通人家，没那么多事儿。"

"他家不错了，不是全款给你们买房了嘛？"

"那倒是。"

"那咱这边什么没有，也不太像话呀。"

"我妈要给我拿十万，我不想要，她身体一直不太好。爸，你不用有压力，我真的什么都不需要。我不是要钱来的。我——"

"好孩子，咱不是俗人，可咱也不能让俗人笑话着。"

女儿笑了，觉得爸爸的话很好笑。

刘工说："爸爸想送你辆车作陪嫁，二十五万以里都行，你看行吗？"

女儿双眼放光。

爸爸喜在心上，浑身充满了温暖。

"我觉着雅阁凯美瑞都行，比卡罗拉高一个档次。"

"谢谢爸！我不要，你哪攒这么多钱？我不要，留着养老吧！你可别去借。"

"这么瞧不起你爸？你爸就不能赚点外快吗？放心拿去用，不是借的，都是咱自己的，在这个卡里，正好二十五万，都给你，你看着买，剩下了也是你的，但是不要往上添了，车就是个代步工具，没必要追求那个虚荣。"

"不添，我喜欢标致508，跟雅阁凯美瑞一个量级的，价格便宜小一万。"

"那就标致508，你开法系开服了是吧，我也觉得法系车很不错，可惜一般中国人不认。"

"爸！"

"说！"

"爸，你别生气，最近我一直想当面问你个问题，每次都没说出口，我马上要结婚了，不能老让它压在心里。"

"这么严重？"

"爸！"

"嗯。"

"谁问你都不说，但你一定要告诉我，不然我觉得我结这个婚都没有意思了。你到底因为什么跟我妈离婚？"

刘工一下子跌落波谷。

　　女儿问话时把视线移开，但明显感觉到爸爸无表情面孔里神经在抽搐痉挛。

　　"好了，爸，我不想知道答案了。那是你自己的事。"

『娘啊，爱呀娘！』

父亲被癌疼折磨得厉害，一天半夜，他以为身旁没有人，开始一声声呼喊："娘啊，娘。"我赶快起身，父亲看见我，立即停止了，他努努下巴，让我去睡。我回去躺下没多一会儿，父亲又开始了他痛苦的吟唱："娘啊，爱呀娘！"这是我绝对没有想到的，军人出身的父亲一向刚强，遭多大罪都强忍住，从没在人前吭过一声。

　　我要起来察看，母亲拦住我。

　　母亲说："让他喊吧，喊喊娘他好受些。这个时候谁也不如娘。"

　　父亲去世九年了，黑暗中他无助的喊娘声如在耳畔。

　　母亲说："人临死了都会找娘，你爸找娘的路不好走啊。"

　　今天是二〇二二年三月十日，离我母亲离世快到一周年了。母亲离世的前一个月忽然神志不清，不认识人了，有一天晚上，夜深人静，母亲开始喊娘，调子跟父亲喊的一模一样。我握住她的手，她轻轻回握。

　　"娘啊，爱呀娘！"她哀叹着。

　　父母濒死的惨状让我对死亡过程产生极度恐惧，我今年五十八岁了，我祈祷轮到自己可不要遭受这么大的折磨："生得美，老得慢，病得轻，死得好"，最好能让我在睡梦中找到娘。

父亲去世后第一个春节，大年初五，母亲从床箱往外掏东西，她要找一件旧毛衣。

她索性坐到了地板上。

她说："小时候的事儿记得真儿亮的，像在跟前儿一样。

"仉官寨有一姓张的人家，男当家的给人扛活儿，挖井井塌砸死了，留下一妻俩儿，大儿叫张士义，小名来福，长得干巴瘦小，不当个劳力，村里人给他起了个外号锅贴儿。小儿叫张什么我忘了。几年后锅贴儿娘也死了，死的时候闭不上眼，两个儿子都还没成家。小儿精神头儿足，干庄稼活儿一把好手，外表长相也不差，龙家村有户人家看中了，把闺女给了他。小的结婚没有半年就跟哥哥分了家，锅贴儿指着弟弟帮衬惯了，刚分家日子艰难，过了二月二，家里剩不多少吃的了，没到清明就断了顿，锅贴儿找弟弟借粮，弟弟和弟媳不借。你姥爷心眼儿好用，给了他半筐地蛋儿，救他熬到了夏天。锅贴儿干农活儿不行，说疙瘩话天生，他说的那一套词儿，村里当笑话传了好多年。锅贴儿说：'地蛋儿地蛋儿／又充饥又当饭／亲兄奶弟／不如地蛋。'你姥爷教他种菜干庄稼活儿，他有个叔叔也帮衬他，只是他力气太小，总没有多余的收成。锅贴儿二十六七了，他叔和婶子着急给他说个媳妇。

"村里有个叫铃子的彪闺女，开始没有多彪，有点二二乎乎的，后来才彪得厉害了。铃子娘出嫁不到两年，嫌男人穷，没有能耐，不跟他过了，那时候铃子还不到一岁，铃子娘离开婆家，给胶县城里一个财主当小。婆家不要铃子，追上门把铃子塞给了她娘。后来解放了，铃子娘离开财主，领着铃子回了仉官寨。铃子不怎么精，长得却漂亮，像她娘，她娘长得漂亮，她还有个姨更漂亮，也给有钱人当小，也离了婚。她姨没生孩子，回村里没住几天就去了东北，嫁了个煤矿技师，技师比她大二十岁，老婆死了。她姨在东北过得好，给铃子娘写信，让她去东北。铃子娘愁着怎么把铃子处理了，提亲的来了，是给锅贴儿提亲的，铃子娘马上答应了。锅贴儿用二十斤白面换了个媳妇，满心欢喜。他那支不起锅盖子的样儿，能娶上媳妇算烧高香了，凭什么挑挑拣拣？再说铃子长得漂亮，外号叫'大挂画'，村里放电影，外村那帮半大小子都围着她身边转，我们这些小闺女都愿意看她，她的脸从哪个角度都好看。外村那些半大小子，瞅着她都离不开眼。

"等到了不让单干，搞互助组了，谁都不愿意跟锅贴儿一组，你姥爷要了他，跟他一个组。互助组完了是合作社、生产队，那时候不像现在，没有人愿意当队长，锅贴儿被推举上来，在大家伙嘻嘻哈哈中当上了队长，不过锅贴儿越锻炼越长进，干庄稼活儿也行了，上公社里开会开的，领导水平大有进步，唯一可惜是老婆不生孩子，队里有人说闲话，'鸡不下蛋，要它干什么？'锅贴儿的婶子劝他离婚，'没有个后，谁给你养老送终？'锅贴儿回家看看铃子，铃子没有事儿一样，锅贴儿不忍，不过抗不住总有人架拢，'你弟弟都三个儿子了，你安心？'终于一天他领着铃子到她娘家，退婚了。铃子娘骂，骂也没有用，不下蛋的鸡，理亏啊。

"铃子离婚没多久，她姨从东北回来了，拿了些照片给铃子娘看，东北怎么怎么富，住楼房，吃大米，还有张照片，一个留分头的男人，她这次回来，要把铃子娘介绍给他。铃子娘担心人家会嫌弃她带着个彪闺女。铃子姨说：'哪能带？不能带。我介绍你没生过孩子。'

"铃子虽说彪乎乎，却感觉要出大事儿，那几天，她紧跟着娘，睡觉都拉着娘的手。她娘和她姨走那天，她跟到了杜村车站，她娘哄她回家，等娘先去看看，回头再来接她，彪铃子不信，可也没有办法，没有票人家不让上车。就这么娘甩掉了闺女，跟着她姨去了胶县城，从胶县城坐火车到了烟台，烟台坐船去了东北，再也没有回来。彪铃子回家却被撵了出去，原来她妈已经把房子卖了。虎毒还不食子呢，你说说，这世上还有这样狠心的娘。

"锅贴儿又结婚了，娶了寺前一个出身不好的闺女。铃子四处要饭，邻里乡亲可怜她，给她口吃的，她表姑奶奶家有间塌了一半的偏厦子是她的窝。你说她彪她是真彪，她要饭还会要到锅贴儿家，锅贴儿的新媳妇心眼儿不坏，给她个地蛋儿，给她口咸菜。锅贴儿的婶子找到铃子，告诉她，锅贴儿已经跟你离婚了，锅贴儿又娶了新媳妇，你不能再去了。铃子好像听懂了，因为听到锅贴儿已经娶了新媳妇，她哭了。不过，她有时候记性不好，有时候是因为饿得不行，她还来到锅贴儿家要口吃的。有一天，她又来到锅贴儿家要饭，她走到窗外，听到屋里有小孩儿哭声。锅贴儿媳妇刚生了个大胖小子。她在锅贴儿家窗外愣愣站了半天，像在听小孩的哭声。从那以后，铃子饿死也不来锅贴儿家了。

"那年冬天特别冷，雪下得也大，家雀儿都饿死冻死了不少，锅贴儿在热炕上哄孩子呢，放羊娃门外喊，彪铃子躺在北岭沟里，冻死了。锅贴儿拿了张锨，跟着放羊娃去了北岭，他要挖个坑埋了，不能让野狗啃了呀。到了北岭，锅贴儿看到铃子躺在沟里，雪还在下，快把铃子盖住了。锅贴儿一见这个惨相，扔了铁锨，抱着铃子大哭，'铃子，要是能生孩子，我也不会不要你啊！'"

故事讲完，毛衣找到，母亲扶着床沿站起了身。

"妈，我走了，你早点睡。"我说。

"再待一会儿呗！"

"我，还有事儿。"

母亲送我到楼梯口。

我说："回去吧！"

"不急。"

母亲手扶门框，笑着望我，直到电梯门关上。

母亲去世快到一周年了，她是二〇二一年三月二十九日走的。

　　我躺在母亲的床上，回想母亲给我讲锅贴儿故事的情形。

　　"妈，帮我给铃子续上个温暖的结尾吧，我需要！"我对着大衣架上母亲生前常穿的一件米黄色外套说。

　　"放羊娃说，'锅贴儿哥，她脚在动！'

　　"放羊娃帮着锅贴儿，锅贴儿背起铃子，背到了她住的窝儿，他往灶里放把柴草，点上火，回家端来碗热粥，撬开铃子的嘴巴，把热粥灌进去。

　　"铃子缓过来了，铃子表姑奶奶过来，扶着她坐起来，搂着她抹了一阵子泪，骂了她那个狠心的娘。铃子眼睛渐渐有了神，她从炕上下了地，外面雪停了，她喃喃自语，'他在叫娘，他在叫娘！'谁也不明白她什么意思，只见她冲出了门。那时候刚到晌午，几个人拽没拽住，追也追不上，一直等到了傍晚，铃子回来了，怀里紧紧抱着一个孩子。后来才知道，她跑了四十多里路，快到胶县县城了。表姑奶奶吓得不轻，说咱可不能偷人家孩子！

　　"打开包裹明白了，孩子有残疾，是个罗锅，别人扔的，不要了。铃子高兴的啊，她有孩子了，还是个小子，儿子！你说铃子她怎么能够听到四十里外孩子哭叫喊娘？那孩子不是小月孩儿，一岁多了，这个亲娘怎么忍心？有残疾也是娘身上掉下的肉啊。

　　"表姑奶奶做主，锅贴儿和队上社员帮忙，把铃子塌了一半的偏厦子立了起来，分了些粮食和柴草，一天天过上了日子。天气好的时候，娘领着罗锅儿四处要饭、拾草。

大家给罗锅起了个外号，叫蚂蚱蝈。蚂蚱蝈长大后，独自去胶县县城要饭，攒了饼子咸菜回村带给娘。铃子在村里要饭，帮队里干点杂活儿。

"小蚂蚱蝈挺能的，要饭攒下了不少钱，有一年过年，领了媳妇回村，媳妇还是个健康人。改革开放了村里分地，蚂蚱蝈分到一份儿，他和媳妇经营着菜地，日子过得比一般人还富呢。铃子当了奶奶，一个孙子一个孙女。铃子活了八十岁，比锅贴儿活得长，锅贴儿死在了她头里。铃子摔了一跤，把骨盆摔坏了，死的时候躺在床上，一声声喊娘，她娘把她扔了，不要她了，她临死的时候还是喊娘。

"蚂蚱蝈寿命不长，前年死的，听你舅说，蚂蚱蝈快死那天，也开始喊娘，不知道喊哪个娘，那个把他扔了的亲娘呢，还是捡来他，养大他的铃子娘？可能两个娘都来接他了吧，蚂蚱蝈只叫了小半天，没遭太多罪。"

两场大雾

起初，市内的雾很小，似乎只是个普通的阴天，越往海边走雾越大，下了公交车，勉强看得见公园的大门，进了大门，走两步，一步不多，一步不少，就两步，便再也不知道自己从哪里来而又要到哪里去了。脚都看不见了，还海呢。上下左右全是雾。湿漉漉，冰凉凉，咸得呛嗓子。公园里咳嗽声此起彼伏，不辨东西。男声咳嗽，女声咳嗽，童声咳嗽，本地咳嗽，外地咳嗽，外国咳嗽，不一样的。他可以负责任地讲，他迷路了，既找不到海，也找不到出口——刚刚进来的入口——了。在森林，在沙漠，那些迷路的人是不是也像这样不知不觉地就偏离了方向的呢？以为在原地打转，可其实只要一动，便再也回不到原地了。不巧（巧了），他跟一对年轻夫妇中的太太撞了个满怀。太太顺势倒在他身上。她搂住了他的腰，脸贴到他的胸膛上，很有点患难见真情的滋味。先生也凑了过来。先生个子较长，不得不把腿弄弯曲了才能够把头摆到合适的高度。先生还戴着眼镜，小小的眼睛一眨一眨，甚是无辜。他忽然觉得有必要给他们一点信心，就一只手揽住太太，腾出另一只手轻轻拍打着先生尚显稚嫩的脸蛋儿，没事，会好

的，一切都会好的，迷雾终将散去，太阳照常升起。先生
受到鼓舞，开始苦诉，他们在公园里已经踟蹰（先生眼镜
的镜片很厚，一看就是个有文化的）了整整一个小时了，
半个小时寻觅大海，半个小时寻觅出口，均一无所获。听
到这里，太太挣脱出身，掩面而泣。先生赶忙掏出纸巾为
她擦拭泪水。他这才发现，小夫妻是用一根鞋带拴在各自
短裤裤鼻上连在了一起的。忽然，一股更浓的雾袭来，他
一捂鼻子，一根鞋带上的夫妇便从他比鞋带长不了多少的
视线中消失了。再见！再见！

　　直到双脚被海水弄湿，才知道终于找到了海边。假如
碰到的是大门，当然就算终于找到了大门，他也就离开这
里了。他脱衣下水，拖着装着衣鞋的防水袋，沿着海岸线
的方向游了起来。两个来回（他认为是），想上岸，却怎
么也找不到岸了。他记得岸应该是在左边不远，可实际并
非如此。反过头往回游，也不对。左左右右，来来回回十
几次，还是不对。他索性放弃。躺在水面上睡一觉，醒来
说不定就云开雾散了呢。不过这一觉睡得非常不安稳，不
断地有人把他撞醒。海里游泳的人还不少呢。

　　除了不断被人撞，还得忍受一个人的吵。这个人就在
他身旁不远，是位女性。看不见。只听见她一会儿吹口哨，
一会儿迸出一阵狂笑，要么就来一句，妈的笑死我了，真
逗，你们大连人他妈的太能吹了之类的，然后又是笑。为
了躲避她的一声赛一声的刺耳笑声，他只好一次又一次地
潜入水中。最后一次上来换气，撞上了一个人的脚，直说

了吧，就是不断吵醒他的那个人的脚。她被撞了，拖着长
音尖叫起来，简直要把他的耳膜鼓开。要不是她紧紧地抓
住他的头发，说什么他也要再次潜入海底。她一只手搂着
救生圈，一只手紧抓住他的头发，标准地做出了一个不会
游泳的人在水中遇到惊吓时应该做出的样子。

　　按理讲，这么罕见的大雾，他看到救生圈，看到救生
圈上一女子，应该联想到另一场罕见的大雾，多少多少年
前的一场大雾。这两场雾是迄今为止他所见过的最大的两
场雾。然而他没有。按理讲其实无理可讲，现实中，小说
里，均无理可讲。

　　她渐渐平静下来，一半自我解嘲一半天真无邪地笑
开了。他终于说，你会不会无声地笑？我试试，她咧咧
嘴，最终还是出了声。他做出要潜水而去的姿势。她叫住
他，从挂在救生圈上的塑料口袋里摸出一瓶啤酒，见他不
接，又迅速摸出来第二瓶。他接了过去。我已经喝完了两
瓶了，她说。然后一扬手，表示就是这样把那两只空酒瓶
丢进海里的。没听人哎呀，他说。可能直接砸沉海底了，
哈哈，许多人嫌我嗓子难听，告诉你吧，这是病，只要跟
我对上一个眼神，立刻痊愈，你看着我，还难听吗？哈哈
哈哈，牛肉干吃完了，下回多带点，我不喜欢干喝。你是
大连人吧？来，干杯！我的第一个大连酒友。你不爱喝啤
酒？你不爱说话？你不愿意跟我交朋友？等一下，他说。
他把酒瓶和防水袋交到她手，弓腰抬腿，潜入了水底。他
连续扎了三猛。第一猛只是扎到水底下去，闭着眼在海带

丛中穿行，气用尽了才上来。第二猛捡了块尖石头。第三猛用这块尖石头敲下了一个较大的海蛎带出水面，惹得她一阵惊叹，太棒了，太棒了，我还以为这水底下只有水草呢。他又连扎了几猛，捞上几只海蛎摆在救生圈上，大小都差不多。两人举杯相庆，为雾中的相遇，为他连扎了好几猛出水后还能够找得到她的位置。他说，改天我戴水镜给你捞几只鲍鱼尝尝。她说，好哇好，你这不是想吃海鲜随时可以捞上来吃了么。他告诉她，每天从下水道爬上来的都吃不完，得用一块砖头堵上，不然爬得满屋都是。她吱吱地笑，不可能，那不可能，在宾馆我还真注意观察了，没见有螃蟹什么的到处爬！他说，宾馆酒店的下水道都安装了过滤网，不然谁还到它们的餐厅吃海鲜呀？你第一次来大连吧？第一次，以前不知道大连这么好玩，你去过我们长春吗？根本就不等人回答，她紧接着又问，你怎么不逃了？神情十分诡秘。她的笑声真的已不那么难听了。但是他说，喝了酒胆子大了。她笑道，我不信跟我的眼神没有关系。

她的眼神很好玩。故意整得挺勾人的，其实不是那么回事。如果她的身材表明她已经是个早熟的女性，那么她的眼神反倒会暴露出她还不过是个孩子。话多的孩子。

你累了怎么办？

躺在床上能累吗？

那你游的时候呢？

跟走路一样，不跑就不累。

有意思。潜水好玩吗？

飞翔最好玩，能拥有鸟的视角该多棒，俯视，冲击，脱离，可惜我不会飞，只好往下潜，在水下滑行。上班下班，一点意思没有，成天待在地面上，我烦透了。住家我都爱住最高层。受不了有人骑在头顶上拉屎。

呵呵，我也愿意住最高层，晒衣服干净，上面没有滴答水。你经常来海上玩是吧，看你皮肤，黑出了油。

蚊虫不叮。三天不来它会渴。

皮肤也会渴？我第一回听说。

还得喝这咸水。不常在海上游泳的人体会不到。你不会游泳吧？

就快会了，这是第二次下海，昨天第一次。也是第一次见到海。大海真好玩。

也很危险。不会游泳不要一个人下水，大雾天更不行。

不怕，我有游泳圈。再说我喜欢安全地冒点小险什么的。明天你还来吗？教我游泳好吗？

她讲她自己。她失恋了。她的男友大她两岁，太任性，不成熟。不讲这些了，我来大连也是为了气气他。哎呀，不讲他了。她讲她的妈妈。她妈妈并不愿意带她来，她偏要来。她们是坐着大奔来的。大奔的主人是她妈妈的新任男朋友。一个十分令人讨厌的老家伙。比你老多了，她说，在长春时就很讨厌，来大连后更讨厌了。等我爸出来，告诉我爸非收拾他不可。我爸进去十一年了，快出来了。干杯！告诉你吧，我跟我妈是校友。工读学校的。我妈妈比我敢磕。她像我这么大的时候就当我的妈妈了。你没见过我妈，她长得年轻，这两年我都感觉自己有点老了，可她还是那么年轻。我们在一起就像是姊妹俩一样。我是姐，她是妹。说话间她的救生圈离远了，看不见了，而且越来越远。他俩不得不逐渐提高说话的声音。最后只能喊了。他隐约听见她的最后一句，雾散了等我！

　　能不等吗，他担心着呢。再说，她是他在这个世界上见到过的最漂亮的小妞了，她让他敞开心扉。

　　雾散了，他上岸。这雾说散就散，散得干净，蛛丝马迹都不留，尽剩蓝天碧海，阳光沙滩。他换衣服故意换得很慢。她说好了要等他的么。可是海里，岸上，都不见她踪影。

　　人家不过随便说说罢了，说不定她早跟另一位"大连朋友"走了。吃烧烤，喝啤酒，还要去迪厅呢。毕竟像他这样皮肤黝黑会扎猛的"大连朋友"海边上有的是么。如果她也邀请他们明天教她游泳，那还有什么意思呢？不可能，她的话是认真的。她要他雾散后等她也是认真的。治病的眼神，这难道是一个问题少女惯用的花招吗？

　　两个小时后他决定不再等了，他往外走，走得非常慢，走近了公园大门，身后传来一声尖尖的呼唤：喂！

　　他感到自己头颅中燃爆了一枚巨大的火花，猛回身，顺着喊声，硝烟之中，那个天底下最美丽的女孩站在一棵梧桐树下冲着他笑。

　　还有必要继续往下写吗？早晨起来，这句话像个问题一样（问题又像什么？）摆在了他的面前。同时摆在他面前的有一杯牛奶，半块面包。一张没有日期（撕掉了）的晚报。晚报是用来垫牛奶的。

晚报上有一则消息：昨天上午大雾，致使付家庄海水浴场多名游客被困。在广大解放军指战员和渔民兄弟的奋力营救下，除一名少女不幸遇难外，其他遇险游客全部获救。其中获救的一对夫妇被发现用一根鞋带拴在了一块儿，谱写了一曲同生死共患难的感人篇章。另有多名游客被山东省渔民救起。公园管理人员介绍，赶上大流子，能把人一直流到韩国。初步查定，遇难少女系吉林长春人，随母亲来大连旅游。遇难少女的尸体今天凌晨被一名采捞海带的渔民发现。渔民在扯一根海带时发现另有一只手也在拽这根海带。渔民对记者说，"我一用力，就把她带了上来。"本报郑重提醒市民游客，付家庄浴场水深流急，游泳务必谨慎小心。

如果非要写下去的话（别这样，没人逼你么），上面那段可作为上一场大雾的结尾，下面是另一场雾了。不过不是他的另一场雾，而是你的另一场大雾。

还记得吧，小萱来你家敲门的时候你在懒床，你奶开的门，你在里屋听见你奶说，他出去了，说完就咣当一声把门关上了。从你奶关门的力量上你就知道是谁来找你了。凡来找你的女孩你奶一个都没看上，但最看不上的就是小萱。因为小萱她奶跟你奶曾在一个单位工作过，是个比较著名的烂货。有其奶必有其孙，你奶烦得要命。你却一个高从床上跳起来，拎上外衣，拿着那个还没有吹气的游泳圈就往外跑。你告诉正在淘米的你奶，去游泳了，多蒸点米饭，回来你会很饿。

即便真的去游泳，你奶也反对。她老人家的观点是立秋以后就不能再下水，老了病会找上身的。大连人信这个。立秋后第二天，海边人就少了一半。但对真正喜爱游泳的人来说，那正是好日子的开始。夏天的海不过是一个泡满孩子和外地游客的澡堂子，混浆浆，热乎乎，漂着些海带水草果皮塑料袋。立了秋就不一样了，小北风一吹，海面被梳理得平平整整，干干净净。经常一块儿蓝一块儿绿的，蓝和绿又分出好多层次，看着就想往里跳。潜在水中，耳膜感受到的不单纯有压力，还有凉意。到达海底，这凉意会刺进脑髓，把你爽透。表层的水暖，深处的水凉，却都同样柔软。摸得到，抓不住。让你脸红，使你勃起。有机会一定要尝试一下裸泳。再有个漂亮女孩陪着就更不用说了。如果是中午，上岸后，你可以躺在石子上烙身子、晒太阳。只要有太阳，石子堆就是个大火炕，你躺过的地方留下的湿印，一会儿就干了。秋天的海水是凉的，空气是凉的，唯独太阳光和岸上的石子是热的。秋天的太阳不再像夏天的太阳那么灼热伤人，怎么晒怎么舒服。一阵风吹来，你感到冷，风一过，太阳光的温暖重新又回到身上。晒暖和了，烙透了，你可以回家，也可以再次下水。再次下到水里，体会到的是另一层次的凉爽，这个语言说不明白，游了就知道。

　　你追上小萱，你们相互搂着向植物园后面的山上走。一边走，小萱一边用些锅巴甜豆之类的小吃喂你。走到山顶，你差不多吃饱了，吹起游泳圈格外快速有力。一只充了气的小小游泳圈，不就是一张野外做爱床吗？直到今天，你仍为你这个富有创意的小发明而深感骄傲。每当听到谁谁谁的女朋友在野外磨破了屁股，划伤了大腿，你除了表示同情和愤慨，就是暗自骄傲和自豪。

　　跟许多奇迹相似，它也是在不知不觉之中发生的。等你发现你和你身下的小萱及小萱屁股下的游泳圈慢慢浮了起来，想下地已经晚矣，你们已经快要飘浮到一棵松树的顶端了，有个十几米高吧，一根树杈挡住了你们，小萱还以为是什么东西掉到了你的头上呢。小萱把压在你脑后的枝条拨开，你们继续上升。起初，你们完全沉浸在做爱当中，对浓雾的出现毫无察觉。那晕晕乎乎的升起来的失重感，也被你们跟做爱的快感弄混了。因此尽管你们已慢慢升离了地面，做爱却一直没有停止。你们根本就不知道你们已经浮起来了么。如果有个旁观者，肯定会忍俊不禁。他会误以为是你们一上一下的活塞运动使这个圆圈形飞行器飞上了天空的。但也不必把衣服脱得精光呀。其实伸手不见五指，即使身旁真的有人，恐怕也只有听听声的份儿了。一瞬间你的感觉是：你可以跳下去，即使是它擎不住，也不会摔坏。不过，仅仅出于安全考虑，小萱也不会允许你离开她的身子的。随着高度的增高，气温在不断下降。小萱的胸脯上都起鸡皮疙瘩了。你的胸脯上也起了许多。

你们只好加快节奏。知道燧木取火吧？就是用一根木棍不停地转呀钻呀的，直到生出火来。好像是在一个科教片中看的，还得不停地用嘴吹呀吹的，属于力气活儿。终于升到了最顶端。你们的头上不再是雾，而是太阳。皮肤上的鸡皮疙瘩消失了。你们优哉游哉地划动着游泳圈，速度比在海上稍慢一些。再厚，再稠，它终究是雾，缺乏水的阻力。牛奶的颜色牛奶的质感，抓一把却空空如也。你们慢慢移到了牛奶海的边缘，直上直下的，刀切出来的一般。小萱怕你掉下去，把你夹得更紧了。真想不到这雾仅仅局限在植物园的范围内。城市里根本就没有雾。街道，楼房，车，蚂蚁般的行人都看得清清楚楚。海上也没有。不然就会有第二只游泳圈浮在空中。其实多少年后，中年危机的你，将在海上经历一场大雾，那场雾比这一场稍小一点，因为那一次并没有游泳圈飘浮升空。海上的雾含盐大，按理说，比重越大浮力越大才是，可实际并不这么简单，谁知道呢？阳光下，半空中，除了你、小萱和游泳圈，还有几只塑料袋和几只喜鹊。废纸片浮不多高，湿透就沉下去了。喜鹊在你们斜下方的城市穿来穿去。你以俯视的角度观看它们，一时入了迷。怎么不动了？你在想谁？小萱睁开眼睛问。

四个小混混

一

　　临毕业前，有料没料的都硬了起来。连面条这等老实人，也硬了一次。事情的经过以及后来相关部分如下：

　　面条从天津街回甘井子，下车的时候，他前面的两个小子没有交票，而是把大拇指往后跷了跷。方向十分一致。乘务员就把面条扯住，非要他补票不可。从诞生之日到此危难之时，面条一直是软的，只好掏出来四毛钱，替两个陌生人把票补了，然后，还有什么然后呢？低着脑袋，甩着胳膊，大步流星赶在回家路上，直至物我皆忘。可是这一次不灵了，拐过第三个楼角，栽赃他的那两个小子在前边晃荡，有说有笑呢，发现面条跟在后面，更笑得不行。弄得面条实在没脸。面条认出了他们，跟自己一个学校的，小一届，他们两个接起来也没有自己高。面条说，等着啊，等着我毕业的！

　　他声音很轻，以为别人不会听得到。两个小子却站住了，对个眼，嘀咕了句什么，具体内容面条就不知道了，两个小子是急性子却可以肯定，还有个三五天毕业，等不得了吗？哎，就等不得。两个小子晃过来，一顿连踢带打，史无前例地硬了一次的面条又就这么迅速软了。前后不超过一分钟。

现在告诉大家无妨，两个急性子异口同声的是：咱把他叠起来如何？

面条身高一米九多，细细的一条，软丢当站不直。

这不欺负老实人么！小马抬头看看面条的熊猫眼。同面条一块儿来的，还有面条的表哥张力。等着，等毕业的吧，张力说。叫上拐子建军，面条建议。小马认为没有必要，屠城吗？不就两个小崽子。

毕业证到手了。一块儿玩的小伙伴，只有面条考上了高中。小马、张力等着办理接班进厂。拐子和建军接不了班（拐子的哥和建军的姐已经抢在前面接了），就进大集体。进大集体手续简单，没两天就上班了，更便宜的是，干了不到半个月，赶上了开工资，那老多钱呀，整整齐齐装在一个纸袋里，另附一张小窄条，写着基本工资奖金补贴洗理费扣除工资扣除奖金及剩余总额供你核对，少了可以下个月补。拐子双手从工资员手里接过工资袋，觉得这要比翻墙头偷铁卖体面多了。建军没有签名，拿了钱就想走，工资员不答应了：你爸来要，我找谁去？建军要砸工资员。大家好容易拉住。建军的爸爸在建军很小的时候就死在了厂子里，一次事故中被烧死的。

周六，拐子和建军下班请客喝酒。小马张力决定先把那件事办了。

　　面条犹豫再三，决定还是跟着去。他找了根凳子腿掖在袖子里。

　　下午自习时间，那两个小子被从班里揪了出来。小马和张力一人一个，拖到走廊头的拐角。两个小子都老老实实的，叫干什么就干什么，小马根本下不去手，他本来想还一套熊猫眼的，现在只能把其中一个一绊子放倒，用脚踩着。面条指着骂，骂他们怎么他妈的就好意思下手那么狠，当时他也没反抗呀！张力把另一个顶在墙边上，左右开弓地抽，越抽感到越来气，部分原因是听了面条的骂，使他倍感耻辱，另一部分原因是那个小子护自己脸时把他的手硌疼了。嘭，张力给出一拳，那小子鼻子被打破，血滴到地上。面条说，不好，我晕血了。张力揪着那小子到水房洗鼻子。洗了好几遍才洗好。洗好了鼻子，那小子突然弯腰去拿拖布，把张力搞得非常紧张，厉声喝问，干什么？并向后撤了撤身子。那小子谦逊而又诚恳地回答，我想拖一拖走廊。

　　那小子手持拖布来到走廊，看见面条仰头望天，伸脚蹭地上的血滴，他就说，你这样弄不干净的，让我来，你先擦擦脚，要不踩得到处都是。

　　张力来到小马这边，踢了躺在地上的小子一脚，面条，过来，还他个熊猫。

　　提到熊猫，面条不免有些激动。他从袖子里把凳子腿抽了出来，指着地上的小子问，服不服？

　　服。服。

面条就把凳子腿放回到袖子里，心服？口服？

心服。心服。

面条看看张力和小马，无奈的表情像是在说，你们看，他这个样子了，我还真就没办法了。

张力说，那可不行，回家拿一盒金花，不，两盒金花。不，一盒金花，一盒金杯。现在就回家拿！给你半个小时，我们在校门口等着。

大家伙儿立刻被这个富有创意的命令搞得兴奋了起来。小马拉过张力，金花比金杯贵！

张力解释金杯有劲，面条也这样认为，小马就同意了，好吧，一盒金花一盒金杯。他挪开脚，内心非常佩服张力，不愧在外面混过！张力小学三年级就跟二十六委最厉害的孔氏四兄弟的老四混，见过社会。

那小子爬起来就走，没有丝毫犹豫。张力反倒有些不放心了，远远地嘱咐了一句，哎，朋友，有困难你就说啊，不能蛮干。

语气十分体贴。

二十年后，在一场民事诉讼中，身为一对双胞胎女儿父亲的下岗工人张力，对待对手时没有丝毫体贴。为了能给被车撞残的大女儿多争到一点补偿，他把凡能想到的所有招儿都使用上了，包括一些低级的可怜的下三烂招数。彼一时此一时，张力现在想的就是两盒烟。

拖地的小子立正站着，等候发落。为了不使鼻子再滴出血，他仰着脖子。公理公道地讲，这小子发育得挺全面的，都长喉结了。复仇三人组放过了他，他们走出来，到大门口去等着那两盒烟。

结果并没有等到那两盒烟（干脆直说了吧，不然这点事儿还没完没了了呢）。他们非但没有等来两盒烟，还等来了一顿打。那小子回家找烟时被他哥发现了，他哥也是个社会刺儿头，问清楚，就带着一帮人杀回来了。这边张力眼尖，发现来头不对，喊了声"撤"就没影了。不愧是在社会上混过的，眼疾腿快。小马跟面条就没有这素质，特别是小马，还想比画比画，被人一砖头拍晕了。

二

事后张力解释他为什么逃跑，说是回去找刀去了，于是"回去找刀去了"便在一片哄笑中成了张力的代名词。后来逐渐简化，找刀去了，找刀。等找刀从砖厂被教养了两年后出来，已经减到了一个字，刀。

刀现在是个满面愁容的下岗工人。回去找刀去了，以及他的同伴们，还十分地年轻。晚上拐子和建军请客的酒局上，小马不胜酒力，提前告辞。熊猫眼小马没好意思回家，他向面条要了钥匙，去了熊猫眼面条的房子。房子是面条他哥的。他哥出差不在家，房子由面条看着。

小马来到房子，先去厨房烧水，他想用热毛巾敷一敷自己的熊猫眼。他刚准备点瓦斯，听到门外有钥匙的声响。是一串钥匙在互相撞击（面条的钥匙是单个的，所以不是面条），还没有插进锁眼。小马紧张了一下。可钥匙声随之消失了，再仔细听下去，什么动静也没有。

这是轧对面房的那种房子。两家共用一个厨房一个厕所。对面房是个离了婚的护士。傍晚喝酒的时候，小马听了不少关于她的事情。

其实也没有不少，关键的部分，就那么两三句。

主要都是懒肉说的。懒肉是个老混子，没事的时候，他就到饭店门口溜达，寻找蹭酒喝的机会。要么你不认识他，要么你认识但能打过他，否则懒肉总有本事凑到你的桌子旁，让你加个杯添双筷子。

懒肉把一只死苍蝇扔进被众兄弟糟蹋得已经连残羹剩饭都算不上的鱼香肉丝里，端着去开票的窗口，换回来一盘煮花生。他告诫小马道，晚上睡觉要插好门，否则她能把你抽成一张皮。

他这样说可不是没有原因的。

懒肉跟面条他哥是朋友，曾经在他哥那儿避难过夜。有一天早晨起床，他看到对面房的门开着一道缝。挺大的一道缝。女护士围着被子坐在床上。她看到懒肉往门里看，不但没有生气，反倒冲着他笑。懒肉就进去了。懒肉这样说的：我掀开她被子，好么，底下什么也没穿，提溜滑。

停顿片刻，他又加了一句。这句加得也挺要命的。他一指面条说，不信你们问他哥。

回去找刀去了问面条，对面房长什么样？

面条说，个挺高，有点胖。

拐子问面条，挺老吧？

面条说，对呀，都快三十了。

建军问，真的那么烂吗？我最烦烂货。

面条说，差不多吧。反正经常有男的去她那儿睡。有一次我听见了。

小马从桌子上抬起头，听见？

对呀，听见她烧热水往盆里倒，然后端到屋里洗。

洗什么？

这你都不懂？那玩意儿不洗不行。

小马被说得面红耳赤，赶紧趴到桌子上。

面条推醒小马，给了他钥匙。

小马用热毛巾敷眼睛。他希望明天就能痊愈。他不希望更多人看到，更不喜欢听那些猥琐的家伙用拍马屁的口吻实际是讥讽说，啊，打仗了，跟谁？

拐子曾拿给小马一页画报，折叠的地方都快要断了，打开来，有个裸体金发女郎在沙发上拉趴着。要说叠这页画报的人还真有水平，关键部位都恰到好处地保护住，没有被折痕损坏。他看啊看，怎么也看不够。后来被建军要过去了，说他的一个朋友想看。这个朋友马上就要当兵走了，建军说，他不像咱们，还从来没有看过。弄得小马不可能不交出来了。但是建军好像看透了小马的心思，对小马说，你想留就留着吧。当时面条在边上撇嘴，看看就得了，那玩意儿就算是真的，又有什么意思？

小马此时躺在面条哥哥家的床上，满脑子全是那张画报。

他没有插门，给面条留着。

不知不觉他睡着了，再睁开眼，女对面房站在床边。他霍地坐了起来。

打仗了？让我看看！

说着她就把毛巾拿了下来。毛巾早都凉了。

小马接在手里，我去热一热。

她摇头，热水越敷越坏。得用冰水，把瘀血吸收回去。没有冰水可以用凉水。

她挺好看的，有一米七了，不像面条说的那么胖。眼睛大，嘴唇厚，嘴形很有曲线。

她说，看到门开着就进来了，还以为是谁呢！

她又说，别担心，皮肉伤，过几天就会好的，我回屋了！

走到门口，她回过头，冲他笑了笑，我先不睡，看会儿小说。

又不搭边地说，你喝酒了，满屋的酒味。

然后她进了她的房间。

听声音她只是把门轻轻带上，没有上锁。

小马往后一倒，种种念头袭来，每一种都挺无耻，挺肮脏的。

随着时间的延长，念头越来越成为念头，难以实现。

他甚至想到她会撇着嘴笑话他，咻，早干什么了？

那样他会受不了的。关键是他并不知道进去后他该怎么干。

门一响。她走出来。走到了厨房。她喊道，哎，热水我用了？

他太紧张，忘了他是在假装睡觉。

随便。

谢谢！

哗，水被倒进盆里。

水龙头开开，往里面兑凉水。水龙头关上。又脆脆地响了两声，那是她在用手指头撩水试水温。然后她把水端到屋里去了。

过了好长时间，拖鞋的呱嗒声又响起。走到厕所，水倒进了便池。盆放回盆架。脚步突然变得轻了。

到他房门前停住。仿佛在听。

小马决定了，如果她进来，他就假装已经睡熟，怎么推也不会醒。

喂，醒醒！醒醒！

小马做出不得不睁开眼的样子，却看见面条站在床前。外面天已经大亮。面条慌慌张张的。

不好了，出事了，他们全进去了！

他们包括回去找刀去了，拐子，建军。一开始还有面条。他给关系硬的爸爸打了电话，才被保了出来。

三

首先金辉长得漂亮，要不全白扯。另外她还挺聪明的。

有次她跟一个小子单独相处，气氛刚要有点暧昧，她就生气了，狠狠地把他数落了一顿，对方还不承认呢。

狡辩有用处吗？她看得清清楚楚。他刚开始想歪的，她就洞察到了。

金辉不像有些女的，遇到一帮小子踢球，就不敢上厕所，也不敢说话。每到下午，总会有不少小子在操场上踢球。他们把一个或几个破球狠命往厕所的墙上掼，吓得她们尿不出来。只有金辉敢出来喊"停！"，如果她还没尿，她会等别人都尿完了，最后一个进去尿。荒料们见她进去了，又哄笑着往墙上狠命掼那一个或者几个破球。

但是金辉根本不在乎，把球掼爆了她也不在乎。

金辉比一般的女孩有气量。马文丽曾经传过金辉的坏话，被金辉知道了，金辉不但没有不理她，还照样分给她瓜子吃。马文丽对别人说，有一次在厕所里，金辉不顾她本人的强烈反对，一个劲看她的小便（小便！马文丽就是这么措辞的），她躲着不让看，都把尿弄到裤子上了。这是事实不假，那也不能到处乱说呀！

可金辉并没有因此怪罪马文丽。

金辉要求自己每天记日记。

如果漏下一天，第二天一定要补上。日期当然还是前一天的日期。在她的日记里，最有特色的是天空，它经常带着一般人看不到的颜色，玫瑰色，绿色，洁白（洁白的天空，并非洁白的云彩），等等。

这天傍晚，天空是咖啡色的。爱记日记的金辉感觉素材不够充分，决定出来走走。

她碰见了建军他们。在日记里她把建军写成"大眼睛男孩"。其实建军眼睛并不大。但金辉自有金辉的眼光：拐子丑得吓人，回去找刀去了一脸邪气，面条那高那瘦不叫玩意儿。建军则是一个眼睛大大、威风凛凛，而且常常害羞的可爱大男孩。他们已经注意到她了，好像在为此商量着。建军脸还红了。

她想，好一个爱害羞的大眼睛男孩！

回去找刀去了对拐子说，我听你的。你都参加工作了么。

拐子说，都不要他妈的瞎发善心，她绝对是一烂。

这话主要是冲着建军去的。因为建军对回去找刀去了的提议显得并不怎么热心，甚至还有点抵触情绪。

回去找刀去了说，对呀，面条还没见过那玩意儿来，今天让他开开眼。

面条轻轻嗤了一声，但看不出具体意思，不知是不同意还是同意。要是换了平常别的事情，面条会直接说话，要么反对，要么不服，至少会说不要打着他的幌子。但这次他没这么说。他除了不知所云地嗤了一下，什么话也没说。这就给了建军很大的压力，三比一。任何一个集体，少数服从多数都是一个绝对的原则。

可建军仍然恶狠狠地对回去找刀去了说，就像你见过那个玩意儿似的！

一时间弄得回去找刀去了很下不来台，他最怕让人瞧不起了。今天本来已经够窝囊的了！而且，如果说的是你怎么像没见过那个玩意儿似的还能好些，可说就像你见过那个玩意儿似的，他就受不了了，这不明显瞧不起他么。

回去找刀去了神经质地干吐着唾沫，说：操，吃枪药了！操！

你给我闭嘴！拐子指着回去找刀去了的鼻子说。

不喝酒的时候拐子挺谦虚，喝了酒，他会把自己当成老大。一个残废，有这么点爱好，大伙儿也不怎么好意思跟他较真。再说，拐子为人处事算是比较公道的。兄弟之间在如何处理一个烂货的问题上出现了分歧，做老大的就得把分歧的关键部分找出来，解决掉。谁也休想漠视老大的权威。拐子把建军拉到一边，双手扶着建军的肩膀，非常严肃，建军，我们是好朋友吗？

还用说么。

那你跟哥说实话（他只比建军大两星期不到），你是不是对她有那个意思？如果你对她有那个意思，我们仨立马全撤。对她有那个意思吗？

建军摇了摇头。他从来没有跟她搞对象的意思。真的从来没有过。

拐子扶着建军双肩的手温柔地捏了一捏：你看，往那边看，看她。看到了，她在等人吧。她是不是在等你？

我跟她说话都没说过，怎么会在等我。

这就对了么，她是个烂。你要真看好她我都不能同意。别说你爸你妈了。她在等我们去搞她，明不明白？

回去找刀去了插嘴说，你们看看她那眼神就知道了，老盯着男人裤裆，最不要脸了！不信你们观察一下。

金辉站在原地不走。她已经做好了建军一旦跟她打招呼的准备。她要把他跟她说的第一句话原封不动地记进日记里。她还要写上：炮台山的天空由咖啡色渐渐变成了橘黄色。

给我根烟，建军说。

回去找刀去了立刻递上一颗金杯。他明白建军已经上路了。他给建军点上火，三班的国健咱都认识吧，有一次，他在这个烂货家把她好一顿抠摸，人家都没稀得搞她。

建军朝金辉招了招手，哎，过来！

四

建军坏起来比谁都坏，回去找刀去了也没有他坏。完事后，回去找刀去了只是翻了翻人家的兜，拿走了几毛零钱。建军却抓了一把黄泥，抹在了她的那个地方。因为她不停地骂他，边哭边骂，只骂他。

猪悟花怜惜鼓王白

中山公园有两队固定锣鼓，一队在北，一队在南，互不相干。两队锣鼓都跟鼓王白好。

鼓王白这一次从南门进，下一次就从北门进，无论南北哪支锣鼓队，只要鼓王白稍露要站下来的意思，它的鼓手立马双手献出鼓槌。

鼓王白接过来，轻轻一点鼓面，吹唢呐吹喇叭吹笙的顿时亢奋。一曲终了，他右手往空中一指，锣鼓队、扭秧歌的、观众同时凝固。几秒后，他垂下鼓槌，一抱拳，"老少爷们，谢了。"

"再玩会儿呗？"

"不了，我的人到了。"

鼓王白有自己的队伍，说话间他们抬着大鼓小鼓从西门进来了。

"瞎子没来？不等了，准备！"

鼓王白个头瘦小，发型油亮，穿白色吊带裤，花格衬衣口袋装着两副墨镜。

大鼓摆在一侧，他用巴掌大的小鼓当领鼓。

他敲下的第一槌并没有挨着鼓面。第二槌便敲响了，

敲到了所有人的心上。扭秧歌的开始下场。顶替瞎子的唢
呐手摇头跺脚，格外卖力。

鼓王白一通宣泄，扬扬手，让其他人继续，他从后屁
股兜摸出一个大皮夹子，张开给大家看，里面百元票十元
票一大叠。

他掏出一张塞进唢呐手上衣口袋，突然一激灵，手缩
回来，把百元的换成张十元的。大家一阵哄笑。一张，两
张，三张，在大家的哄笑声中，他一张张塞进了吹唢呐的
口袋。

"鼓王白不差钱，退休金五千多，三个闺女都出息，
都孝顺，抢着给老头钱花，你们说气不气死人？周六周日
老头还有商演呢。老头天天喝。潇洒了一辈子。"

鼓王白朝身后招招手。

跳出来两位浓妆艳抹的胖老娘们儿，一个在大鼓上摆
上四个小酒盅，一个打开一瓶二锅头，把酒盅斟满。

"八十二了，退休前海港医院拍 X 光片子的，眼光厉
害，退休多少年了仍有人找他看片子，直到有了 CT。快
看，要表演'花下死'了！"

唢呐急，锣声紧，鼓王白做虚步，向后弯腰，两位胖
老娘儿们一边一个接住，远看像是抱着他喂奶。人群骚动。
她俩一人捏起一个酒盅，伴着密集的锣鼓声和掌声，轮番
往老头儿嘴里倒酒。

"老家伙有量，一会儿还得去饭店，再整个半斤没事
儿人一样。喝完了再去蒸个桑拿。往哪儿看？看鼓上，还

剩两杯，等着猪悟花呢，今天咋来晚了？"

"晚了，晚了，我来晚了！"一个上下一般粗的胖老娘儿们，迈着小碎步从人群中跑出来，她嗓音很怪，用很大力发出的声音却很小，像噜了扣的老收音机开关，怎么扭怎么转，音量都不会变大。

人们根据相貌送她外号"猪八戒的妹妹"，后来改称"猪悟花"。

猪悟花扭捏过来，一手一个，从鼓面上捏起酒盅，交给鼓王白一盅，两人喝了个交杯酒。

"呜！"

人群骚动。

鼓王白和猪悟花扭起了秧歌。鼓王白动作夸张，格外有喜感。猪悟花以不变应万变，小步幅，小动作，面露笑容。他俩的压轴节目是"猪八戒背媳妇"。唢呐一响，大家放声叫好。

猴一样瘦小的猪八戒，背着论吨不论斤的猪悟花，当然不会真背，摆摆姿势已足够出彩。鼓王白花样百出，怎么扭怎么有，猪悟花的鼻头渗出了汗珠。

锣鼓一收，鼓王白转着圈分发名片，"帮忙宣传一下，接各种开业庆典，我很贵，我很贵，好，好，谢谢，谢谢。收摊，走啊，喝酒去！"

他问猪悟花："一块儿去？"

这是例行公事一问，每次都这样。

猪悟花扑哧一笑，"我可不去，你们一帮子大老爷们儿！再说我不会喝酒，我身体弱，大夫说不适合喝酒。"
她还要讲下去，已经没人感兴趣。鼓王白被两个大屁股老
娘们儿搀扶着离去。

"瞎子直接去饭店了。"一个大胖老娘们儿对鼓王白说。

猪悟花说："这不有人陪了吗？还找我。喂，少喝
点酒！"

她在喊，声音却比说话还小。

中山公园做操的，玩太极推手的，踢毽子的，跳国标
舞的，耍扇子的，舞刀弄枪的，唱二人转的，扭秧歌的，
玩单双杠的，练大合唱的，猪悟花哪个堆儿也不去，她目
不斜视，迈着小碎步，直接往家走。

保

尔

九〇年春天，我上班的公司关门了，员工每月二十五元生活费，"耐心等待不远的将来公司起死回生"。找一个新工作并不容易，又不能在家闲着，我就投奔了三哥。三哥在斯大林路开酒楼，算是个大款。那天中午，我要去酒楼替三哥陪客人，见公交车站人多又没有来车，就叫了辆出租，没料想司机竟是保尔——我儿时的偶像，三哥青年点的朋友，三嫂的旧恋人。看来他非但没死，而且显然是提前出狱了。

要理清他们之间的纠葛，须追溯到十几年前的一个盛夏夜晚。那个年代虽然使得众多有识之士倍感绝望，但对我们这帮孩子却奈何不了分毫。我记得那天我和小伙伴们照例玩得昏天黑地，我们打砖头，打弹壳，打烟纸，打火柴盒，骑马打仗，最后去东海头游泳，往回走的时候，天已经麻麻黑了。家门口的路灯下，我远远地看见，平常跟着三哥转的那帮小子，围着一个陌生人听讲故事。我想一定是三哥从青年点回来了，进屋果然没错，他还带回来一个朋友，就是讲故事的那个人。三哥在准备饭菜，见我进来便放下菜刀，领我到他朋友跟前，郑重做了介绍，说让他以后有机会带一带我。那人一口答应，把"小弟"拉到他跟前。小伙伴们都羡慕死我了。

"我慌了吗？不可能！我十四岁第一次扎人，再不知道什么叫害怕。"他轻轻端起地上的吉他，眼花缭乱地弹奏起来。"'几个月过去了，你的肚子膨大了，姑娘，姑娘——'我正唱到这一句，他们出现在我的视线中，一、二、三，背后还抄上来两个，走路没出一点响动，总共五个，'快点！快点！'他们说。可我得把它唱完了，不管什么歌，我最不愿意唱一半停住，胸口堵得难受！'姑娘，姑娘，这回你可上当了。'我双手把琴高举过头，'请！'那五个小子收起刀子，拿了琴就走。我呢，我继续坐着，一动没动，直望着他们从村口消失。"故事不得不在此打住，因为酒菜早已准备完毕，他被三哥和众哥们儿簇拥着进了院中的小房。故事的关键部分，几天后由我向小伙伴们续完。只不过一经我之口，变得平淡无味：等那五个小子走远了，他起身跑回青年点，从枕头底下摸了两把乌榄子，抄小路截住了他们，'向后转！'连琴带人押回了点。

没用几天，家门口的小子们就都被他给迷住了。我们见过不少像三哥一样有名的人物，身强力壮，不乏魅力，但普遍举止粗俗，满嘴脏话，不像他气质独特，令人喜爱。别说在惯于打架斗殴的人当中，从语文堆里也难挑出像他那么有"词"的。粗俗中夹着文雅，生动有趣又清晰流畅，再加上一把吉他和保尔式的长相，绝了门了。因为他的相貌，我和众伙伴背地里称他保尔，没想到这正是他的绰号。

在我们这帮小孩眼里，保尔并非作为一名共产主义战士而存在，他那段著名的"当我们回首往事"我们还不能够理解，我们年纪尚小，没有什么可悔恨的，我们所接受的只是从连环画和电影得来的形象——一个打架泡妞的英俊小伙子。我们觉得这形象扣在他身上正相符。就连天生不会笑的三哥也咧咧嘴、龇龇牙，"对，保尔。"

三哥绰号黑狼。我家住的寺儿沟俗称狼窝，三哥脸黑又爱打架，就被人起了这个绰号。寺儿沟这一片儿，小鼻子时期是码头工人的居住地，大多都是闯关东过来的，人有劲儿又爱习武。我大哥二哥都不是善茬子，只不过性情温和，不爱惹是生非，唯独三哥，从小好勇斗狠，中山区没有不知道黑狼大名的。我父亲早逝，母亲管不了，一切由他。

我家后院有一间石头盖的小房，三哥和朋友们经常在那儿打扑克聊天。小房里有张木板搭的床和几个小凳，小房地面下，挖了一个冬天放白菜萝卜的地窖，冬天他们喝酒，就打开盖子下到窖子。他们是怕冷，还是怕民兵抓，还是故意制造一种刺激，我不得而知，反正我经常跟着下去，看他们喝酒，听他们泡。保尔的酒量跟三哥不相上下，喝酒的方式相同，一人一缸子老白干，碰三四下干下去一大半，剩个底儿了，再慢慢喝。两人武艺也打平手。有一次他俩在院子里比画，我们看到了。只是比画比画，没动真格的。我了解三哥，也听了保尔的许多故事，我认为他俩都达到了"看人如蒿草，打人似走路"的境界，但此刻互为对手时却都有所保留，小试了试就住下手，这绝非顾及对方面子，而是因为对手很强，同自己一样强。三哥素有视金钱如粪土、为朋友两肋插刀等美誉，唯独在武艺上"小心眼"，非得分个高下不可。他出手狠辣，不近人情，可这次却一反本性，足见保尔确非等闲之辈。保尔肯握手言和，三哥的武艺可想而知。

不久后我知道，原来保尔是来避难的。他打伤了公社的民兵队长，惹了大祸，加上他的父母是右派分子，老子反动儿混蛋，正好严办。怎么个严法不知道，反正轻不了。十年，二十年，无期都是他，吃花生米也得受着。可令人不解的是，保尔、三哥都那么大意，就像我家是外交豁免权的外国使馆，跑进来就万事大吉似的。他俩整天招摇过市，呼朋唤友，还帮人打了两次架，兴许把避难这事早忘了。妈妈一气之下，回了山东老家。我想如果换我，我会万分谨慎，我会躲在小房，等过了风头再露面。可保尔不但毫无隐姓埋名之意，却更加肆无忌惮，终于有一天，把"冬妮娅"带来了。这回像捅了马蜂窝，大人小孩都出来看"马子"。远远张望，小声嘀咕。

"冬妮娅"名叫李亚萍，一个长着黑眼圈的苗条姑娘，特别漂亮，有一种沁人心脾的美。

我家只有一间屋，屋里一大一小两张床，平常三个哥哥睡大床，我跟妈妈睡小床。保尔初来时，三哥要去院里的简易小房睡，保尔不肯，自己住了小房。这回大哥执意要睡小房，我和二哥三哥保尔睡大床，李亚萍自己睡小床。

李亚萍说三个大男人会挤坏了我，要我跟她睡小床。我吓了一跳，差点高喊"我也是男的"。"走，小弟，我们洗脚去。"她拉我去了院子。开始我还挺害臊，等我俩同时把脚伸进同一个盆子，我突然觉得她就是我的亲姐姐。妈妈脾气暴躁，哥哥粗心大意，我特别羡慕那些有姐姐的小伙伴，曾经几次梦到过我也有了一个亲切温和的姐姐，多了没有，一个也行啊！因此，当她把铜盆端到我跟前，她在我对面坐下来，我俩一块儿脚搓得咯吱咯吱响时，那个我梦寐以求的、体贴入微的好姐姐的幻象就活脱脱现形我的面前了。"我脚比你的脚大。"我说。"你能长大高个儿。"她告诉我。晚上我躺下就没敢再翻身，先是假装睡着，然后过了好长时间才真正睡着。二哥在上床之前突然改变主意，非要去小房跟大哥睡不可，三哥和保尔拉也拉不住。我面朝墙壁，亚萍姐在我身旁躺下。三哥和保尔还在说笑。"拽灯了？"亚萍姐问。"好！"三哥和保尔同时回答。我脸朝墙一个姿势，想翻个身又怕碰着她。

　　第二天晚上，明月当空，我们在院子里乘凉。保尔弹琴，亚萍姐唱歌，唱"一条大河波浪宽"、《南京知青之歌》等好多禁歌。亚萍姐歇息的时候，保尔突然唱起了最流行的一首小调，他瞅着亚萍姐，眼睛一眨一眨，"为了你，为了你，为了你这个骚卖逼我进了监狱，监狱的生活实在是难过，叫我怎能活得下去……"亚萍姐听了不但不生气，还深情地望着保尔，直到唱完。三哥听到一半就小声嘟囔了句"够贱"，他以为谁都没听见，起身回屋了。三哥缺少音乐细胞，唱《东方红》都走调。

亚萍姐在我家住了大约有半个月，就去甘井子她姨家去了。这半个月我俩相处得亲如姐弟，我还帮她烧竹筷子烫头了呢。亚萍姐走后没几天，三哥和保尔就被民兵抓走了，一个月后，三哥一个人回来，说保尔被判了无期，押送到新疆服刑去了。又过了两三年，传来保尔越狱被镇监、当场枪毙的消息，我去问三哥，三哥说他也听说了。三哥告诉了亚萍姐，她现在是三哥的对象。亚萍姐听了当着我的面哭起来。三哥结婚以后，亚萍姐变成了三嫂，三哥对妻子宠爱有加，三嫂喜爱音乐，家境稍强一点三哥就买了一架钢琴给她解闷。有钱之后更不必说了，单裘皮大衣就十多件。三哥说发就发了，转眼拥有巨大财产，还从劣迹青年摇身成为社会名流，获得数不清的荣誉：优秀个体户，十大杰出青年……

"保尔哥，我们找个地方坐坐如何？"车跑了大约一半路程，我试探着对保尔说。我急于知道他将如何对待三哥三嫂。

"再好不过了，我正有事需要你帮助。"他痛快地答应。我们就近进了一家人少的酒馆。

"我的胃口坏了，不能喝酒。"他说。我这才发现，保尔老了许多。

保尔是半年前出狱的，户口落在了新疆，"那个空气新鲜到可以当啤酒喝的好地方。"他本可以落回大连，但他没有。在新疆待了两个月，他就回到了大连。保尔毫无戒心地叙说着，使我小心翼翼的问话方式无地自容。我干脆直抒胸臆，有什么说什么，什么不明白问什么。出租车是朋友借给他开的，一则谋生，二则，他说，希望能偶然地碰上李亚萍。但是两个月过去了，这个主要目的至今没能达到。世上尚有如此痴情之人，并且稳当当坐在我对面，我并不感到过分惊讶。因为我始终没能忘记保尔望着李亚萍唱歌的那个月光皎洁的夏夜，他俩之间的深情不容置疑。"我想看看她见到我之后会做如何反应。那一刹那她将会怎样？这对我太重要了，你能懂吗？"保尔双眼茫然，摇了摇了头，显然他认为我是不懂的，"多少年来我总想着这件事，它使我的沉重的劳改生活变得轻快不少。"他顿一顿。"她见到我，认出我，唉！她会是个什么表情呢？我猜不出来，这太有意思了，足以补偿十几年的分离相思之苦。然后我们就离开这里，离开这个小小的，总是给我不快的城市，去天山脚下，开始新生活。当然，在这之前我还有一件事要办，可这得等先见了亚萍再说。"他说的"一件事"是指他要跟三哥单挑。我听后哭笑不得，都什么年代了，还讲单挑，保尔是不是蹲监狱蹲糊涂了。如果换成别的什么人，一见面就和盘托出他要揍你哥哥，带走你嫂子，那么这人若不是开玩笑就是说疯话。然而这个人是保尔，我就可以接受。我知道他是个少有的单纯之人，怎么说的就会怎么去做，怎么想的就怎么说。

　　"这不能全怪我三哥。"我说，"当时亚萍姐特别需要保护和关怀，再说，传说你已经死了，哪怕是假消息，你也无权让她为你守一辈子吧。"

　　"我不是针对这件事。"他脸红了，"她嫁人无可厚非，我没有怪她，也不会怪她的丈夫，哪怕他是黑狼，但黑狼不该出卖我。他告的密。"保尔的脸色非常难看。我爱幻想的小脑袋瞬间开始胡思乱想，他所说的单挑是否是报复的代用词？"未必是三哥吧，你们当时太招摇了。"我说，但内心却深信不疑，因为当时我就有过这个猜测，这回证实了。"我偷看了审讯记录。"保尔说。"那你要怎样，你不会蛮来吧？"我说。他看看我，转向别处。"蛮来？不会。我懂法，我必须依法行事。出来之前法律测试我答了满分。从法律上讲，黑狼揭发罪犯是受法律支持和保护的。我如果报复就是违法。不过，我们曾是朋友，当时我那么信任他，他却为了夺取朋友妻，就是这么回事，而出卖义气，这是我不能咽下去的事，我有权，有责任向他提出单挑的要求。"我被他迂腐过时的论调逗乐了，难道这还是个可以用单挑解决问题的时代？我松了一口气的同时，也替三哥感到羞愧，觉得这么做也算是便宜他了。为了夺得朋友的女友，他竟然不惜毁掉朋友的生命，残忍卑鄙，令人发指。"我要尽快跟她相见，带她离开这里。"他说，对即将到来的幸福确信无疑。"你这么肯定她会跟你走？"我犹豫了一下终于问，我一直在想这个问题。他听了有些不解，"李亚萍吗？那还不能肯定？她当然会跟我走。你不知道我俩的故事，我大概给你讲讲，你没有要紧事吧？"我这才了解了一些他俩去我家避难之前的经历。或许三嫂会讲给三哥听，但我并不知道。亚萍姐变成三嫂后，我跟她就不那么交心了。

保尔的父母和李亚萍的父母都是搞文艺的，住同一个宿舍楼，两家关系不错，从小都把各自的独生孩子送少年宫唱歌跳舞，两个小孩结伴而去，牵手而回。等两人父母都被批斗致死，两个无辜的孩子也从此跌入悲惨的深渊，经受了数不清的屈辱苦难，心灵受到了极大的伤害。共同的不幸经历使他俩彼此相依为命，相互安慰。他是她的唯一，她是他的归宿。他走到哪里她跟到哪里，没有他的呵护她活不下去，少了她的温情他恐怕早就自我毁灭。转眼间，一个脆弱敏感的男孩变得凶狠无比。环境迫使他必须要比别人坚强，这种坚强很快发展到了野蛮的地步。那次他来我家避难，就是因为民兵队长欺负李亚萍。

保尔的讲述生动感人，十几年的囚徒生活并没有改变他以往的谈话风格，这种风格就是自然修饰的真实，特别好听。他不幸的遭遇令人唏嘘，矢志不移的爱情又让人羡慕。一时间我豁然开朗，生活的真谛很容易得到，完全的单纯，纯粹的知行合一，看一看保尔就会全然知晓。虽然历经坎坷，一贫如洗，依然充满信心，满怀希望。我和保尔这次会面，不仅对他有帮助（经过一番考量我已经答应了他的请求），也给了我一个振奋、一次新鲜。

酒馆小老板走过来，轻声问，"唱不唱卡拉 OK，里头包间，有小姐陪……"收银台靠着两位年轻姑娘，朝这边频送秋波。我再一次仔细地端量了保尔，在这个冒牌货廉价货盛行的社会，这才是正宗真品。

"送我去三哥家。你一定知道怎么走吧！"我向这位特殊的出租司机说。

出租车快速穿行，路两旁的楼群纷纷向后倒下，回头望望，一对对又站立起来。我们像进入了动画世界。保尔把车准确地停在了三哥家的独楼前，我下车，他就马上开走了。看来他不想再像以前那样捕捉能够看到李亚萍背影或者侧影的机会，他要把快乐积攒起来，留住将来一块儿享用，等那一刻到来，梦想和现实融为一体，李亚萍的面庞会一下子表现出多么丰富而深刻的内容呀。怎样的一出大戏，值得筹备十几年！

我按铃，保姆开门，小侄女跟了出来，说声"叔叔好！"掉头往回跑，"妈妈，不是爸爸，是叔叔。"小姑娘肤色稍黑，但脸蛋儿像她妈妈一样漂亮，这会儿她爬上琴凳，熟练地弹奏起来。妈妈坐在旁边翻乐谱。在音乐天赋上，我侄女非常幸运，丝毫没有受到三哥的影响。"我来接小倩倩，奶奶想她了。"这是我妈早上交代给我的。"后天下午四点之前送回来，要不叫你哥派车去接。后天英语老师来上课。"小侄女倩倩一旁高兴地喊起来，"我要找小胜哥大明哥玩！"小胜大明分别是大哥二哥的孩子，都爱往奶奶家跑。

离开三哥家我想，这平静还会维持多久？也许为了孩子（那时我怎么没想到孩子呢？）三嫂不会跟保尔私奔的。我突然对保尔怨恨起来。但这一切的一切又都是三哥造成的，该他自作自受。可遭罪的是孩子！她有什么错？

第二天，我在酒店见到了三哥，他跟我"哼"了一声算打个招呼，就出外忙他的事情去了，根本没把我昨天失约放在心上。下午我给保尔挂了个传呼，马上回来电话，看来他就待在离公用电话不远的地方。他听出来是我，说话的声调都变了。我只是试试"热线"。

第三天早上，我约莫三哥已离开家，就去找三嫂，我对她说，"倩倩情绪不好，不知哪儿不舒服，带她回来她不肯，非要妈妈接她……""这坏脾气都是你三哥给惯的。走吧，咱过去看看，你打个电话不就得了，还跑一趟。""打电话怕讲不清楚，让你着急上火，不如人来。好吧，我出去叫车。"

我答应给保尔的帮助，就是安排这次会面。他已经被迟迟不来的"巧遇"折磨得受不了。做出这个决定之后，我开始替我三哥难过了，这很可能使他失去爱妻。我怎么能帮着外人拆散自己亲哥的家庭呢？尽管他的爱情是偷来的，尽管李亚萍可能更爱保尔，但他们毕竟组成了一个家。拆散一个家是否跟三哥拆散一对恋人一样缺德呢？经过一番思考，我最后是这样认为的，二者不可等同，区别在于李亚萍的态度以及保尔和三哥所分别采取的手段。既然我阻止不了保尔的介入（他跟李亚萍相见是谁也阻止不了的事，早晚而已），为什么不能尽力使事情平和顺利一点呢？这样也许是可以避免保尔可能采取的过激行为的最好方法。如果三嫂愿意跟保尔走，那么三哥拦也没有意义，三嫂不跟他走，他也好就此死了这份心思。三哥呢？他会拱手相让、善罢甘休吗？"他也可以向我提出单挑！"保尔说，像刚从另一个星球上归来的。我最清楚三哥，他的酒楼养着一批混子，搞一下保尔很容易。所以，我想好了，到时候我会毫不犹豫地站出来帮助保尔。不能否认，我的内心深处的天平是偏向保尔这一边的。

　　我和三嫂坐进了保尔的车。我坐在副驾驶位，说了去处，就故意打了个哈欠，低头打瞌睡。我的心怦怦直跳，都没敢眼角扫保尔一扫。三嫂在后面说了句"请快一点儿开！"我有点儿想打开门跳出去。车子加快了速度，三嫂没再说话，看来她暂时没有认出来司机是谁。过了一会儿（真不知道这一会儿是怎么度过的），我斜目看看保尔，见他做了发型，西服领带，显然是经过了一番精心打扮。也许是我过于激动，我觉得他的嘴唇在抖动，也可能是我在抖动，或许是车子在抖动吧！反正我没再看他。我闭上眼睛，尽量去想别的事情。杂念雪片一样纷至沓来，使我不可能专心思考一件事。我头脑中的画面就像国产电视机的屏幕，不可控制地滚动了好一阵子又不知怎么一下子恢复了正常，我竟然做到了，我陷入了对我自身难题的思考之中了。我那依然没有着落的工作，那自与相恋四年的女友分手后的落寞感，那不可知的未来都合在一块儿使我的情绪低落下来。不知过了多长时间，五分钟，或者十分钟。当我回到现实中来时，我就凭感觉确认保尔同李亚萍已经相认了。我没听见他俩说一句话，身后嘤嘤的哭泣是后来才响起的。车仍在跑着，但不是去我家，去的是保尔的住处，朋友借给他的一处房子。到达之后，我不想进去，可保尔不答应，他固执地说，"她现在还是你三嫂，我不能怎么样。"把三嫂说得没脸通红。她自从认出来保尔，一直六神无主。"我在车里坐一会儿。"我妥协地说。他见我态度坚定也只好作罢。李亚萍回头看我一眼，似乎对我这个同谋表示感谢，她的面庞满是兴奋和幸福的神采。"哎！"我刚要喊又咽了回去，我想告诉她不用为倩倩担心，她本来就没事儿，可转眼他们已经走远了。其实根本不用我操心！保尔会向她说明的，如果她还能想到女儿的话。

保尔和李亚萍刚离开，一位交警走来敲车玻璃。我赶快跳下车。"您好，有什么事？""这里能停车吗？""一会儿就走。""我问你这里能不能停车？""等司机下来，我们马上走。"我指了指楼上，赔着笑。"我不管，你就回答我这里能不能停车？""啊，我们错了，下次会注意。""这还差不多，下回可不许啊。"

我深有自知之明，几乎近于自卑，我的性格和能力始终不能使我在这个人情世故的社会中应付裕如。但现在我第一个想到的不是自己，而是保尔，这个无畏而又单纯的大孩子，怎么形容他好，概括为一个词就是天真无邪。多数成年人之所以受伤害是因为轻率无能或其他缘故，而不是因为天真无邪。可不是么，在人与人关系越来越紧张的今天很难找到真正天真无邪的人，连少女也不再是。人们只被功利所左右，很少受到道德约束，只要能达到目的，没人在乎手段。像保尔仅仅为了爱情，光明正大到了傻乎乎的境地的人凤毛麟角。他能否行得通还是个未知。我觉得保尔想问题过于简单了。难道是十几年与世隔绝造成的？听人说，监狱是各种犯罪技术汇总的大学校，许多人带着一种罪进去，出来后成了"多面手"。照例保尔至少应该老练世故才是，就实际正好相反，英雄本色，一切都未能对他产生影响。

没有太长时间，我是这样觉得的，保尔和李亚萍就出来了。我总觉得他俩的话不会这么快就说完。李亚萍双颊绯红，眼圈湿润。保尔坐下后伸手拍了拍我腿，望着窗外轻轻颔首。我明白他这是向我表达感激，同时也表明事情对他很顺利。因为李亚萍在场，我不知该如何表示，也找不出合适的敷衍话，于是就造成了去我家接倩倩的路上，车内一言不发的情形。他们俩也都还没有从跌宕起伏的情感冲击中恢复，直到倩倩加入了，这宁静而隐秘的气氛才被打破。妈妈使劲搂着女儿，喃喃叫着她名字。"叔叔好！"小侄女推开妈妈，调皮地扯我的头发，然后转向妈妈说，"爸爸给我打电话了，告诉我妈妈马上就来接我，你怎么才来！"妈妈打断了，问她第二练习册背下来没有？我发现，母女对话期间，保尔一个劲瞅后视镜。他在观察倩倩。把三嫂送回了家，保尔又送我。保尔似乎认定了我会对他们的事情有极强的好奇，他说，"过两天我再找你详细谈，现在我得回去好好休息一下，我要睡十个小时。""好的。"我答应他。我知道他要回去慢慢品味重逢后的滋味。那间她刚刚待过的房间还保留着浓厚的爱情气息，在这个感情稀薄的城市，万分珍贵地保持着浓度，供他回味。"慢点儿开！"我嘱咐道。

回家我吃了口饭就坐到书桌前翻阅有关一家互联网公司的资料。这些我陆续收集来的剪报和期刊乱糟糟地堆在那里，一周后就是应聘的日子，得临时抱一下佛脚了。

第二天一大早，保尔就给我打传呼，他在楼下等着我呢。他已脱下西装，换上了我第一次见到他时他穿的服装，夹克衫配牛仔裤。看来这是他喜欢的打扮。他站在车前朝我招手。"走！"他笑眯眯地说。他是来拉我到他的住处的。我告诉他我得背题准备应试，他诧异地望着我，失望之情毫无抑制地流露出来。他好像费了好大劲儿才明白过来，我有比听他诉说他的恋情更重要的事情。我马上告诉他，明天上午准去。"那好吧。"他说，神情不似刚才那么热情洋溢了。没错，他粗犷外壳包着的是一颗敏感易碎之心。

考试完毕，十天后出结果。我感觉良好，回家一路轻飘飘的。我妈开门见我就说，"你三嫂来电话找你，我告诉她你考试没带传呼。她让你回来马上去你三哥家。"出了什么事了？我心中一震，保尔的事被三哥发觉了？我急忙赶去，见到三嫂一时不知怎么称呼她了，就直接问，"怎么了，三哥在家吗？"李亚萍面容憔悴，眼角皱纹明显，我原先一直以为她没有皱纹，不知全靠妆化得好。"小弟你去帮我劝劝保尔，我急得什么似的，他却——""你慢点说。""小弟你可别以为嫂子是个坏女人，你三哥对我很

好，我对你三哥也不差，但永远不可能与我对小华（保尔
名叫史中华）的感情相比，感情的事，没有办法。"你没
有错。"她转入了正题，我听得明明白白。是这样，她的
打算是带着倩倩一块儿跟保尔一走了之，抓紧时间，越快
越好。而保尔却偏要事先通知三哥一声。她觉得我应该了
解三哥，能想象到三哥会怎么做，求我去跟保尔说明利害
关系，说服他赶快带着她远走高飞，越快越好。还有就是
今天中午三哥好像已经发现了一点端倪。我听后也认为事
态严重，决定晚上找保尔谈谈。"不要等晚上，现在就去
吧！"她恳求我说，"现在不到三点，他在。"原来，每天
下午三点去幼儿园接小倩倩之前，她都先去保尔那儿一趟。
"我给你打电话，你告诉我结果。"她又补充说，"小弟，
我们信任你。"

　　我赶到保尔住处。与李亚萍焦急的情形成鲜明对照，
保尔在戴着耳机听音乐，一派怡然自得。"亚萍姐今天不
来了。"我说。"什么？"他摘下耳机。我把李亚萍的意思
重述一遍，并附加上我的意见。我强调说，"不管怎样，
反正绝不能让三哥知道。"他咧开嘴笑了，说，"请放心，
凡是有关你的，我一个字不提。"我暗暗叫苦，这真是个
奇人之中的奇人，如此掉以轻心难免要出事。"我担心的
是你！"我说，"你应做好最坏的打算。"我越说越急，"你
太大意了，三哥要是提前知道那还了得？"保尔沉默片刻，
说，"今天上午我找过黑狼了。""什么？"我目瞪口呆。
"我去酒楼找到他，他向我认错，我臭骂他一顿，直截了

当地通知他，我要带走李亚萍。耽搁得已经够久了！我约他这个星期天北山操场见，我要拿他出出气。""我三哥呢，他怎么说？""管他怎么说呢，我掉头就走了。看不了那肮脏的脸。今天星期五。后天星期天，我收拾了黑狼，星期一我去接李亚萍，带她去新疆。"没听到三哥发火，我稍稍放心，也许三哥良心发现，自知理亏，会做出我们料想不到的明智之举。我不像刚才那么紧张了，眼前偶尔还闪过三哥惨兮兮的样子。"到时候你来我们新疆，我带你见识一下没有边际的荒凉戈壁，带你到天山脚下草地打滚，来新疆，来广阔的世界你就会明白，大连是个旮旯。"他要把我的兴趣引向新疆，他做到了。保尔当个导游可算满有煽动力的，他在新疆的职业是长途货车司机。我又随便询问了几个有关劳改的问题，他都热情洋溢地做了解答。临走时我问他还有什么话转告李亚萍。"让她在家等着，我光明正大地把她接走，她知道我从不失约。"

然而这次他失约了。就是这天晚上，保尔被枪杀。尸体扔在刚出市区，还没上高速公路的地段，直挺挺摆在路边，早晨就被人发现了。他开的那辆乃茨车半个月后在快到营口的地方被找到。初步判断这是一起抢劫出租车杀人案。得到噩耗当天，已经是保尔被害的第三天了，我直接去了黑狼家。黑狼蹑手蹑脚从卧室出来，边带门边朝我摆手，示意我别出声。"你三嫂受了惊，刚刚服安眠药睡着。"他一副忧伤愁苦的样子，"整个事情我都知道了，小弟，哥不怪你，也不怪你三嫂，也不怪保尔，唉，人都没了——"他坐进沙发里，"不管怎么说，保尔太不幸了——"我毫不留情地打断了他，郑重地告诉他，"保尔的事如果是你指使的，我一辈子不会原谅你！"

很快一年过去，没有任何证据证明是黑狼雇佣杀手枪杀了保尔，他生意亨通，财源广进，买卖已经发展到了外省。三嫂开始吵闹着离婚，后来没有下文了。我在新的工作单位还算顺利，又交了个新女朋友。一年来，我时常想到保尔。我很想再去一趟他住过的那间房屋，找他的朋友聊聊，但每回又都有不去的理由，直到现在也没有去成。

长春炮子

"日落西山黑了天"，天再黑我也得去吃酸菜鱼。

柳树私厨等座吃鱼的顾客排队排到了店外。

我排在队尾，听着快手直播，耳机坏了，我干脆把手机搁在耳朵上。饭店出来一位保安分发号码。发到我前面三名的位置，发完了。

我叹口气离去，发号的保安叫住我，他讲话口音跟快手讲故事的长春主播一模一样。

"等会儿！"他把我叫到一旁，塞给我一张排号纸条。"老弟，你是有福不用忙啊，他有急事了。"我打开一看还挺靠前的，22号。

我向他表示感谢。

他看出来我在纳闷，他为什么单单要帮我。他说："你在听小礼是吧？喜欢小礼的人都不会差。"

我心头一喜，"你也喜欢礼哥？"

"何止喜欢。"他两目放光。"以后详说。加个微，我扫你，四斜愣就是我，找到了没？好了。我拉你进群，全是小礼的铁粉，好几位我们线下见过，有的现实生活还有交集，你先进去瞅瞅，拉你了，等疫情过了，咱们聚一聚，好好聊聊，小礼有聊不完的话题。"他指了指我手上的手机，强调道："除了生哥，其余主播你就当故事听得了，不能当真。生哥讲究人，自己的战绩不讲，小礼的大多数也不能讲，倒查三十年呢！礼哥好多兄弟都在，多数混得够用，挂拉人家不好。我？我不是小礼的兄弟，更算不上一把连，这咱不敢瞎吹，麻生子跟小礼是一把连，我跟小礼只是认识，我们是朋友。以后吧，我们有机会坐一坐，我告诉你最最真实的小礼。"

我很快结识了一批喜欢礼哥的朋友，特别谈得来的有好几个，大连搞了两次聚会，年龄覆盖五〇后六〇后七〇后八〇后九〇后，有口口声声教育青少年传播正能量的，有混过长春江湖的，四斜愣算一个，还有不喜欢江湖、讨厌社会人的，各色人都有，但对待礼哥，都喜欢，而且各能说出各自喜欢的角度。

"江湖离不开打打杀杀，礼哥谁也不惯着，绝对有魄，说单抠就单抠，没脾气咋混炮子，'五马路小霸王'白叫的？小刺刺大片片密勒哏子撅把子是后来的事了，最早就是抠电炮，不过礼哥出大名靠的是仁义，长春一把仁义大哥是一件事一件事做出来的。"

"礼哥活着时，好多兄弟就已经比他有钱了，礼哥手大，手散。"

"礼哥老歪那一仗，礼哥受伤送到二道区医院，长春江湖炸了，四面八方的人聚来二道医院看护礼哥，生哥、张保福、昆明、立言、山时、梁小东守在二楼抢救室门外。

黄昏，那边传来黄虎领盒饭的消息，没多久一辆卡车来到医院门外，下车四十多人，老歪领着二道炮子来医院补刀来了，三洞子、兵子、江二哥、马山、大光、球子，老歪的四梁八柱都到位了，两个手黑的小弟，主动领了补刀令。老歪手持大片片高喊：'小礼，我整死你，一命换一命，你还我兄弟黄虎！'礼哥这帮兄弟革新小辉小国守在206病房前，带了铁器的梁小东和张保福站在楼梯口，手抄在怀，谁上楼就搂谁。生哥担心张保福打不准，抢保福的铁器，张保福死活不让，像好朋友抢着付账一样撕扯了半天。"

"那些年就那个样儿，年轻人崇尚暴力，就是碰，就是磕，每条马路都有大哥。小礼就是一仗仗磕出来的，你看他的名号就知道了，最早是'五马路小霸王'，后来'新民胡同小礼''南关小礼'，打完老歪这一仗，无争议升格为'长春小礼'。"

"混炮子打仗，打到最后打的是人品。礼哥老歪那仗，老歪那边黄虎销户，礼哥被兵子和三洞子偷袭受伤，表面上没分胜负，但事后礼哥以退为进，给足了方方面面头子的面子，自己守信用，压住众兄弟，不允许找三洞子和兵子报仇，结果是不战而屈人之兵，方方面面朋友增多了，名气更大了，整个升了一个档次，从流氓子中脱颖而出。三洞子呢，因为用三八刺扎了礼哥，名气飙升，但终归苛刻小气，没过几年，被自己的小弟销户。用铁棍偷袭礼哥的兵子比较可笑，他突然发现别人对他的称呼变了，以前叫'兵子'，现在叫'兵哥'了，以前吃馆子还得动脑筋打折赖账，现在没人敢向他要钱，甚至旁边桌会主动替他结账，于是兵子就飘了，不会玩了，干了不少出格的事，好多人对他是敢怒不敢言。兵子属于典型的德不配位，后来欺辱霍中礼，被霍中礼的兄弟张大英赵大鼻子胖李诱绑，一顿擀面杖子小刺刺打服了，跪地退出江湖。对，霍中礼，长春'两礼一歪'中的一礼。张大英跟小礼是生死哥们，也算间接给小礼报了仇。大哥老歪沉迷小快乐，从此一蹶不振。人品、素质、格局，怎么比？"

"有些混流氓子的可真是下三烂流氓子，狗打连环计中计，敲诈勒索，坑蒙拐骗，为了米啥坏事都干得出来。同属捞偏门，礼哥不是他们那个捞法。礼哥在饭店吃饭从来没有不给米的时候，不要都不行，能多给不能少给。没法比。"

"礼哥对开关的兄弟，认识的不用说，只要你报出在开关待过，能盘上道，礼哥能帮都会帮。礼哥在鱼市和干鲜菜站住脚，兄弟能安排就往里安排。新民胡同谁有事，谁被人欺负了，别让礼哥知道，知道了都管。"

"可不是怎地，礼哥跟百万小地主魏义甩点东大桥，从五马路出发时二十多个人，一路做生意的走道的，一看礼哥干仗，纷纷加入，等走到东大桥，有二三百人了。"

"嗯呐，礼哥人性好，聚人，身边的兄弟也有人情味，都愿意跟礼哥玩。礼哥单抠、甩点排队形、互相抓着干，都厉害，有勇有谋。"

"礼哥不是一般流氓子能比。流氓子见钱眼开，唯利是图，礼哥不是，多少人主动送他米，不要！蓝码二贝有次见到礼哥，打开车后备厢，十几捆地往外拿，礼哥坚决不要。刘可宁不差米，成摞地给，礼哥坚辞不受。商界大咖徐凯发多次邀请礼哥，给他间大办公室，月薪二十万，礼哥一笑推掉。礼哥在开关大学，在社会，在利益面前，在任何人前，绝对有样儿。比礼哥狠的有，比礼哥有米的有，但谁也没做出礼哥那个样儿。礼哥是那个。"

"礼哥坐地就是那个，开大哥大饭店，有个穿制服的占便宜不成，找碴收拾礼哥，礼哥那时还没有多大名呢，结果怎么样，反复较量多个回合，最后还不是让礼哥给拿捏了。还有几个商界暴发户，仗着财大气粗，跟礼哥跟头把式七儿八的，礼哥不卑不亢，你来我往，统统拿捏。"

"礼哥不爱说话，东北人长春人语言厉害，语言炮子——呼哈呵，礼哥不，这一点礼哥不像长春人。礼哥脸皮薄，脸上有害羞肉，哪像个大哥。"

"我们东北人骂人两小时不带重样的，礼哥不会，顶多说一句'山货'。"

"老歪让人觉得仗义，礼哥是让人忘不掉。"

"嗯呐，嗯呐，准确，礼哥让人忘不掉。认识礼哥，跟礼哥打过交道，接触过礼哥的，都说礼哥让人心里亮堂，越品越有滋味，而多数社会人办事让人心堵。"

"礼哥在开关大学爱看书，水浒三国武打，金庸的书他全看过了，还有本《青年手册》，里面哲学历史啥都有，别人根本看不进去，礼哥看得进去。"

"礼哥两个爱好，看书喝酒。礼哥不吃肉，一口不吃，天生有佛性，现在在万寿寺地宫修行，也算是不幸之中的最好归宿了。"

"礼哥从一毫无背景的平民百姓混那么大，交那么多人，打了那么多战役，平了那么多事，可不简单！"

"有个粉丝在礼嫂小冬姐作品下留言，'愿意替礼哥挨枪'。"

"你们把小礼说小了。"四斜愣说，"小礼是百年不遇的人物，没赶上乱世，赶上乱世他就是张作霖。个人觉得，在行事格局为人处事上，只有旧上海的杜月笙和台湾的陈启礼可以跟小礼相提并论。'人生虽短暂，却足够精彩'。唉，小礼白瞎了！"

"太高了，你把礼哥说得太高了。"有人不敢同意。

"你们品。"四斜愣说，"九七年礼哥的盛大葬礼够震撼的吧？头车到了朝阳沟，尾车还没动地方，长春空前绝后，台湾可能有，但是请注意，上百兄弟嗷嗷哭的有吗？在朝阳沟殡仪馆，千人大伟和吉林老猫抬着礼哥头，现在尊叫声礼哥应该的，我多想能在他活着的时候叫他一声礼哥啊，但在当时，我们都叫他小礼。大伟和老猫抬着礼哥的头，后面兄弟抬着身子，把礼哥从灵车上抬到推车上，没用朝阳沟的人，兄弟们亲自把礼哥推进了炉子。炉子门还没关上，大伟就扑通跪地，号啕大哭，'礼哥，你走了，我怎么办？'他这一哭，跪了一大片，没有不哭的。山口组竹联四海天道盟，规模大是大，但像排戏，缺少真情实意。开枪打礼哥的庞力，确认礼哥已死时也流下了眼泪，说'小礼不该死'，你想想吧？现在小礼成了传奇，听他故事的人崇拜他，怀念他，把自己缺少的东西、社会缺少的东西，都寄托在小礼身上了。小礼是个奇迹。"四斜愣抹抹眼角。"受不了，一提礼哥没了这一段，我就受不了。礼哥活着的时候罩着兄弟，帮助兄弟，礼哥没了，罪过带走了，没给兄弟们留罗乱，成全了兄弟，礼哥好几个兄弟现在身价几千个 W，上亿的都有，你看前不久，去年十二月二十四号，礼哥从九层天迁到万寿寺地宫修行，排面大不大？社会人最势利眼，但对礼哥都没的说，人走茶没凉。礼哥的老兄弟老朋友不算，礼哥的粉丝自发去了多少？走了二十五年了，还有这个排面，上下五千年，你数数，能有几个？礼哥走了二十五年了，在网上养活着一批讲礼哥故事的主播。不过他们讲的都是皮毛，他们不知道实情，知道实情的像生哥又不愿意讲。主要是那些主播不懂小礼的心。"

"你懂？"有人怼他，"你不也是在天天扯猫篓子。"

"哪个傻狍子？聊闲是不？你大大呼呼舞舞喧喧三吹六哨挺能装的啊，二十年前，不用二十年前，十年前你敢这么跟我说话？跟我舞马长枪一天天，法治社会救了很多人，和谐社会救了你们，山货！气死我了！"四斜愣说。

"四哥，跟你闹着玩呢。二十年前谁敢啊？四哥卡子早就掰开了。"有人逗他。

"不够段位。"四斜愣说，"没必要掰卡子，你们这样的小撒拉密，跟我得儿呵的装犊子？半个羊头，让你眼冒金星，一个整羊头，都不用两个，你就躺了。"

"啥叫羊头？"有人问。

"飞脚电炮，混社会基本配，羊头属于高配，新疆人传过来的，新疆维吾尔人羊头玩得溜，想学去买条华子，我单独教你。"四斜愣说，"净整这一出，你们这帮小撒拉密，成天跟头把式得儿呵的，啥也不是，直接脑奔子，锅贴子，大脖溜子，压卡布裆下一顿削，你们都服服帖帖了。"

大家乐得不行，四斜愣不唱二人转可惜了。

"四哥正宗社会人，不过，四哥你听我一句，我不是冲你的啊。"有人逗他。"社会人不是没有好人，而是一个好人也没有。社会人靠算计别人活着，社会人的生存法则就是狗逼法则，你的变成我的，我的还是我的。大家可千万别被误导了，你以为谁都是礼哥？"

四斜愣说："没错，礼哥只有一个。"

"四哥，你到底参加没参加礼哥磕老歪那场战役？听说临出发你拉肚子了？"

"别跟我逗咳嗽，倒查三十年呢。"四斜愣从不明确回答，他多次暗示参加了礼哥磕老歪的战役，但你正面问他，他就躲躲闪闪。

女儿大学毕业来大连工作，然后结婚安家，四斜愣和老婆从长春过来帮忙照看外孙女。四斜愣当当门卫，干干保安，加上退休金，小日子够用。

有故事的人耐不住寂寞，四斜愣看出来我是个好听众，有一天傍晚，他微信请我吃烧烤，"就咱俩，没别人。这些日子都快闷死了。"

"我也闷。"我欣然前往。

他点好酒菜。

我把单买了。

"老铁，这是干啥？硬菜我还一个没点呢，着啥急啊！"

"不能超过九点，我腰疼，坐不了那么长时间。"我说。

"好了铁子，屋里进，炕上坐，小瓜子你随便嗑。南来的，北往的，佳木斯鹤岗的。家人们，铁铁们，今天我们唠小礼磕老歪。"

"太好了，我想听真实的。"我说。

"嘎嘎真实。唉！"四斜愣说，"你都多大岁数了，还有江湖情结？"

我说："那好咱换个话题，白酒酱香型的好喝还是窖香型的好喝？"

"老铁，都好喝，咱不逗了。"四斜愣说，"二道出炮子，老歪身边聚拢许多大炮子，三洞子二道的，兵子二道的，焦基、马山、大光等大炮子都在二道，他们都跟老歪好，叫老歪一声伟哥，老歪大名吴大伟，严格说老歪属于蓝码，他家在八道街烟厂后面住，最早倒烟挣米，有了米放局子，摆局子，因为老歪有信誉，办事公道，仗义，二道这帮炮子都围着老歪转，老歪交了很多方方面面有用的朋友。

"革新婚礼之前那个阶段，老歪已明显感觉到了，自己江湖地位正在受到一位冉冉升起新星威胁。

"这颗新星就是南关区新民胡同五马路小礼,那时小礼已经吓退了百万小地主魏义,收拾了半拉牙,撅了四掌柜,逼走了常江常海,整个长春江湖能跟小礼抗衡的只剩下二道老歪了。虽然小礼老歪两人为人处事都很讲究,两人见面彼此客气,小礼还尊称老歪一声伟哥,但这是个江湖生态位的问题,两人早晚要争出个高低的,这一点彼此既不愿意承认,又心知肚明。不过两人都是能压事的大哥,压着手下弟兄大事化小,和为贵。

"小礼横空出世之前,炮子在长春江湖中一直属于附属地位,炮子没米,支棱不起来,'学会耍钱,天天过年儿',蓝码有米,南下北上登大轮的有米,特别是南下的,哥不瞒你,哥北上过。"

我说:"登大轮是上火车,南下北上是?"

四斜愣说:"北上线就是北京到哈尔滨,南下线北京到上海,北京到广州,南下能拿着大货。炮子咋比?甚至啥也不是啃地皮的小偷子都比炮子有米。所以炮子多跟着蓝码混,蓝码有米养炮子,炮子只能欺负欺负小偷子,小偷子惹不起炮子,可内心瞧不起炮子,炮子没米。"

我说:"登大轮不也是小偷子吗?"

四斜愣说:"那可不一样,登大轮是登大轮,小偷子是小偷子。登大轮锻炼人,大哥于大庆,大哥刘武燕都是登大轮南下回来的,隐形大哥李文启也是南下悍将,桂林路大哥邱力南下过,顶级炮子张文岩也是南下的,当时他年龄最小，活了一条命，跟他一个支队十来个领盒饭了，南下有风险，登轮须谨慎，回来就是小鲤鱼跳龙门。这么说吧，混得大的没南下过的不多，小礼的哥们章革新也是南下过的，不过小礼没南下，小礼是纯炮子，正是从小礼开始，炮子有了地位，才支棱了起来，'耍钱的当大哥，登大轮的当大哥，咱们炮子成了看家护院的？'一是炮子不信这个邪，二是赶上了改革开放，炮子有了来钱的道儿，炮子控制干鲜菜、鱼市、饭店、舞厅、洗浴，可以说炮子翻身是市场经济的产物。我分析得好？老铁，我跟小礼一样，爱看书。就怕流氓有文化，是吧？老谈，你觉得我这个人咋样，不山吧？"

"煽情的煽？"

"山货的山，山炮的山。'山炮进城，腰扎麻绳，看场电影，不知啥名，喝瓶汽水，不知退瓶，挨顿胖揍，唉，哪也不疼。'四哥不山，四哥六十二了，大半辈子过来，对自己一生要求不高，不山就行。"

"具体怎么打起来的？"

"革新结婚，革新跟小礼贼好，嘎嘎好，多个脑袋多个姓，嘎嘎一嘎斯，他俩既是邻居又是两所大学的同学，铁北同学，开关同学，小礼自己都没办婚礼，他给革新张罗，跑前跑后，在七马路福聚城放了六十多桌，光复路做买卖的都来了。革新这人脾气不好，战犯，两句不合就给人一个直推，所以他不交人，多数人都是冲着小礼来的。小礼邀请了二道的老歪和兵子。"

"革新婚礼能邀请他俩，这不关系还可以吗？"

"老歪和小礼面子上过得去，但手下兄弟之间冲突了好几次了，互有胜负，每次都让两个大哥给压下来了。礼哥有个朋友杜二门，贩卖小快乐，在二道被老歪和兵子打了，扣了五万的货。杜二门找到小礼，其实小礼跟杜二门关系一般，小礼这个人啊就是这样，脸皮薄，你找到他了，他就不好意思拒绝，加上他感觉跟兵子关系不错，就约老歪和兵子在南岭鸽子市说和一下。小礼带着兄弟赴约，老歪和兵子给了小礼面子，货还了杜二门，但内心怪小礼多管闲事，并且言语上互有冲撞冒犯。尤其是兵子，对小礼手下的兄弟十分不满，不满的原因一是他们对伟哥不敬，二是兵子打心眼里看不起他们，他觉得他们都是狗仗人势，不看小礼面子，早干倒他们了。

"兵子跟礼哥从小关系好？"

"还可以，他俩在一块儿玩过一段时间，小礼帮兵子打过仗，兵子也帮小礼打过仗，所以小礼好长时间走不出这个心里的坎，十分钟前他把兵子搂在怀里不让弟兄们干他，兵子却从小礼身后用铁棍下黑手偷袭了他。兵子先小礼毕业，出来后在干鲜菜混，他心高气傲，人缘不好，混得一般。后来小礼出来，兵子觉得他老铁回来，他也有盼头了，谁知小礼在鱼市干鲜菜崛起后，扶持了一批没名的兄弟，把沙老奇、二林都安排得明白的，唯独忘了他兵子，在兵子眼里，那都是些什么狗卵子卡拉皮啊。其实小礼觉得兵子混得还行，能凑合着过，好多刚从开关回来的兄弟饭都吃不上呢。兵子逐渐跟老歪走得近了。小礼没有多想，老歪兵子都是二道的，有接触正常。

"再说说三洞子，三洞子跟小礼一样，纯炮子出身，干仗嘎嘎猛，三洞子跟小礼开关同学，不过走得没有那么近。三洞子这人嫉妒心强，他看到小礼在开关一呼百应，大家都捧着他，三洞子心里老不得劲儿了。三洞子比小礼回来晚，老歪带着二道的兄弟给三洞子接风，在广东菜馆碰巧遇到小礼，小礼跟老歪打招呼，跟老歪的兄弟一一打招呼，唯独漏下了三洞子，三洞子坐在角上，换了发型和服装，小礼那天喝了酒去的，一时没认出来，老歪说今天给三洞子接风，饭店嘈杂，小礼没听见。三洞子挂不住了，他想，'小礼你混大了，你也太能装了，感觉你行了是不？装什么犊子，装不认识我？'三洞子本来是主角，小礼一来，大家就都捧着小礼唠，三洞子没人理了。

"三洞子是个有野心的炮子，打仗谁也不在乎，小时候他自制铁套袖、护心镜，在二道出了名。社会人混个面子，小礼在哪儿都有面儿，他三洞子也想要这个面儿，自从那次广东菜馆被小礼打了脸，三洞子就动了撅小礼立棍的心思。他在等待时机。

"说完了兵子三洞子，再简单说一下黄虎，黄虎比小礼兵子三洞子小个七八岁，刚从部队复员回来，黄虎小伙子长得嘎嘎帅，身体素质也强，他家在南关新民胡同，但跟二道老歪走得近，黄虎刚从部队回来，跟女朋友骑一个倒骑驴从干鲜菜批点蔬菜水果，做个小买卖。老歪帮过他。

小礼也欣赏黄虎，要帮助他，黄虎是个实在人，满脑子老思想，觉得已经接受了老歪的米，就不能再要小礼的，但他对小礼非常客气和尊敬。这场改变江湖格局的战役之前，早有预感的老歪心曾心事重重地问过黄虎，'黄虎，假如有一天我跟小礼磕起来，你帮谁？'黄虎单纯地说：'伟哥，我不能让你们磕，我给你们讲和。'老歪面无笑容道：'讲和轮不到你。我就问你帮谁？'黄虎想了一下，回答：'我帮伟哥。'

"一九九二年九月二十日，老歪和兵子来到福聚城酒楼，来之前他俩已经喝了两顿，小礼和张大英在大门口迎宾，'伟哥，兵子，来了！'小礼让大英领着老歪和兵子上二楼包间，他一会儿上去陪他们。张大英领着老歪和兵子上了楼。二楼大堂小礼的兄弟们看见了老歪，一阵骚动。今天来捧场的朋友太多了，方方面面，二楼包间已经坐满了，张大英把老歪和兵子安排在大厅里。被老歪兵子打过的杜二门在大厅里，南关这帮炮子都在大厅。老歪和兵子坐下来就感觉不得劲儿，老歪平常无论到哪里都是众星捧月，今天没有一个人过来跟他打招呼，没一个人向他敬酒。兵子歪在椅子上，斜着眼。

"坐了一会儿，老歪心头火起，看着兵子道：'这长春要变天呐！'

"兵子给老歪斟满酒，'有伟哥在，长春翻不了，有我兵子在，谁也不好使。'

"兵子讲话声音很大，隔一个桌的杜二门听到了。杜二门对身边的四开子说，'真他妈的能装犊子啊，在你们二道怎么装都行，装到咱们家门口了。'刚才兵子跟老歪说的话，四开子也听到了。四开子说：'这个兵子，咋还舔腚舔出花样来了。'小礼的好兄弟沙老奇说：'长春除了我礼哥，别的都是个得儿，耍米的也称大哥，凭什么呀？他啥也不是！'杜二门来到沙老奇旁边坐下，跟沙老奇一唱一和，越说越难听，这一顿糟挤，老歪气得把酒杯'咣'地一蹾，'小礼这是怎么带的兄弟，没个规矩！'兵子说：'这些鱼鳖虾蟹，上不了台面，搭理他们干啥！'大家对老歪可能还忌讳三分，舔腚兵子还舞舞扎扎的，那能惯着他？沙老奇刀疤宝和张希果起身过去质问兵子，'说啥呢？''啥，你这逼咋说话呢？'兵子说：'都往后稍稍，我说啥能咋地？小礼回来之前，你们哪个敢跟我龇牙？'杜二门说：'兵子，谁给你的胆，你敢撅小礼？'兵子说：'小礼咋了，我跟小礼枪林弹雨混的时候，你们在哪儿呢？再说小礼咋了？小礼能咋了？小礼在我伟哥面前，算个鸡巴呀。'整个二楼的炮子，马群、二掌柜、黑子、生哥、崔开、徐小哥、四开子、雨和、沙老奇、大伟，还有大海、小海、虎彪子、三林、立江、国庆、刀疤宝，全炸了，把老歪和兵子围了起来，四开子把卡簧掰开又合上。'兵子你个狗卵子，你得儿都不是。'不过大家考虑毕竟这是革新的婚礼，同时多少顾忌老歪，最终没有动手。等他们回到自己座位上，老歪朝楼梯口望了望，说：'兵子，这酒喝得太窝心了。咱们走！'

"兵子伸手从怀里掏出短把子，朝天一搂，'咣'的一声，打得天棚的灰噗噜噜往下掉。刚刚退下的弟兄们只愣了几秒，重新围了上来，板凳啤酒瓶子握在手里。兵子用短把子指着他们，护着老歪。老歪挺着腰板坐在椅子上。

"小礼在楼下招呼客人，想着尽快腾出时间去楼上陪老歪，听到枪声，跟大英跑上了楼，再慢一步可能就会出事儿，说不定哪个兄弟就控制不住了。兵子双手端着枪，脸上出了好多汗。小礼大喊，'别动手，今天是革新大喜的日子，不能干仗。'兄弟们见小礼来了，把刚才发生的事情说给了小礼听。小礼说：'歪子你啥意思，参加婚礼还是来砸场子？不够意思，你俩走吧，从今后我们不是朋友。'老歪说：'小礼，你别把自己看大了，今天你不就仗着你们人多吗。'小礼说：'我人多也不会干你，今天是我兄弟革新结婚，我不会像你们办出这种埋汰事，歪子，以前我敬你是条汉子，现在我瞧不起你！以后你在我这里没面儿了。'杜二门在小礼身后说：'今天不能惯他，纯是犊子，干他，把他俩撂这里！'小礼强压住众兄弟。小礼说：'兵子，给我，我替你保管着。'兵子看看小礼，交出了短把子。小礼说：'闪开，让他们走。歪子，三天后我去二道找你，咱们碰一下。'小礼爱说碰一下。

"小礼喊：'都让开，让他们滚！'亲自护着老歪和兵子往楼下走，他抬着双手，生怕哪个兄弟伤了老歪和兵子。他把他俩送到楼下，拦了辆出租，看着他俩离去。

"小礼对兄弟们说：'咱回去，喝酒，继续喝酒。'兄弟们重新回到楼上喝酒。杜二门说：'这酒不能喝了，越喝越闹心。'沙老奇说：'还什么三天后，现在就去干他。'炮子们齐声叫好，一听打仗，有的亢奋得身体直颤，'对，对，现在就去'。小礼说：'今天是革新结婚大喜的日子，不吉利。'新郎章革新穿着崭新的西装过来，胸口上还戴着花呢，革新说：'礼，今天必须去干他，要不咱们南关弟兄还能混吗，走，我也去！'小礼说：'婚礼上干仗见过，新郎拉网抓人我没见过，坐下，我今天没喝好呢。'兄弟们不肯坐下，小礼说：'咱不约好了么，三天后，整几辆面包子。'杜二门说：'还啥三天后，面包子现成的，守贵的面包子停在门口。'兄弟们群情激愤，愈演愈烈，小礼看没法再推了，就说：'好吧，去问问歪子，今天咋有这死出？'杜二门说：'跟那两个损色费啥口舌，直接干就完了。'

"弟兄们抢着上了面包车，小礼的妻子，怀有身孕的小冬姐也上了车，她不放心自己的丈夫。小礼好说歹说把她劝了下来，哄她不打仗，去跟老歪谈谈。小礼往车里瞅了瞅，发现有两个刚结婚没超过三个月的兄弟，把他俩叫下了车。生哥考虑到二道炮子厉害，买来了两捆子镐把子和两捆子消防斧。'有备无患！''对，磕就往死里磕！'我们直奔二道老歪的加州牛肉面馆。"

"等等。"我说，"我们？你参加了？"

"别抠字眼儿，老铁。车子直奔二道老歪的加州牛肉面馆，这样行了吧？

　　"回到面馆，老歪和兵子开始摇人，老歪第一个传呼打给了黄虎，第二个打给了二洞了。

　　"兵子听到刹车声，抬头一看，说：'伟哥快跑，小礼来了！'老歪看到从车里跳下来那么多小礼的兄弟，手持镐把消防斧，慌了，他起身到后厨，跳后窗跑了。兵子开门迎了出去。四开子刀疤宝抡镐把就打，小礼一把把兵子搂在怀里，用自己的身体护着兵子，'兵子是咱哥们，去抓老歪！'兄弟们去追老歪。留下小礼跟兵子。小礼用不满又不舍的口气质问兵子，哪根筋作怪，让他在革新婚礼上放东东？兵子阴沉着脸，一言不发。小礼越讲越气，拉着兵子往对面的建材商店门口走去，那里安静，小礼想彻底看看兵子的心结，他自己也想不开，他对兵子那么好，十几年的友谊，兵子咋能站在老歪那边，并且不惜跟自己翻脸呢？

　　"小礼的兄弟们兵分两路，一路去追老歪，一路迎向另一个方向，那边黄虎拿着镐把子领着一帮兄弟救驾来了。

　　"黄虎冲在最前头，他一镐把打在了沙老奇的肩膀头上，把沙老奇打了个跟头，又一镐把扫到了杜二门的鼻梁，但他没有料到，小礼这帮兄弟都是久经沙场的悍将，不但没有退缩，还很快适应了节奏，慢慢把他围了起来。黄虎带来那些半大小子根本不是小礼手下这帮战犯的对手，很快被打散了，有的没上阵就缩了回去，剩黄虎孤身一人，见形势不妙，镐把轮了几圈，转身就跑。小礼一个兄弟把手中斧子撇了出去，斧子划了个弧，砍中了黄虎后背，黄虎两腿一软，趴到地上了。

　　"徐小哥放心不下小礼，朝建材商店那边望望，见兵子正被小礼训得狗头哨脑的。

　　"训兵子的小礼从兵子阴郁的眼神里发觉异常，他猛然回头，看见三洞子手持三八刺咬着牙朝他奔来。小礼左手镐把倒到右手，迎上前，这时候徐小哥发现不对，赶紧往这边冲。兵子从后腰里摸出一根铁棍子，照着小礼的后脑，用尽力气砸了下去。

　　"小礼堆了，三洞子用三八刺照着小礼的脖子扎下，三八刺不是很锋利，扎在颈椎被挡住，三洞子拔出来，朝着小礼的头剁了几下。徐小哥冲过来。兵子先跑，三洞子跟着跑了。徐小哥抱起小礼喊他，小礼已昏迷不醒，徐小哥背起小礼，往面包车跑去，'快，小礼受伤了！'小礼的兄弟匆匆赶过来。跟小礼感情很深的刀疤宝捶胸顿足，嗷嗷狂叫，他抢起镐把，照着商店门口摆的几个搪瓷脸盆一顿狂砸。

　　"黄虎的兄弟抬起了黄虎。

　　"面包车载着小礼和他的兄弟们急速离去。

　　"战场归于沉寂。

　　"搪瓷脸盆在崩瓷，劈劈啪啪，一声紧过一声。

　　"二道的炮子们，四面八方往这里急赶。"

大连彪子

我家原住山东胶县陈家庄，随军来到大连甘井子战备街道。

战备街道靠山面海，山坡上，马路旁，学校黑板后面，甚至公共厕所里都或明或暗设有防空洞口，炮台山整座掏空，里面又掘了陷阱，等着帝修反进去自取灭亡。

我家的日本房紧靠山根，后窗外就是秃溜溜的炮台山，刮风下雨的黑夜，格外吓人。我和还没上学的弟弟一来先学会了瞪大眼睛看，竖高耳朵听，开门便插门，插了大门插二门，最不放心的是后门，以至于长大后做噩梦，还梦到过有时候是苏修，有时候是美帝，有时候是妖怪攻破了后门。

我初二时搬家到了中山区延安路，同时也转了学校。一开始还常回战备街道玩，后来逐渐疏远了，也许是青春期开始，心理复杂脆弱，对它产生一种既想接近又想远离的特殊感觉，没有要紧事干脆不回去了。高中毕业考上沈阳警察学校，结识了四面八方的同学，已无暇顾及少年时代的朋友了。

警校毕业我分配回大连，划到甘井子分局，分局向下安排到樱花街派出所。我喜出望外，樱花街就是战备街道，前些日子才因为炮台山下樱花树林改的名。

炮台山改建成了综合型游乐园，以建筑风格前卫而闻名的丽东酒店坐落其中。山顶上的炮台摇身成为市级保护文物。当年我们玩藏猫捉虎的地方，已铁链拦起禁止入内。新刻石碑介绍炮台，由大清聘请德国工程师设计，跟老龙头炮台、大连湾炮台联合控制大连港的出入。战争爆发，实际情况就不是那么回事了，炮台管带第一时间登船逃命，一队人天津上岸，明治天皇的日本兵还没登上山顶呢！之后炮台又在日俄两国间反复易手，最终由苏联老大哥交给了新中国。

导游小姐嗓音尖尖，讲到大清炮队临阵脱逃那段，她用极度蔑视的目光扫射周围的男游客，似乎已经看透了，你们比那些孬种并没有强到哪里去。

小姑娘看上去不到二十，我不能肯定以前是否见过她，有一刹那觉得非常面熟，但一转念又根本不认识。小孩子已长大，老年人更老了，年青人结婚有了孩子。我过去认识的人们，在用体貌变化演示时间的浩荡进程。我家那片日本房已拆除建了花坛，我寻了半天，也不能肯定原先的位置。

黄昏，我站在街道口，一群刚放学的小学生叽叽喳喳从身旁经过，沿着我们当年玩滑轮车的马路，慢慢散开。突然，一个古怪可笑的念头闪过，我尚未见面的那些同学是不是都已不在这里了呢？那许多有趣的往事真曾发生过吗？

几天来，我就这么独自一人在街道转悠，同学谁也没找，甚至还担心遇见他们呢。曾有几时，一种特殊美妙的感觉从我心灵深处涌起，大脑里像有一瓣橘子被挤碎，太阳穴浸得又酸又甜。这个时候，我只想找个没人的地方静静待一会儿。

从炮台山山顶走下樱花街，快到坡底小桥处，马路的右边，伫立着一栋旧式四层红砖楼。它夹在高大的新建筑之间，显得矮小又寒碜，差点儿给挤下道牙子，当年它可是战备街道的摩天大厦，比甘百和育忠小学都高出一层。我朝它最高层东头，一扇带有窄小花台的窗子望了望，转身离开。

"站住！"

我回过身。

"就是你！"

一位戴红箍的老大爷大踏步朝我走来，左右同时闪出一瘦一胖两位老大娘。

大爷径直走到我的面前，"讲吧，干了什么？"听口气对我的行径了如指掌，之所以询问，只是要检验我是否诚实而已。

没等我开口，右边的那位胖大娘预料到我会撒谎似的，冲前一步警告道，"讲实话！不讲实话对你可一点好处没有。"

左边的瘦老太太干脆跟我交了实底，"告诉你吧，我们早注意上你，跟踪你半天了，东转悠西转悠，没有好转悠。"

我的眼前出现他们三个人之间相互使眼色发信号的情景。

"不许笑！"胖大娘愤怒地跳脚，"你并不在这里住。"

"是的，"我和颜悦色地承认，"我来找朋友。"

"找朋友？"大爷问，"谁？叫什么名？"就像这一片儿住户他都认识似的。

我想了想，选了一个本分老实的。

"白连江。"我回答。

两位大娘"唰"地转向大爷。

大爷镇定地同她们交换了一下眼色。

"他跟你什么关系？"

"同学。"

"跟我来！"

我本要悄悄一个人享受故地重游的乐趣，并没打算拜访谁，可现在看来不得不做一回不速之客了。大爷在前，我在中间，两位大娘殿后。我听到瘦大娘不时提醒胖大娘，要她同我保持适当距离。所用的都是含含糊糊的隐语。

转向楼背面，走到一层的一家门前，大爷掏出钥匙开门，刚打开一条门缝，浓郁的酒香伴着欢声笑语直往外冲。

"江！"大爷朝里喊，"江！"

出来一位红光满面的青年。

"怎么了，爸？"

中学毕业不久，我发现了一个有趣现象，一些在学校并不怎么起眼的人，出社会后风光得不得了，而更有一些原本生龙活虎的，却从此消声灭迹。白连江属于前一类，至少外貌如此。小伙子气宇轩昂，打扮入时。

"啊，是你！——你没怎么变。"他把我让进屋，"听说你回来了，分在派出所，我还不相信呢！"

里屋，庆祝白连江女朋友刘芳生日的家宴已近尾声，非常明显，刘芳以女主人自居已很有些时日了，同我打过招呼之后，她立刻命令白连江把床底一把坏了一只腿儿的椅子拖出来给会计坐，会计原先坐的好椅子倒给我。会计外号叫会计，职业也是会计。另外两个人的职务是业务员。三人都是白连江的同事。我们一一握手。会计告诉我，白连江不久前已提升为家电部的副经理了。他们同在甘井子百货上班。

刚进屋的时候，会计正站在地当中，比画一辆丰田轿车的车身，就见他右手一指窗台，算是车尾，左手朝门外一展。我赶快侧侧身，好让车头伸到去。"哎！"他面露喜色，到门厅正好符合他要表达的尺寸。

"这么长。"他肯定地说。

"越长越大越好吗？"刘芳问，眼睛瞪得圆圆。

"也不是，还要看内部性能。噢，来新朋友了，欢迎！"

因为我的到来，话题一下子从日本回到了大连。几句客套之后，我们谈起了围绕当年的一些事情。"啊，往事如烟！"再谈我，谈警察、黑手党、打手、刺客、"价格表"——不免毛骨悚然。

"腿当然比胳膊贵，小胳膊扭不过大腿么。"会计无疑是这屋里最活跃的，他伸出的左手手指，做成机头大张的手枪，右手一把夺过去，对准盘子中已经失去了全部肌肉的一条黄花鱼扣动了扳机，后坐力差点儿把他从椅子上掀下去。他起身整了整椅子腿，"销户没有固定数额，视难易程度而定。童叟无欺。"

说到这儿，他转向坐在一旁的我，"对吧！"既像征求意见，又像这消息是从我这儿得到的。不等我回答，他马上拍拍我肩膀，面向大家说道，"这是长春的行情。"

大家看看我，紧张的面孔更紧张了。

"大连呢？"刘芳问。

"对呀，大连呢？"白连江和两个业务员同时问道。

"大连么，"会计得意洋洋把头转向我。

我这回抢先表态。

"我可不知道。"

会计点点头，一脸严肃。

"对，大连还没有明码标价。"

一阵子谁也不出声。

两个业务员突然喊叫起来。

"太渴了！太渴了！都是因为太渴了！"

又同时停下来相让。

"你说！"一个说，并举起两只手。

"你说！"另一个也投了降。

两个业务员个头长相差不多，都穿着白衬衣，扎红色领带。如果不是得知一个姓张，一个姓李，我会咬定他俩是亲哥俩。他俩挨着坐，冷不丁一瞅，还以为眼睛出现了重影。

"你俩谁也别说！"会计紧跟一句，把我们逗乐了。

我们继续交谈。谈了改革开放，谈了愚弄和压抑，谈了十多亿人究竟信什么，谈了全是他妈的扯蛋，钱才是一切，谈了赚钱——嘿，不亚于刚才杀手所带来的刺激，大家的神经又绷紧了。我感到了一种从未有过的紧迫感，心里头没底儿，慌得厉害。那种尚未得到安全保障的感觉，好像小时候警报响，在排队等着进防空洞。

会计口若悬河，如数家珍般列举大连新富豪的名字，停顿处，他双手直搓，仿佛那些新大款屈尊俯就向他伸出了友谊之手，他却不好意思去握似的。

而这时刻，离我发第一笔工资的日子还差十多天呢！想到父母省吃俭用，供养我到中专毕业，我仍不能在经济上完全自立，而父母继续理所当然似的为我和弟弟积攒着将来结婚的费用，真是汗颜不已。

会计碰碰我的胳膊。

"唉，外面有道儿吗？"

我明白这是问我除了工资是否还有其他收入。他不是第一个问我这话的人。

"没有。"我实话实说。

"慢慢来，摸着门儿也就快了。"他颇为知己地拍拍我胳膊，压低声音，"这年头饿死胆小的撑死胆大的。占着好位置要懂得利用，不然后悔来不及。"

这句话不应该针对我，因为我才工作几天啊。果不然，随后他便提高嗓门儿，对其在某单位当领导的爸爸破口大骂起来。

"不识时务啊，有权不用过期作废，现在都啥时代了，你他妈不懂吗？"他指着茶壶，痛心疾首，"混沌，混沌，混沌时代，懂不懂？能捞就捞啊！"他卷起食指，用指关节敲着壶盖，语重心长，"同志啊，观念还不改，脑筋还不换，岂不可悲？"

"别理他，喝多了。"刘芳对我说，她把他拖起来，招呼两个业务员一旁打对子去了。

会计走的时候掉回头，冲着茶壶丢下一句，"白痴，脑子有病，彪子！"

这边剩下白连江和我。

他向我讲起这些年来同学们的一些事情，大多是我所不知道的。一个一个，一件一件，联系到他们小时候的模样和所做过的一些事情，以及与我曾有过的共同经历，我俩一会儿开怀大笑，一会儿感慨万分。老同学相逢都是这样，我们不认为这是在说三道四。

"说起来咱班统统不行，竟然没有一个出国的。出国才是正道儿。不信你品品，各条战线，有道儿的人都走了，剩下的都是冒牌和烂货，大酱缸里咋混都是个低层次。"白连江说，"咱班还有个特点，一对儿也没成，都黄了。"

讲到恋爱，就自然要讲到杨明和高志红，但经白连江之口，可贵的初恋被降低到了最低，说是一个小混混把一位美少女骗到防空洞实施了强奸。

我听后虽没说什么，但白连江还是察觉他遭到了强烈反对，马上改口说，"当然，高志红也不是什么淑女。"

我当然更不会这样想问题。

这时候，边打扑克边留心听我们交谈的女主人插话了。

"我觉得杨明挺不错，"她抽出一张牌，看相片一样端量着，"很有派的。"她扔下牌，立刻又捡回来，换了一张拿在手上，"我跟他说过一次话。"

她的对门——会计——催促她出牌。她没理睬，继续说，"我朋友王敏跟他好过，后来黄了。杨明太花，王敏可伤心了。王敏从来没因为谈恋爱这般伤心。哎！"她提高音量，好让我注意力集中，"杨明就住这楼上，四层最东头。"她用手里的扑克牌朝西边天棚指指，扔了出去。

白连江双手一拍。

"哎哟，我忘了，你们俩曾是最好的朋友！"

打扑克的四位齐刷刷朝我看，足足有一分钟。

"我们已经好多年没见面了！"我说，恍惚中按钮被启动，几幅具有代表性的图像带着温度浮现出来：一个大傻个子跟在一个小矮个儿屁股后头四处转悠，爬日本房天棚，玩滑轮车，钻防空洞……乐此不疲。

白连江得知我尚未见过杨明，便说起了他的一些情况。

"去年夏天，没错，是去年，我提副科长不久，他去了一趟广州，说做生意，可回来也没见什么起色，听人说，一路吃喝玩乐，把本钱都花光了。他这人，始终那个样儿，独来独往，目中无人，没个正经。"

他一直轻描淡写，最后却不合逻辑地冒出一句，"现在不是小时候了，谁怕谁？"

我不记得杨明是否曾跟白连江打过架。反正当年杨明跟班里的男生几乎打了个遍。

"高志红现在怎么样了？"我红着脸问。

"她么，现任男朋友是吉林来大连倒粮油的，款。"他眼睛眯起来，抱不平一样，"这年头，男人有钱就行。"他向前倾身，降低声音告诉我，"高志红，她长得真是漂亮！"说完便发觉自己搞错了，摇摇头一笑，"瞧我，跟谁说话呢？哈哈，我是说她比小时候更出众，嗯——"他想了想，"可以说姿容动人。"

"哎！哎！大点声好不好？"那边刘芳毫不留情地嚷起来，"让我们也听一听，谁那么'冻人'？"她把"冻人"咬得很重，并做瑟瑟发抖状。

白连江赶快解释。

"杨明的初恋，都是我们同学，她住在四号楼，后来搬走了。你不认识。"然后猛一指我，"跟他一个学习小组。"简直像往我身上推不是似的。

"杨明？哪个杨明？就是那个杨明吗？"会计自言自语般说。

他并没说明"那个"是"哪个"，大家却异口同声道，

"对，对，就是他。"

会计反倒不那么确定了，他合上手中的扑克牌，"是立志骑自行车周游全国，没到沈阳钱挥霍完，撬开小卖店被抓的那个杨明吗？"

说得这般明白，反而没人应答。

过了一会儿，白连江纠正说，"不是小卖店，是一户没人住的旧房子，他正在里面睡觉呢。"

"我说么，他不应该偷的。"我松了口气。

"那可不好说，"两位业务员异口同声，相互望了望，一个说，"现在的人不是过去的人了，什么事情干不出来？"另一个感激地点头，显然这正是他的意思。

"对儿！"会计使劲甩出两张牌，"那小子纯是个彪子，不提他了。"

这两张牌完全出乎对门的意料，刘芳诧异地嚷了起来，"对儿？为什么不出单儿？不算，不算！"

会计明白了过来，知道自己错了，伸手往回拿。两位业务员不答应。他俩打牌像他俩的相貌言谈一般默契，已经赢了两局，正稳打稳扎，拿三连冠呢。

双方争执不下，女孩一甩手，扑克牌撒了一床，"不玩了！"然后冲着会计咆哮，"这个彪子，那个彪子，你才是个正儿八经的大彪子！"

山东老家把精神病人叫痴巴，大连人有一大半来自山东，却把同一种人称为彪子。彪子远比痴巴内涵丰富，用途广泛，而且意味深远，骂街恋爱都少不了它。它响亮、痛快、过瘾、解恨，能发泄无以名状的情绪，表达极难言传的心意。大连城市历史短暂，正在建立自己的传统，流行词汇频繁更迭，只有彪子经久不衰，愈磨愈利。

我的前女友对这个词就非常偏爱，经常用它招呼我，她还在沈阳上学，明年才能毕业，她们的护士学校距我们警校不远。我和她在一次同乡聚会上相识。姑娘话不多，但很内秀，句句能打中想打的靶子。我一下子被她迷住了。不过，在相当长的一段时间里，由于我性格内向，事情总没有突破性进展。有一天傍晚，她来我们宿舍交还借我的书，我跟她在校园溜达，我跟她讲了一个白天刚刚听来的笑话，虽然我并不擅长讲笑话，但那个笑话本身很逗人，她开心极了，突然，她放弃了女学生的矜持和不伦不类的普通话，用她那双挺耐看的单眼皮望着我好一阵子后，可狠骂了一声，"彪子！"我心花怒放，姑娘在向我吐露衷情呢，我俩关系从此明确下来。

大连的普通市民喜爱这个词，市政府的官员也不例外。前不久的一次现场直播，东三省商品交易会开幕式，一个工作人员对一个准备发言的官员耳语几句，官员听后勃然大怒，脱口而出，"不要理他，纯是个大彪子！"通过麦克风，传向了四面八方。

至于我本人，倒是很少说这个词，用法也稍有不同。一段时期，我在粗略评估某个人时，标准只有两种，"彪子"和"一般"。"一般"是指那些普普通通，没什么吸引力的人，像白连江、福特总统都归在"一般"里。我当然也在其列。"彪子"是指特殊的，令人感兴趣的，富有诱惑力的人。会计说的不错，杨明的的确确是个彪子。拿破仑、巴顿、梵高都是彪子。

七十年代的某一天，一个日本小老头来到战备街道探视旧居，他拄着拐杖院里院外地拍照，最后大门口跪下，磕了三个头，掏出手帕擦擦眼，一头钻进了轿车。

我这个刚从山东农村搬来的孩子趴在炮台山顶碉堡里，通过瞭望口，望着小轿车开走，胡乱琢磨了半天，才慢慢走回家去。

新家安顿停当，我也该去上学了。一路上，爸爸不停地嘱咐我要听老师话，团结同学，完成作业。因为得不断回应，我漏掉了街道两旁许多对一个农村孩子来说非常好看的光景。到了学校大门口，爸爸拽住我，问我能不能记得回家的路，我说能。爸爸似乎不大相信，就又跟我研究了一阵识别方向的窍门才领我进去。

"叫什么名？"老师问我。

"陈为民。"我努力掩饰山东口音，不成功，脸更红了。

老师转向爸爸，"挺老实的孩子！放心交给我们吧，我们育忠小学不就是专门培养无产阶级革命事业接班人的么。"

爸爸听了非常高兴，却板着脸说，"要是他不听话，老师你就揍他，使劲揍。"又跟老师客气几句，就去上班了。

老师领着我出了办公室，穿过昏暗的长走廊，打开门，进到了一间敞亮的教室。"呼啦"一声，同学们全坐直了，双手背在椅子后边。

"同学们，让我们以热烈的掌声欢迎陈为民同学加入二年四班光荣队伍！"

掌声雷动，我一阵晕乎。

我被安排到最后一排，老位是一个长着一双大牛眼睛的小矮个儿女生（她是远视眼），对我的到来很不愿意，扭着头不看我，还把椅子朝外挪了挪。后来我才知道，这个座位原是空着的，最前排有个男生破坏纪律，被惩罚到这里坐。今天，这个调皮蛋跟学习小组的同学打架，被赶回家写检查去了。

写字的黑板竟然不是木板而是玻璃的！书桌的盖面可以翻动！窗外一望，树梢才够到窗台边儿！我暗暗庆幸，来大连以后最强烈的愿望已经实现——登上了高楼大厦。

突然电铃响起，一长一短交替。同学们纷纷起立，排成一列。我夹在其中，磕磕绊绊，不明白发生了什么。走廊里拥满了其他班级的同学，个个神情严肃，但并不慌张。"快！快！"一位老师站在楼梯口指挥。我们来到操场，脚步没有停止，边走边被分成三股，分别向三座防空洞跑去。防空洞里有书桌黑板，跟楼里的教室差不多。

原来这是防空演习。

第一堂算术课在防空洞中进行，"八路军某支队在一次反围剿战斗中第一天消灭20名日本鬼子，第二天消灭

30名日本鬼子，第三天消灭15名日本鬼子，问：共消灭了多少名日本鬼子？"我迅速心算，共消灭了65名日本鬼子。但是，老师的问题是"已知条件是什么"，我可就听不懂了，老家的老师没这么教过。同学们几乎全体都举了手，有的为了提高手臂，屁股都离了座位。一个女生一边高举手一边回头望我，老师叫了她，"高志红回答！"我老位失望地放下手，气哄哄地嘟囔，"张罗，张罗！"

课间休息时，我没敢离开教室，怕上课前找不回来。同学们出出进进，有说有笑。我觉得有人在笑话我的山东话，可我一句话没有讲呀。我打开语文书，专心看里面的插图，好容易挨到中午放学，我赶紧往家跑，憋尿快把我憋死了。

下午自习课，我看绘画书，我老位算算术。她不时拨拉拨拉手指，又赶紧把作业本捂上，生怕那些歪歪扭扭的小虫爬到我的作业本上似的，岂不知我上午课间休息已经做完了。趁她拨拉手指，我瞥了一眼作业本：算完了两道题错了两道题，第三道题非常简单，又把她难住了，一副愁眉苦脸的着急样。

"哎！哎！"那个名叫高志红的女同学在叫我。她坐在我旁边一趟的中间位置上，见我抬起头，立即伸出胳膊，打开手掌。

她的手心有一蓝色小方块，似透明非透明，非常高级，鲜艳得像从碧空中切下来的一般。

她还要把手向前伸，只是不能再伸长，急切地上下晃动。

我不敢相信她要把这么贵重的东西送人。

"给你！"她说。

"不要，不要！"

话一出口，我的脸就唰地红了。也许人家并非要送给我，不过让看一看罢了。

这时她用另一只手打开铅笔盒，取出一块粉红色的小方块。

"看，我还有。"

我接了过来。

她把手上那块放到鼻子下。

我跟着放到鼻子下，香甜香甜的，糖果味。

"不能吃，香擦子，跟橡皮擦子一样，擦字的。"她边笑边体贴地做着擦字的动作。

香擦子晶莹、柔软、芳香宜人，我还真想用牙咬一咬。但它不属于我，我还了回去。我老位一旁目瞪口呆，牛眼睛瞪得更大了。看什么看，没见过香擦子啊？

高志红接回香擦子，果断用小刀一切两半，留下一半，另一半伸手给我。

"俺妈不让我要别人的东西。"我有气无力地说。

"对呀，"她遇到知音般喜悦，"俺妈也不让！"

时隔多年，这个情景回想起来还是那么生动，高志红侧着身伸胳膊送我香擦子的样子呼之欲出。

回顾过去，我对初中以前的事情记忆特别深刻清晰。我想，可能在人生中存在一条时间魔线，过了它，记忆就从此混乱模糊了，感觉似乎也麻木迟钝起来。我的时间魔线在我家从战备街道搬到延安路之后不久。当时，我曾惊奇地向新同学描述，他们愣愣地看着我摇头。我品尝到了不被理解的滋味。我比他们先在长大。

第二堂自习课，那个打人的同学进了教室做检查，念完检查，发现座位被我占了，一声没吭，随便找了个空位坐了。放学后，打人的同学把我堵到操场角上，非要我跟他单挑，真是莫名其妙！他见我不敢，又提出比双杠。我还没见过双杠长什么样子呢！于是，这个矮我半头的小崩豆子先跳了上去，翻了个翻儿，大声叫我看清楚点。可在翻第二个翻儿时，他摔了下去，趴在地上没了气。我想喊人，同学都已经走没影了，赶紧背起他往学校大楼跑。半路上他醒了，跳下地第一句话，邀请我到他家去玩。"我就是杨明，你听说过吧！"他一摆手，"以后你会知道的，你跟我玩，谁都不敢惹乎你，谁惹乎你，谁跟你梗梗，你告诉我！走吧，去我家！"

我说天太晚了等明天。他说好吧明天一定去！然后知心朋友般劝我别再欺负林莉了。我不会欺负人呀，"谁叫林莉？""你老位，昨天是我老位，她经常帮我写作业。哎，听说高志红给你一半香擦子，等明天我给你一块灰白两用擦子，一头擦钢笔，一头擦铅笔。不要？那么小刀呢？""不要，我什么也不要，你告诉我咱学校厕所在哪里？""大便小便？""小便。"他一招手，自己走到宣传楼后面，哗哗尿起来，见我久久不肯过去，便腾出一只手，把真正的厕所指给了我。

从这个厕所开始，在他那双打砖头（锻炼拳头的硬劲儿）打得疤痕累累的小手指点下，大连许多好玩的地方逐渐向我展现，劳动公园，星海公园，天津街——这些地面光景不再令我新鲜后，他就带领我钻到地底下，这正是我最神往的。战备街道的防空洞四通八达，错综复杂，让我过足了冒险瘾。想到只有我们俩能在洞中任意行走而不迷失方向，就觉得这一座座庞大的地下宫殿仿佛只属于我们俩的一样。

在这之前，我从没遇到过像杨明这样充满活力的伙伴，以后也没有。他的好多不同凡响的作为叫你既吃惊又佩服，想学也学不来。

他敢一个人不拿手电筒进洞，摸黑走二十多分钟从另一个洞口出来；面对高他一头的对手，二话不说，跳起来就是一拳；除了他，不是吹，还有谁能用一只空火柴盒、一根长木棍、两个针药瓶塞，做成一辆马车，棉线套上一只螳螂拉着满桌子上跑；把一个玻璃蛋儿凑到嘴边哈哈气，喊声"坐蛋！"，拇指一弹，笔直射出，"啪"地撞飞五米外地上的另一个蛋，它却死死钉在被挤飞蛋的位置上（而我怎么练都是"掐地豆子"，就是说手中的母蛋不是弹出去而是挤出去的）；向你借两张纸牌下楼，回来不仅捞回了老本，赢了鼓鼓囊囊一兜子都给你；左右手各伸出两根手指伸进嘴，用力一吹，比铁哨子还响。——三层楼上一家的小气窗打开来，高志红探出头，"迟到了，迟到了！"

上学的第二天，我被安排到高志红小组（她主动向老师要我），顶替了跟杨明打架的那位同学。学习小组仅我们三个人，高志红组长，我副组长，杨明组员。

杨明家只有爷爷和他。一间屋被夹成两个小间，老头儿在里间，杨明在外间。当我们在外头疯打闹，里头就敲木板壁子，哗啦哗啦响，我们就暂时消停了。好在老头不在家的时候多，这样我们就打过长江，解放全中国。

杨明的爷爷码头当过工头，属于坏分子。他鹰钩鼻子，瘪瘪嘴，眼珠叽里咕噜乱转，一看就不像个好人。

"他已经改造得差不多了，我们可以同他说话。"高志红小声提醒我。

一有机会，她就把所知道的有关杨明的事情告诉我，像是向我移交工作似的。杨明的事情她全知道。杨明的爸爸妈妈是臭知识分子，统统下放农村了，为了保住孩子的城市户口，就把杨明留给了爷爷。我听得二二乎乎的。下放不久妈妈就病死了，爸爸找了个后老婆，论年不回来一趟。怪不得我从没听他提起过自己的父母呢。看他瘦小的身躯，我猜想是小时候营养不良和精神刺激造成的。他说话快了结巴，不知道害怕，不会哭——但他不欺负弱小，不传瞎话，不告状，我非常愿意跟他交朋友，事实上，我不由自主被他深深吸引了，他那张半生不熟的小脸魔力无边。

这些天故地重游，我面对街道、学校、防空洞，冷不丁浮现出杨明那张饶有兴趣的面庞，小兽般不声不响盯着你，你却猜不出他下一步会干什么。

　　那天我从所里去十字路口巡逻。

　　那儿密密麻麻排着各路公共汽车站，甘井子商城、工商银行、日韩酒店、全家福饭店像四个挤车大汉，率先抢住四个路角，把其他楼房挡在了身后。甘井子商城与工商银行之间的过道被它俩挤成窄窄一条，若不是总有人流穿行其中，感觉要挤合到一块儿了。人们从这里走入，顶着迎面的人流儿，经过鳞次栉比的摊点店铺，走到尽头，是瓜果蔬菜、鱼肉禽蛋的农贸市场，然后向右转，转回到跟刚才平行的另一条街上，经过照相馆、电影院、邮局、消防队、书店以及一座不久前才由旧仓库改修的基督教礼拜堂，就转回到了十字路口。

　　十字路口人来车往，有人走着走着，突然转身往回走，也有人站住，举棋不定，若有所思。若此时响起防空警报，人们会不会像当年那样迅速四散一空呢？我想大概不会了。时代变化，"战备"意识已经转换成了其他内容，如果在防空洞里放一万块钱，哪怕是一声耳语，"随便拿吧！"恐怕就能起到警笛的作用。炮台山上那两个巨大喇叭早已生锈，成为古董。人们的听力却更灵敏，目标也更具体。

　　这地段不属于樱花街，治安却归樱花街派出所管辖。作为一名新警察，我给自己立下一条规矩，每天除了必须的学习之外，还要在这条商业街至少巡视一遍，"战备战备"。

果然，第二十天的中午，街上最热闹的时候，我在副食商店门口抓住了一个扒手，那小子二十岁上下，衣冠楚楚，令人惋惜，但又想这种人连老百姓口袋里温饱钱都不放过，也实在罪有应得。当天下班我又去街上巡逻，这回我身着警服，即使抓不到扒手，也能起到威慑作用。我转了一圈，没发现异常，倒是遇到了几个从前认识的人，其中两个是我的同学，一个同学匆匆忙忙中跟我说了几句亲热话，另一个只顾走路，没有认出我。

往回走时在甘井子商城门前，碰见了白连江和会计往对面的银行送营业款。他俩合提着一个沉甸甸的袋子，身后跟着一个提着电棍的保安。我觉得我有责任监护他们安全走过这段短短的路程。

一个人在他小时候生活过的地方步入社会，能体会到双重激动，这些天来，无孔不入的往事使我应接不暇，与同学旧友的一连串相见更是推波助澜，难以抵挡。而此刻，白连江一行三人走进工商银行的瞬间，那种最近时常体验到的莫名眩晕，排山倒海般向我袭来——马路对面有一个家伙，一面观察白连江的钱袋，一面观察我，重复有三次以上，引起了我的警惕，但是瞬间又不是那么回事了。

我两步跨过去。

那家伙后退着朝我直瞪眼。

我上前扯起他的衣袖。

"杨明！"

"啊呀！"他一个劈掌打落我的手，弯腰把我抱了起来。

脚后跟离地令我的后脑一阵酸甜。

"啊呀，"他说，"啊呀，啊呀。"

他犯了结巴，我也不知说什么好，两个儿时好友，就这般一言不发地享受着重逢。

这么多年了，我朋友的身高没有明显的变化，怎么看都还是个小个子，模样神态也跟从前差不多，整个儿跟我预想中"回忆中的样子"一个样儿。

"我分配到樱花派出所，"我说，"我来还不到一个月，想稳定稳定再去找你。"我很难为情，像是做了什么亏心事，不知如何为自己辩解好。

"稍等片刻，"杨明说，他转身朝路口走去。看来杨明丝毫没有怪我的意思，也没觉得自己的做法有何不妥，仿佛我们俩分手不是许多年，而是一两天，不然他不会看见一个姑娘就把阔别多年的老友撂在了一边。

那姑娘娇小玲珑，扬着脖颈头顶能够到杨明的下巴，她双臂抱在胸前，成稍息步，伸出去的那条腿发电报般上下颤动着，一副气哄哄不听劝架势。

杨明背对我，抬起左手用拇指从肩头向后指指。

姑娘快速朝我这边望了一眼。

"撒谎，撒谎，我不听，你成天撒谎不累吗？"

我想还是离他们远一点为好，朝一旁的书报亭走去。

书报亭橱窗上美女如云，仿佛进行一场比赛，在不全裸的规则下比谁穿得最少。过了一会儿，杨明和那个姑娘走过来。

杨明介绍说，"我最好的朋友，为民。"

姑娘喜笑颜开，像是换了个人。

"好吧，你们去吧！"她对我说。

"不，不，我可以改天。"我说。

"去吧，我今天值班，马上就得走。"她抬手看了眼手表，小鸟般迅捷，"再不走来不及了。"

去杨明家途中，我俩先进一家副食店采购。

"三包小米，三包小米薄酥脆，三包花生米，糖衣的。"

"十包烤鱼片，四包方便面。"

"再加两包，六包方便面，两个番茄鱼，两个鹌鹑蛋罐头。"

"桃子酸楂各来一个。"

"再来一个鲅鱼罐头。"

"差不多了，够了。"我付钱，杨明拼命阻止。

在杨明家，我俩一边喝啤酒，一边按他的意思，大谈徒手格斗和手枪射击。什么同学、重逢、金钱、女人、人生，只字未提。哥俩酒量都不大，各把着两瓶不用相让，喝着喝着又都说自己的脸比对方的红。照镜子一比，各有千秋，我从脸到脖子，他眼睛四周，像只小猴。我卡着时间，乘坐最后一班车回了家。

妈妈在家看电视等我。我按捺不住兴奋，告诉她我去杨明家了。

"他爷爷死了。他现在一个人过，在大化厂上班。"

妈妈对杨明印象深刻，不免叹息一番。

"哎，那个大胖姑娘怎么样了，叫啥红？"

"高志红，她可不胖。"

一则警校同学相互联络，二则打电话方便，自从来到派出所，我的电话就没有断过。

"大个子，找你的。"接电话的老李大叔喊我。

我拿过电话，传来一位女性的悦耳声音，讲普通话，问我知不知道她是谁？

我心跳加快了。

"你——"

"咯咯——"

这打铃般的笑声我不会认错了。

"高志红！"

"我以为你早把我忘了呢！"

"怎么会！"我上气不接下气。

"是呀，像我们这样的老同学，怎么能忘呢？"

她邀请我星期天去她家坐一坐，我灵机一动，不管三七二十一说，"我带一个人去可以吗？"

"太好了，我正想见一见你那位。"

显然她误解了我的意思。

我说："现在定不了，等我征求一下他的意见。"

她问我跟其他同学见没见过。

我如实回答："该见的都见过，只剩你了。"

"是吗？"她竟然喜滋滋的，藏猫猫最后一个未被发现者那么称心得意。

挂断了电话，老李大叔问我是不是对象，我连连否认。

他不相信，"有啥不好意思的？你以为我们看不出来？"

我的脸呼呼发烧。

从上次街上巧遇，我有两个星期没有再见到杨明了。说实话，他那闭着眼睛式我行我素同先前没有两样，只是不再会令我兴趣盎然了，无论他成为大款，还是随大流进单位挣工资吃饭，都不会引起我惊讶或好奇。我评价人的标准发生了变化，也就是说，"彪子"和"一般"之间已经撤销了界线，杨明及其众多"彪子"已经汇入了熙熙攘攘的"一般"的人流之中。

"开门，是我！"

我跟杨明约好了，可敲了半天门没见反应，我放声喊起来。

终于从屋里传出脚步声，我都准备回去了。我的眼前闪过学习小组时，高志红比我先到，她抢先为我开门的情形。

门猛地被推开，一个满脸凶相的大块头出现在我面前，"谁？"

我本想说我是杨明的同学，但见这人如此蛮横，便反问他，"你是谁？"

他眼睛一眨不眨盯着我，"你姓陈吧？"

我挺挺胸，"你怎么知道的？"

他一转身，"杨明出去办点小事，让你等他，进来吧。"

进屋后他不再理我，我也没有理他。我往椅子上稳稳一坐。茶缸压着一本日记，我抽出来翻看。那个来路不明的家伙则手抄裤兜，在我身边来回踱步。我俩搞得都像是这屋的主人，而且不知道对方的存在。

日记本塑料皮发硬，并有好几处烫痕。这是杨明当年的学雷锋日记，从褪色的铅笔字仍然能够看到，在那段时间里他经常捡到钱包，并且统统交给了警察叔叔。每隔几篇附有我们老师的批语。日记停写后，是用钢笔楷书记录的谚语歇后语，诸如"好汉做事好汉当""狐狸做梦也想鸡""扁头睡觉——想得宽"等等。其中"小葱拌豆腐——一清二白"后面加了括号，注着"陈为民说的"。我说过吗？想不起来了。再后面是近年来流行歌曲的歌词。中间还不时冒出一两幅线条勾勒的女性裸体画。翻过几页空白，写着一首诗，看字迹像最近抄写的。"宝贝儿／别爱我／我浪迹四方／无有所归／像秋天的树叶／一阵风／便不知去向"，再往后翻，又是一首诗，"他着了魔般找寻／失去了的宝藏／即使返老回到童年／却也因为迷失／回不到故乡／他傻子一样／怀念过去的时光"。

"请注意，这是诗，不是歌词，歌词算什么东西！"貌似屠夫的家伙在我旁边站下，"这两首诗是我向他推荐的，我背诵，他默写。"

我抬头看他。

"撒谎儿子，我背诵他默写。"他微微一笑，给我时间消化，然后说，"我能背诵一百多首唐诗，闭着眼睛，一个字不带差的。现代诗能背七十多首，不服就来。"

他把日记本拿过去，变戏法一样空中抓出一支圆珠笔，嗖嗖几下写完，顺手往桌子上一丢，日记本滑落到桌子后头去了。我原以为他会给我看呢。

就这样，僵局打破，这位自称韦国庆的大汉虽比我大不了几岁，却见多识广，短短时间里，他向我展现了好几种方言以及天南地北多种知识，包括我闻所未闻的诸如玉石翡翠等冷门偏门。

"去他姐的大腿！"是他的口头禅，同时还要挥一下胳膊，力量特别足，铁棍子打过来也给挡回去了。他的双手疤痕累累，小手指异常粗大，跟大手指差不多。

"中国足球——"我说。

"去他姐的大腿！"韦国庆劈头一句。

中国足球就不再谈了。

他发现我在注意他的手，便双手伸到我面前，正反转了转，然后迅速抄进裤兜。

"这些伤疤是永远抹不掉一个男人同两个女人之间的故事佐证。"

我说，"我从未见过这么粗的小手指。"

他不以为然地哼了声，似乎埋怨我抓不住重点，"女人啊，女人最最妙不可言了，她们柔情似水又毒若蛇蝎，貌似天仙却见钱失节，淫荡无耻又假装正经。"几声轻微的敲门声终止了他的咬文嚼字。

"他回来了。"我说。

我俩朝门口走过去。

韦国庆大吼一声，"谁？"猛地推开门。

一个矮个儿小姑娘双手提到胸前，"妈呀"一声，嘴半天没合上，同时一双闪闪发亮的大眼睛不住地往屋里瞅。她的眼睛可真够大的，眨眼时，上眼皮不能到底就抬上去，脸庞圆圆，仅下巴颏儿的位置象征性地凸出来一点点。

"难道这不是杨明家吗？"她小声小气地问。

"杨明不在家。"韦国庆毫不客气。

小姑娘扭扭身，很为难似的。

"我找他有事。"

"什么事？跟我说一样。"

小姑娘往后退了退，"我给我表姐捎信。"突然又改口，"算了，他不在家就算了！"转身就走。

韦国庆伸长脖子，"你姐是谁？长得漂亮不漂亮？"

小姑娘头也不回，楼梯角一拐弯不见了。

韦国庆"咣"地关上门。

"小狒狒怎么不来？她炒的土豆丝真好吃。"韦国庆自言自语道，"杨明的妞儿，常来这儿，做做饭，洗洗衣服。"说着伸出手，手心向下，停在腹部的高度，"也是个小乖乖。"然后拇指跟食指做成个圈放到眼睛上，"戴眼镜的小乖乖。"

我心想杨明到底有多少个小乖乖？

韦国庆重新捡起他关于女人的宏论，从抽象转到了具体，喃喃念叨出几个芳名，扼要点评她们的床上表现，可不管所提到的女人我并不认识，只顾自己往前撂，等意识到他的唯一听众已被他远远甩到大后边，才不得不停下来补充上简短的解释。我猜这可能是韦国庆每一次开口，都首先把倾听者当成跟他一样深知内情，在他大谈宝石的时候，他就把我认定为珠宝行家，期望我能跟他合拍，对着他手捧着各式各样看不见的宝石眉飞色舞呢！而我只知道玻璃，没见过翡翠和田玉，更不用说红宝石蓝宝石了。

我不由得想，如果把我换成杨明，让他跟韦国庆对着吹牛，那才有意思呢！不过，也可能会出现这种情形：杨明对风流韵事的理解跟韦国庆并不同频，茫茫然无以对。

"全是高高大大的漂亮妞儿。"韦国庆咬牙切齿，双手撮着掐住什么，前后推搡，突然失声笑了，放开手，一指桌子上的日记本，"不像我这朋友，啧啧，一群小崩豆子。"

"我们俩是货真价实的好色之徒，"他宣称，"非常多情，特别痴情，还讲义气，操，现在没有讲义气的了，都只认钱！大连街上扒拉扒拉，找不出我俩这样的，既认钱又讲义气。"他顿一顿，"我过去可不是一文不名的穷光蛋，我的钱都大把大把花到女人身上了，万贯财产挥霍一空。我的金钱观是：钱再多，攒着不花等于没有，花在女人之外就是糟蹋。谁？"

一阵门锁响，杨明进来了，身后跟着一个穿戴新潮、风采照人的姑娘。两人站下来，望着我笑而不语。

很快那姑娘绷不住，咯咯笑出了声。

"高志红！"我抛下韦国庆。

"为民！"

若不是我向来古板拘谨，我俩应该拥抱在一起。杨明就是这般出人意料，我原本是来请他跟我一块儿去高志红家，他却已经把她给领来了。真好笑，昨天我还为如果我带杨明去见高志红，高志红是否会介意而再三思量呢！

"好久不见，志红。"

"好久不见，为民。"

"好久不见，为民，好久不见，志红。"杨明说。

"真是的，好久不见了，连我们都好久不见了，"高志红对着我说，然后转向杨明，"多久了？"

"好多年了。"杨明说。

"谢谢为民，不是你回来，不知何时我们才能聚到一起。"

杨明提议去丽东酒店庆贺一下，高志红拍手赞同，我欣然接受。这是我们三人小团体——学习小组——的聚会，没有理由邀请韦国庆，只能让他继续担当守门人角色。可以肯定，这会儿他发现了一位符合他的审美标准的美人，他盯着高志红看的神情赤裸裸，简直有些不能自持了。

我们从杨明家出来，走下楼，来到街上。

一群叽叽喳喳的小学生从我们身旁跑过，沿着已经拓宽了许多、当年我们玩雪橇和滑轮车的马路四散而去。

高志红挽着我和杨明的胳膊，慢慢向下走，走到底，过了石桥。

丽东酒店傲立山半腰。我们选了临窗坐下，樱花街全景，一目了然。远处海面平坦无垠，摆着大大小小许多船只。一艘油轮正驶进码头。

这里望得见樱花树林，望得见派出所的水泥楼，以及我们当年一起上学的育忠小学。

交谈自然地由学校开始。闸门一打开，往事洪水般淹了过来。

"看望安波老师了吗？"高志红问。

"看了。她还问起你了呢！"我说。

高志红一声感叹。

"一事无成，辜负了安老师的期望，她对我那么好。唉，时光飞逝，我发现一过十八岁，时间飞了起来。"她转向窗外。

我追随她的目光望去，似乎真的有一道白光掠过街道，飘然而去。

她闭上眼睛。

"我想起了你家那房子，门前的石头台阶——"

"就在那座花坛下面。"

"为什么要都拆掉！留个一栋两栋也好啊，"她大睁双眼，"它的样子我记得清清楚楚。"说罢陷入了沉默。过了一会儿，她突然恨恨地说，"我不明白，为什么我有三年多没回街道了呢？"

我和杨明没有作声。

"为民，"高志红想起来一件事，"你的女朋友怎么没来，我以为——她是干吗的？家在哪儿住？比我年轻吧？"

"分手了。"我说。

"怎么分手了呢？"高志红叹口气。

"不怎么。"我说。

"为民，你要是个女的，我会喜欢。"杨明说。

我和高志红都不明白他这话是什么意思。反正他匪夷所思的言行我们早已经习惯了。

就是这样，随便谈点什么都会带来强烈的情感冲击。一会儿回到了当年一样心旷神怡，一会儿又即将分手永不再聚那样伤感惆怅。重逢开启了青春之酒，芳香四溢，一饮便醉。酒后的心跳，彼此感知。

另一桌围坐着五个年轻人，两男三女，欢声不断。女子浓妆艳抹，男子穿戴讲究。

生活实在是太浩大了，远远大于一切人为的设想和愿望，它让我们相遇、相识，让我们分手、相聚，让我们悲喜交集又轻轻抹去了它们。

高志红突然严肃起来，她说，"今天是我们相聚的好日子，也是我向你们道别的坏日子。"

"怎么回事？"我问。

高志红没有回答，神情黯然。

杨明不耐烦了，他说，"志红要出国生活了，下个月就走！"

高志红抓起酒杯，一口见底儿，又自行斟满。

"好些事不能由我们自己做主，随波逐流吧。"她苦笑了一下，一副无可奈何的样子。

我想起关于她傍大款的议论，愤愤不平。

"怎么说出国都是一件值得高兴的事不是？"高志红安慰我们说，"我只是舍不得咱们这些老朋友。就怪你，为民，你不回来就好了，你不回来，这些缠绵只在心里。"

"不谈这些，"杨明摆摆手，"为民，难道一辈子当个警察了？"他根本不给我回答的时间，紧接着说，"我可不想挣那几个死工资，我想有钱，很多很多钱。时势造英雄，早晚干一番大事业。"

"你想做哪行，服装还是食品？"高志红问。

"小买卖我不感兴趣。"杨明说。

高志红朝我一撇嘴。

我笑了。

杨明说，"我知道你们不信，等着瞧。"他把我也算上了，我笑是因为高志红的表情可爱，没有怀疑他的意思，这年头何种意料不到的事情没发生过？别说一夜之间产生个暴发户了。

一刹那，我感觉非常孤独和失望，说不清因为什么，近在咫尺的杨明和高志红，显得遥远而陌生，今天的重逢喜悦，仅是一种虚幻的喜悦，既不作用从前，也不影响将来，短短时间里，让我们品尝一下滋味便不复存在了。我们可以透过大玻璃窗浏览山景、街景、海景，却无法看懂哪怕一点点彼此的心思，但是，我不甘心，我觉得不应该只是这样。

吃过了饭，我们去歌厅唱歌，高志红唱得投入，嗓音也好。杨明五音不全。我唱得一般。唱够了我们去打电游。我赢了一个布娃娃，杨明赢了两袋甜甜圈。

我俩把奖品交到了高志红手上。

"再见了。"

"再见。"

"再见。"

三个人倒退着分手。

高志红站住，说："挽留我吧，你俩谁说一句不走了，我就不走了。"

我跟杨明面面相觑，几乎同时单腿跪地，向高志红伸出双手，不等高志红向我俩跑来，我俩又相互揪打了起来。我演得很投入，杨明也是，最后他捂着肚子做受伤状突然倒下，把高志红笑得不行。她走过来，同我一起把杨明拉了起来。

第二天到所，我接到通知，跟老李大叔去上海，当晚就走。这无疑一趟美差，如果所里人员能打开点儿，轮不到一个新人头上。可是，不知怎么回事，我高兴不起来，我不但没有得到了什么的感觉，却有一种正在失去什么的感觉。

所长表扬了我，"小伙子性格挺沉稳，不错。"

"没去过上海吧？我都没去过。这个季节好，十一月，不冷不热。"老李大叔找了个本子，把大家要捎的东西——记上，并附上规格、式样、颜色、大连的售价等等，足足写了三页。"回家准备一下，毛巾香皂牙膏牙刷喝水杯，该带的都带上，晚上七点码头大台阶上见。"

不到七点我俩都到了码头，早早排上了队。我买了张足球报，可始终心不在焉，看不进去。老李大叔觉得诧异，"小陈，咋忧心忡忡的，家里有啥事没办利索？"

候船室里，灯光下，人来送往，如梦似幻。

"小陈，你怎么了？"老李大叔说，"小陈！"

我听到了召唤似的，跑离了队伍，朝着电话亭跑去。

不管三七二十一，我拨响了高志红的电话。

"志红，我是为民。我要告诉你，我不想让你走，我希望你能因为我留下来。我现在在码头，准备出差去上海，一切等我回来！"我不管对方已泣不成声，挂断电话，回到老李身边。

"小陈，你彪了？去哪儿，干什么，你告诉我一声不行吗？"

"嘘！注意！"

广播喇叭正广播找人。没想到这次找的人是老李大叔和我，要我们停止上船。我俩提着包裹来到广播室门前，所里的司机小何在门口焦急地等着我俩。

"出事了？"老李大叔问。

"持枪抢劫。下午五点半，甘井子商城门外，两个歹徒打死一名保安，抢了商城送银行的钱袋子。"我们急急忙忙上了车，小何打上警笛。

"歹徒呢？"我问。

"逃跑时摩托车撞翻了，被高所长追到炮台山，钻防空洞里了。已经调来武警包围了山头。"

"能肯定那俩家伙还在洞里？"老李大叔问。

"洞与洞之间都是相通的。"我说。

小何说，"高所长知道小陈熟悉防空洞。小陈，你真的对所有的山洞都熟悉？"

"闭着眼能摸出摸进。"我回答。

临时指挥部设在游乐园身后不远一座凉亭里。分局领导和部队领导在讨论方案，有几个人冲着对讲机喊话。外围站着一圈持枪荷弹的战士。从这里俯视山下，樱花街历历在目。

高所长简单向老李大叔和我介绍了情况，转向我说，"大个子，这回看你的了。"

"先看看那个洞口！"我说。

我们来到洞口。

我心头一喜，表面上看，它与其他洞口没什么两样，但其实它是条死胡同，是炮台山为数不多的死洞之一。两个歹徒本想进旁边的一个，那是个活洞，但被高所长他们追得紧，慌乱之中没有能够砸开铁门。

"小陈，你能肯定这是个死洞吗？"高所长把手按在我的肩膀上。

"百分之百。"我说。

"这么说两个王八蛋还在里头。喊话，缴械投降！"

高所长转身去找局长。

很快在洞口架起了喇叭，还调来一位女播音员。

喊话了好一阵子，洞内始终没有反应，仿佛我搞错了似的。

夜幕降临，喊话停止。

射手各就各位，分三组轮班，每组五个人。

高所长一副久经沙场的气派，不时关照我不要紧张。我不是紧张，而是兴奋。

夜里十一点左右，山上来了风，树上的枯叶掉下，落在晃动着的树影上，水面漂浮一般。身上感觉有些凉。射手们一动不动。我们隐蔽在较高处，隐约看得到洞口的上半角。

突然枪声大作。两颗照明弹打上天，照得如同白昼。

我们派出所这组迅速出击到射手后面，以做支援。

看不到那两个罪犯。老李大叔叫我别乱动。战士换弹夹的声音扣人心弦。开始闻到火药味。

"停止射击！停止射击！"

他俩躯干部位中弹较多。杨明歪着头，呈坐姿靠在一块巨石旁，紧握着手枪没撒手；韦国庆仰躺在地，身下压着装满现金的钱袋子，大"五四"甩出老远。高所长一眼认出了他，"宝石走私犯，刚刑满不久。"

捉住那只发情的猫

一 "到了，广州到了！"

列车在减速，感觉却像加速，只嫌加速的劲头儿怎么越来越弱。

有人踮脚从行李架上拽皮箱，有人拖座位底下的口袋，有人歪头望望窗外，把抱起来的包裹重新放回到座位上。也有人稳坐着，不介意到达何处。

刘勇比江辉大三岁。两家老邻居。临行江辉的妈妈托付儿子给刘勇，麻烦多走几站路，陪送到暨大报到。刘勇郑重点了头。

"东西南北中，发财来广东"，刘勇捞世界来了，虽不知具体能做什么，但好多发财的先例前头摆着呢，家乡永不会有的机会，广东满大街捡。

江辉则对金钱至上持鄙视态度，越往南，上车的人越多，车厢连接处坐满了乘客，铜臭味混着鞋臭味，不堪忍受，只有书是纯净的，看着看着，灵感降临，身体朝后使劲挤一挤，腾出手来记到一个绿皮本上。

出了站台，他俩走到了车站广场左侧。

在一块广告牌的阴凉儿下，刘勇打开背包，取出洗漱用品。

"等着我，一会儿换你。"

江辉擦了擦汗，说："我到了学校再洗。"

公共厕所旁边有个淋浴室，刘勇买票进去。

刘勇挑了一个出水量较大的喷头。

旁边一个小伙子向刘勇借牙膏。

刘勇递给他。

小伙子挤到食指上。

他用手指代替牙刷刷牙，上下左右，熟练自然。

刘勇看呆了，难道搞错的是自己，刷牙应该用手指而不是用牙刷？

这还不算，关键小伙子打招呼的音调，跟一部电影的男主角一模一样，吸引着刘勇，让他一下子穿越到了大革命时代：南方某浴室，来自北方的无产者刘勇，巧遇青年革命家。革命家向他借牙膏，其实是在考察他，然后理所当然，在革命家引导下，无产者青年走上了革命道路。不为别的，讲话声音太有魅力了。

刘勇问："你哪儿的？老家哪儿的？"

小伙子回答："湖州。浙江湖州。你呢？"

刘勇说："佳木斯。"

小伙子说："佳木斯在哪儿？"

刘勇说："东北，黑龙江。"

小伙子说："很远的。你来打工？"

刘勇反问他："你呢，来这儿干吗？"

眉清目秀的小伙子爽快答道："我来做生意。"

刘勇说："噢。"

小伙子说："你可以学门儿手艺，剪头发怎么样？回家开个发廊，生意一定红火。你普通话讲得好，推销员也比较容易。不过还是做生意赚得快，先攒够本钱吧。"

刘勇问："你姓啥？"

小伙子低头冲洗头发上的香皂，没听清楚他的问话。

刘勇问："贵姓？"

"什么？"

"你贵姓？"

"免贵姓陈。"小伙子抹去脸上的水珠，睁开眼睛。"陈明。"

穿戴完毕，刘勇告别陈明，看见几个乘客模样的人，围着江辉指指点点。

刘勇跑过去。

江辉刚刚遭到了抢劫。

江辉从肩上取下挎包，想找本小说看，一辆摩托车悄悄上来，开车的家伙夺过挎包，轰隆而去。

刘勇自责不该撇下江辉一个人去冲凉。

江辉却说："算送给他了。一个本子，几本书，书么，只要有人看就不叫丢。"

刘勇说："不是上学的书？那还行。"

江辉说："都是能够自燃的好书，希望给黑暗中的人当盏明灯。"

刘勇眨了眨眼睛，觉得应该尽快把江辉送到暨大为好。

于是，他们背起背包，边走边问路。

有人回答东，有人回答西，有的满口方言，一句没听懂。刘勇重新挑选了一个瘦瘦的中年人。

走近了看，瘦子的面容又像是一位有了点年纪的老年人，并且状况欠佳，一副疲惫不堪的样子，唯有两只眼睛亮光闪烁，显示精神头儿还在。

瘦子似乎看到了两位年轻人的难处，他推着自行车，笑眯眯地迎过来，听他们要去暨大，热情给指路。

"南沙，在南沙村。巧了不是，我正往长途车站那边去，一块儿走吧。"瘦推车人拍拍自行车后座，要两个年轻人把背包放到上面。

刘勇和江辉异口同声地拒绝了。

"不用，谢谢。"

瘦推车人说："没有关系了，推车不累的。你们背着它走路，可要费些力气。坐了几天几夜火车，很累很辛苦，是不是从来没有这么辛苦过？"

刘勇说："还可以。"

瘦推车人说："没有买到座位吧？嘿，一般人很难买到座位的，我太了解了，满车厢是人，受点好罪。"

可是，任他怎么说，刘勇和江辉始终不肯把背包放到自行车上。

瘦推车人不再坚持。他说："年轻就是不一样。多重的活儿都不打怵，那阵子搞基建爆破，钻炮眼，我一个人顶两个人使唤，每天主动要求加班。唉，现在想一想，才多几个钱啊。"他拍拍左边的胸脯，再拍拍右边的胸脯。"吸了太多灰，肺坏掉了。以前不知道，这两边各藏着一个肺，咳咳。"

走着走着，刘勇发现他们离火车站越来越远，前方也不像有汽车站的景象，便向瘦推车人提出了疑问：

"车站在哪儿？还要走多远啊？"

瘦推车人笑着回答："快到了，不远了。小伙子，别犟，把包放车上吧。"

刘勇说："不用。"

又走过了两个路口，刘勇站下，江辉跟着站下。

刘勇拽住自行车后座，问道："哪儿有车站？你要把我们带到哪儿去？"

瘦推车人被急停的自行车带了个后趔趄。

他说："你们看，那个路口，南沙方向的必经之路，好多趟车都经过，招手即停，非常方便。哎，王经理不是在那里么，我跟他打个招呼，让他照顾你们一下。嗨，王经理！"

蹲在地上玩扑克的四个人，听到瘦推车人喊，同时抬起头观望，分不出哪个是王经理，也像大家都姓王，都是经理。

不过看得出来，他们确实跟瘦推车人相互认识。

瘦推车人上前，用家乡话跟他们说了几句什么，便告辞离去。

　　临行前，推车人指着其中个子最高的，对刘勇和江辉说："有不明白的，问王经理。再见了，年轻的朋友。"

　　刘勇和江辉连声称谢，觉得刚才误会了人家。

　　王经理站起身，挺直了腰板，他顶多一米六，头上和脸上加起来有五六道伤疤，两只眼睛眨个不停，左眼眨的速度比右眼快。王经理把身后的售票夹子转到身前，做极亲切状说："去南沙是吧？很快会来车的，上了车再买票。我让你们先上，挑个好一点的位置。"

　　这个所谓的车站，没有站牌，但确实是个车站，除了刘勇和江辉，还有六七个乘客在等车。

　　王经理眨巴着眼睛向那些等车的乘客扫了一圈，说："谁也不敢跟咱们抢。"

　　一辆中巴停了过来。

　　车门打开，王经理第一个跳了上去。

　　王经理灵活得像只猴子，他倚靠在门边，一甩头，示意刘勇和江辉快上。一块儿打扑克的三个小崩豆儿，交叉跑位，把要上车的乘客挡开在后面。

　　王经理说："快，快，两个人八元。好了，找你两元，请往后走，票一会儿给你们送过去。"

　　刘勇拿了找回的零钱，往后走，找了座位，帮江辉放好行李，两人坐下。

　　跟在他们后面上车的两三位乘客，绕过王经理，并没有从他那儿买票。

　　王经理掏出四块钱，交给了车上的售票员。这位售票员，背着脸坐在座位上，还以为是个普通乘客呢，王经理要下车了，他才站起身来，把屁股下面的票夹子背到身上，显露了他的身份。

王经理刚一下车，车子立即开动。

售票员走过来，向刚才上车的两位乘客收钱卖票。刘勇和江辉这才反应过来，一问，一张票两块，他们被骗去了四块钱。

刘勇说："不会要我们再重新买票了吧？"

"不会。"售票员说，"这些票贩子，讨厌得很，我们惹不起，火车站，汽车站，好几帮呢。这边儿什么人都有，可得提防着些。专骗你们这些初来乍到的。你们第一次来广东是吧？"

刘勇问："咱这趟车是到南沙的吗？暨大在不在南沙下车？"

"这些都没错。"售票员做了肯定的回答。"他们只是票贩子，不是一句真话没有的骗子，不是杀人不眨眼的强盗，不是要钱不要命的毒贩子，不是偷割人器官的扑街货。我告诉你们，年轻人，眼睛一定要瞪大了。喂，那位先生，找零，请收好。"

刘勇和江辉沉默不语了。

坐在他们侧后方的一位青年，拍了拍刘勇的肩膀。

"小兄弟，放心吧。"青年说，"我在南沙下车，到了我会提前通知你们。"

刘勇回回头，这位青年打扮穿戴时髦，大约有二十八九岁，讲话的语气从容不迫，态度和蔼可亲，听口音看架势，百分之百是个当地人。

当地哥问道："你们是来学校报到的新生？"

刘勇见他满是善意，回答说："我朋友是，暨大报到。我来打工的。你家住在南沙村？"

"是啦，我在海丰上班，回来处理点事情。南沙房租便宜，离市中心不算远，打工住这里比较划算。司机，前边电线杆停一下。"当地哥对刘勇说，"要不要去我家坐坐？"

刘勇说："不，不了，谢谢。"

当地哥掏出两张名片，给了刘勇和江辉，又从提包里拿出两盒包装精美的粤式点心，一人一盒，非要收下不可。

他对司机说了几句粤语，回头跟刘勇和江辉摆手道："拜拜，往前不远，你们就到了。"

刘勇和江辉看了名片：刘若宜，中国粮油食品进出口公司，广东省分公司汕尾支公司，地址海丰汕尾车站路，电话31602·31335，电挂4805·6319。

刘勇送江辉进了校门，直送到"新生报到处"，眼看着他被同学迎接了进去，才放心离去，算是完成了江辉母亲交给他的任务。不过，刘勇心中仍然感到隐隐不安，一时想不出原因。

拐过楼角，这莫名焦虑越发强烈，出了校门，仍不明晰，校外农田里突然飞出来一群鸽子，盘旋上升，像是受到了什么惊吓。

刘勇返身往回跑。

二　南沙村

"江辉，江辉。"

江辉已经离开报到处，去了宿舍楼。

刘勇追到宿舍楼。

在楼梯上，他追上了江辉。

"江辉。"

"勇哥？"

"停下！"

"什么事？"

刘勇说："过来。"

"怎么了？"

"点心呢？"

"什么点心？"

"车上大哥给的那盒。刘若宜。"

"在包里。"

"给我。"

江辉把点心交给刘勇。

刘勇连自己的那盒，一块儿扔进了垃圾箱。万一是盒毒点心呢？怎么向江辉的爸妈交代。

离开暨大，已是黄昏，刘勇来到了南沙村，想不到这里竟然如此好玩，像迷宫，像地道战。

他四下转悠，狭窄巷子里穿来穿去，因为没有目标，谈不上迷路，但实际已经迷路了，黑咕隆咚的巷子四通八达，置身其中却难辨东西，凭着感觉，刘勇在里面绕圈，偶然绕出来，仿佛走出地窖，外面的世界明亮得晃眼。

出于好奇和贪玩，刘勇又折返回巷子里。他边走边看光景，并留意贴在墙上的招工广告。

发廊一条街，小姐们嬉笑着把他往里拉。

刘勇挣脱开。

时不时遇到有人问他："先生，租房吗？"或者"先生，住店吗？"

他摇摇头，心想："不急，等吃了晚饭再说吧。"

临街排满了饭店、小吃店，以及各种商铺、摊位。

刘勇进了一家云南米线店，要了两个大碗的米线。他第一次吃米线，味道真好。或许是肚子饿了，连汤带面，他吃得一点不剩。

米线店出来，外面突然下起了雨。

一位卖小吃的妇女推着手推车，领着五六岁的小女孩，来到刘勇避雨的屋檐下，见刘勇背着包，便朝他笑笑，问他要不要住店。

那个小女孩穿着件透明塑料雨衣，用手扯着盖在手推车上的塑料布一角。

"妈妈，漏水了。"

"没事的。"小女孩妈妈说："我房东陈伯人很厚道，从不欺负我们外地人。他有几套房间空着，长住打折，住一天两天也可以。我带你去跟他谈。这雨下得大，我生意做不成了。"

刘勇答应了。

女孩妈妈从车里拿出两把雨伞，一把给刘勇，一把自己打开。临行前，她交代小女儿看好推车，并笑着对旁边一个卖水果摊位的老奶奶说："奶奶帮忙照看一下小妹儿。"

老奶奶说："放心去吧珠珠，来，小妹儿，快进棚子里来。"

小妹儿并不动地儿，继续扯着塑料布不放手，轻声道："妈妈快点回来。"

珠珠说："小妹儿乖，妈妈去去就来。"

刘勇跟着珠珠走进了迷宫，回家的人多了，点的灯也多了，夜晚的小巷子比白天亮。他们七转八拐，来到了陈伯的楼下。陈伯是房东，住在一层的楼梯旁边。

珠珠敲门。

"陈伯，看房，有客人看房。"

没见回应，她加大了敲门的力度。

"陈伯，开门。是我呀，珠珠。"

"哪个？欠扁啊？"

应声出来一肥婆，怀里抱着一只黑猫。

她是陈伯的老婆，平时住在城里，美容按摩、喝茶打牌，不问经营，她来这里，多半打牌输了，找陈伯要钱，或者说来找陈伯出气来了。

肥婆一见珠珠，张嘴便骂："上门了呢，鸡都不如的贱货，不好好做你的生意，敲什么敲，敲你的大头鬼。"

直到看清楚了后边的刘勇，才有所收敛。

珠珠没有跟她一般见识，介绍完刘勇，转身离开了。

刘勇交了一周的房租。他的房间在六楼顶，窗子上安着防盗栏，对面楼的窗子同样安着防盗栏。其实，他很快会注意到，南沙所有的窗子都安着防盗栏。因为楼距过近，站在窗前，对面楼的人可以伸过铁栏杆，相互握个手。

"你要是住那边儿，我在这边儿，我们俩都可以打个啵亲个嘴啊，要不能叫接吻楼吗？"肥婆肆无忌惮地斜眼打量着年轻房客，嘴里吧唧着口香糖，一股热腾腾的香甜味道，喷到刘勇的脸上。

刘勇起了一身鸡皮疙瘩。

肥婆把钥匙塞到刘勇手上，说："有什么不明白的直接招呼老娘。你个小靓仔，虽然不会讲话，可看着吧，还挺顺眼。"说完扭着腰身走了，出了门，她又回过头看了刘勇一眼。

"洗澡的话要早一点，晚上九点钟停水。哼，别人我才懒得告诉他呢。"

房间里有三张床，刘勇租了一张，另外两张没有租出去，刘勇享受了包房的待遇。可该好好睡一觉了，他锁上门，不放心，又推了张床顶住，然后脱了衣服，去洗澡。

洗完澡，头一挨枕头，立刻睡过去了。

珠珠回到小女儿身旁，雨仍然在下。

平白无故挨了肥婆骂，她当然伤心，想想自己被老公抛弃，一个人带着孩子打拼，真够命苦。她四川宜宾乡下人，初中爱上了同学乔学工，乔学工喜欢写写画画，有"远大理想"，只是运气不佳，三次高考均名落孙山，只好跟珠珠草草结婚，有了女儿小妹儿。在乡下过活，乔学工终究不甘心，说要出去学习，便拿了家里所有的钱，到了广东，自费读一个艺术专科，毕业后留下来混，不但不往家里交钱，还常常向珠珠要生活费，说等有了稳定的收入，接她们娘俩过来，几年过去，珠珠放不下心，带着小妹儿来广东找他，发现乔学工已经有了别的女人。无法唤回丈夫，又没脸回家乡，珠珠只好硬着头皮留了下来。

珠珠有志气，能吃苦，独立支起了一个小吃摊，起早贪黑的，很快能够自食其力，并且渐有盈余，尝到了创业的甜头，打拼得更加起劲了，但毕竟是个孤单女人家，沟沟坎坎要一个人趟，难过揪心，流泪号啕，在所难免。

房东陈伯热心肠，理解她们母女，关心珠珠。珠珠看到陈伯常挨肥婆打骂，觉得陈伯可怜，但想到陈伯有老婆，又已经五十岁的人了，她才不到三十，并不情愿跟他产生瓜葛。

陈伯对她倒是动了情的，有过几次半真半假的示爱。有一回，收房租时，他找回了五十元给她。

珠珠不要。

陈伯说："肥婆不会知道的，我怕她，你不用怕她，五十块不多，对你可有用。"

珠珠收下了。但也没让他怎样。

　　她说：“算我借的吧。陈伯，你是个好人。”

　　他说：“什么叫好人啊，我是坏人。”

　　“陈伯是好人。”

　　“男人没有好人，明白吗？是男人都想打女人的主意。”

　　“陈伯不会。”

　　“呵呵，快别叫我陈伯了，叫得我都下不去手了，叫陈老板。”

　　“我又不是发廊妹。对了陈伯，我看见了啊，周六晚上，你又去找发廊妹了。小心染上病啊。”

　　“不会了，我戴套子。”

　　“啊，什么，你真的跟她们做了？”

　　“要不怎么办呀，老男人也是男人啊，肥婆在外面养小白脸，你又不给我搞，只好找发廊妹了。”

　　“不理你。”

　　“没有了，我哪有那个心情。我去给阿娇捎句话。她男朋友害羞。”

　　“二楼的阿娇？”

　　“对呀，二楼的阿娇了。这个阿娇怪怪的了，放着好好的发廊妹不做，跟一个大学生在拍拖呢，能有好结果吗？发廊妹拍拖，还不如养小白脸呢。这种事，我见得多了，没有好结果的。”

　　陈伯太太肥婆名声不好，大姑娘时跟着一个爆玉米花的安徽男人跑了，游荡了大半年才回家，她妈愁得要命，十里八村嫁不出去，想法招了一个外地人，陈伯，当了上门女婿。陈伯年轻时是个瓦匠，走村过店，来到了南沙，被灌了几碗黄酒，加上媒人一顿巧说，同意入赘盘家，规矩都立好了，生第一个儿子得姓盘，第二个才可以姓陈，不幸盘肥婆的肚皮只长肥肉不怀胎，生不了孩子。

盘肥婆反过来骂他，"没用的狗东西。"半明半暗地跟野男人乱来。陈伯敢怒不敢言。盘肥婆的爸爸出了名豪横，老霸王的观点是"宁养贼子，不养痴儿"，肥婆有三个哥哥一个弟弟，个个瞪眼扒皮、如狼似虎，别说惹，陈伯躲都躲不起，特别是她的弟弟盘练，在南沙相当有一号儿，什么坏事都敢干。最近，他一直挑唆肥婆姐姐把陈伯踢出去，好利用陈伯的楼房，做点大生意，用他常对姐姐说的话，"完成我们共同的事业"。为了笼络肥婆，盘练把一个精壮的小弟介绍给肥婆当摩托车司机，陪着她玩耍。

直睡到第二天中午，刘勇方从一个饥肠辘辘的怪梦中醒来。

他梦见自己当煤矿工，派到黑漆漆的井下挖煤，到了中午，没有人来换班，也没有人送饭。过了下午，仍然没有人换班，没有人送饭，他听见有人叫喊："热的包子咧！刚出屉的——"四处寻找，没有找到卖包子的人，实在饥饿难耐了，他捞起一大块煤往嘴里塞，煤块的口感还可以，并非想象中那么难吃，只是不填饥，"嗬啊！馒头包子来咧，热的——"刘勇怒了，大喊一声："卖馒头包子的，给我滚出来！"这一声，把自己喊醒了。

刘勇发现搭在凳子上的衣服裤子不见了，背包也没有了。这可不是做梦。

他穿着短裤，冲到楼下，敲肥婆的门。

三　新房客

陈伯开门出来。

"可恨，可恨。"陈伯举手拍打自己的脑门。"小偷钓鱼，都怪我昨天没在家，缺了我的南沙安全课，肯定要吃亏的。"

这是小偷的惯用伎俩，在楼顶用长钩子从窗子把刘勇的衣裤包裹钩走了。

陈伯留刘勇吃了早餐，送给他一条旧短裤和一件旧衬衫。临出门，陈伯塞给了他二十块钱。

陈伯说："等挣到钱了再还我。晚饭回来吃吧。"

刘勇道："谢谢你，陈伯，我会加倍还你。"

短裤右口袋的内衬粗糙刺人，害得刘勇时不时得摸一摸，揉一揉，主要身份证丢了，像样点的公司不敢要他，只有一家让他回去等消息。

傍晚，他回到南沙，在小巷子口碰到珠珠和小妹儿。珠珠从手推车上拿出两个橘子，小妹儿跟着拿出两个，高举着给他，刘勇觉得温暖，这小孩子一定是听到了他的遭遇，在帮助他呢。

刘勇回到房间，发现一位新房客躺在他的床上。

那人一个劲咳声叹气，见刘勇进来，只睥睨了一眼。

很奇怪，这家伙明显一副落魄相，却引不起刘勇的同情，相反，不知为什么，才见了他半分钟，竟然产生了想踹上一脚的冲动。

不过刘勇没有招惹此人，他累了，在门边的床上躺了下来。

新房客拿出支烟来抽，不知烟的问题还是打火机的问题，咔嚓了十几下才点着。

他几口抽完了，隔着一张床，把烟头往刘勇这边儿一扔。

刘勇懒得跟他理论。

"喂。"

新房客发出一声瓮声瓮气的招呼。

"喂，喂。"

说是招呼，不如说是挑衅。

"喂，喂，喂。"

刘勇充耳不闻。

"喂，喂，喂，喂。"

刘勇仍然没有理睬。

"喂，喂，喂，喂，喂。"

刘勇闭上眼睛又睁开。

"喊你呢，耳朵聋吗？"

他那稀奇古怪的口音，听不出是哪儿的人。

"非要我下地揪你耳朵？等着啊，驴耳朵马耳朵，扯下来当破布头卷了。"

刘勇喘了口粗气。

"噢，这是准备在沉默中死亡啊，老子马上成全你。"

刘勇咬牙。

"装聋作哑，欠揍的孬娃，妈妈个——"

刘勇"腾"一下子翻身下地。

新房客是个大块头，比刘勇高半个头，四十来岁，已经发福，等刘勇冲到跟前，他伸手掐刘勇的脖子。

刘勇挡开，顺势给他一个大嘴巴，下边抬腿一脚，蹬在他的大肚皮上。

上面接着一拳，直接打倒在床上去了。

刚才还嚣张得不可一世的新房客，顿时软了下来。

刘勇本要上去痛揍他一顿，出出几天来心中恶气，陈伯的短裤阻止了他。他的右大腿外侧奇痒难耐，只好把手伸进裤兜里抓一抓。

新房客见状翻身下跪，高声求饶，魂不附体般呓语起来。

"好汉饶命，爷爷饶命，你果然是牛哥派来的杀手，你回去告诉牛哥，兄弟本不敢做那对不起牛哥的事情，只因为一时起了贪念，铸成大错，罪该万死，但请好汉爷念我家中因有个九十岁的老母，无人养赡。如今爷爷杀了小人，家中老母，必是饿杀。爷爷饶命，好汉饶命。"

"停，停，住口，什么乱七八糟的。"

"小人之言，句句是真，若有虚言妄语，天打雷劈。"

"闭嘴。"刘勇手指点了一下他的额头。"你刚才不是挺狂，挺嘚瑟吗？"

新房客说："不狂，不嘚瑟。"

刘勇抓完了痒，把右手抽出来。

"哎哟，爷爷饶命。噢。"新房客看清刘勇的右手是空的，裤兜也是瘪的，才渐渐恢复了常态。"朋友，我不过是寂寞了。"他擦了擦鼻涕。"想跟你打个招呼认识一下聊聊天，没想到兄弟你咋这么冲呢？不过年青人年轻气盛正常，不气盛叫年青人吗？"

新房客拎起地上的背包，变魔术似的拿出来好多真空包装。

有猪蹄、鸡翅、鸡爪子、牛肉干、锅巴、铁蚕豆、花生米、榨菜、狗宝、辣椒酱、朝鲜泡菜等，他统统撕开，挨排儿挤着摆好，又找出两头大蒜，一小瓶山西老醋，最后取出一大瓶二锅头。他握着酒瓶，眨巴着眼睛想了想，然后从背包底部摸出两双方便筷子、一包餐巾纸、几对牙签，三个床头柜凑成一个餐桌，摆得满满。他用开水烫了两个水杯，一人一杯，把酒斟满。

新房客说："来，兄弟，先下一半！"一仰脖全喝了。

刘勇举杯喝了一半，见对方干了，也跟着把剩下的干了。

新房客说："不打不相识，英雄惜好汉，倒霉蛋儿遇到了王八蛋儿，哈哈。哥哥我姓朱，道儿上人称猪头朱。兄弟你虽不像混江湖的，但绝对是块好材料，哥哥视你为兄弟。吃菜，别客气，哥不大，弟不小，没有谁先谁后的。"他边说边留意刘勇的反应。"哥哥跟你交个实底儿，哥哥来自包头，贩黄金，跑包头到海陆丰，海陆丰听说过吧？"

刘勇摇摇头。

猪头朱说："'天上有雷公，地上海陆丰'，哥哥我在那两个地方跑黄金买卖有年头了，这次翻了船，全赔了，没脸回去见江东父老。我下了火车，快到检票口，突然感觉后脑勺直发凉，肯定有什么地方不对头。"

刘勇静静听着，原来猪头朱跟他同一天来的广州。

猪头朱说："我仔细一瞅，坏了，包头的便衣在检票口外等着呢，赶快转身往回沿着铁道走，找了根枕木，做了记号，把金子藏在下面，又回到站台，大摇大摆从出站口出去，我倒是希望被他们搜身，可是没事儿，出了站也没事儿，我在一个小旅店猫了一宿，第二天从水泥桥那边绕到铁路，找到那根枕木，黄金却不见了。哎呀，兄弟，哥哥这两天死的心都有了，我直接带走不就得了吗？哪里有什么公安的包围圈呀，净自己吓唬自己，你哥哥我一向以胆大妄为著称，这次却不知怎么草木皆兵，老虎变成了耗子，后悔死我了。"

四　"铁轨下的黄金哪儿去了？"

天刚放亮，猪头朱和刘勇坐早班车来到火车站。

下车向前走，然后右拐，到了那座水泥桥，从桥侧面的小窄道儿，下到了铁路上。看看四周无人，沿着火车道，溜溜达达到了站台附近。

猪头朱找到了那根藏黄金的枕木，周围已经被他上回给翻了个乱七八糟，他蹲下去，一块石子一块石子地，重新翻找了一遍，仍然没有找到。

他不甘心，前后左右仔细确认，自言自语道："没错啊，就是这里，邪了门了。"

刘勇在相邻的一根枕木下寻找，没有找到。

两人连续翻找了将近两个小时，还是一无所获。

猪头朱在翻石子的时候，时不时朝刘勇这边偷望，怕刘勇私吞了似的。

刘勇看出这人是个龌龊之辈，有点后悔答应帮他。好在还有两百块钱的报酬，可以稍稍抵消掉部分厌恶。这厌恶除了对猪头朱，还有一成是冲着自己来的，他一正派男子汉，堂堂正正闯世界来了，怎么给一个猥琐混混儿当起了跟屁虫了。

猪头朱的话，刘勇没有全信，丢失了黄金，看样子像是真的，但这黄金有没有可能不是好道儿来的呢？听他跪地告饶时的胡言乱语，明显另有蹊跷，刘勇想，这是第一次也是最后一次，不能再跟这个臭棋篓子瞎掺和了。

走来两位铁路工人，询问他们在干什么。

刘勇一阵紧张。

猪头朱瞪着他们，把手套摔到地上，没好气地说："钥匙丢了，你们捡没捡到？"

看这个大块头儿没那么好惹，两位工人摇摇头离开了。

刘勇松弛下来。

这地方的人不像其他地方那么爱管闲事。

两天后刘勇找到了一个押运的活儿，去陆丰押货。公司倒是正儿八经的公司，货是一批玩具，夹带些仿真枪，往严重了说也属不妥，赚钱又不多，刘勇走了几趟，便辞工不做了。

钱总是越花越少。猪头朱却大手大脚，吃喝嫖赌样样干，有今天没明日的样子。他把整个房间包了下来。刘勇等于白住。

一天下午，猪头朱从外头回来，拿出两本画报和一副扑克，径直往刘勇床上一丢。

猪头朱说："看吧，刺激得很呢。"

在性的方面，猪头朱从来不藏不装，总是盛情邀请刘勇一同去发廊，刘勇均没理睬。

"来生意了。"猪头朱说，"老家来了朋友找上我，需要这些货。我们可以轻松发笔小财。明天陪我过江，回来咱们坐地分账，刀切豆腐两面光，三七切，我七你三，哥哥爽快吧？"

刘勇觉得这活儿不比押运仿真枪坏到哪里，再说也不能总吃人家住人家的，就点了头。

猪头朱上下打量了打量刘勇，说："得先给你拾掇拾掇。"

"啥？"

"换新衣裳、剪发型，全新包装你。不能让人一眼看出是个初来乍到的'北佬'。"

　　珠江边，渡轮码头售票厅。

　　猪头朱穿梭两趟，便跟两个贩黄小混混儿接上了头。不过猪头朱嫌他俩十七八毛头孩子，不够分量，要他们头儿出来谈。

　　刘勇戴着墨镜，站在猪头朱身后，一言不发。

　　猪头朱不耐烦地一挥手，说："把你们老大喊来，快点儿。"

　　两个小屁孩儿没动地方。

　　猪头朱指着远处一块巨大的标语牌。"认字吧？"

　　标语牌上写着的是："时间就是金钱，效率就是生命。"

　　猪头朱命令道："认字给我念念。"

　　其中一个小混混儿满脸狐疑，但又怕漏掉什么玄机，小声念道："时间就是金钱，怎么回事？"

　　猪头朱说："那还不赶快喊你们老大过来。"

　　另一个小混混儿上前，挺了挺胸脯，说："我就是老大。"

　　"滚蛋！"猪头朱一巴掌把他推出去老远，差点跌了个仰八叉。

　　先头的小混混退后一步，道："老板，你们要拿多少货？太少了的话，这么啰唆就没意思了。"

　　"有多少我们拿多少，我警告你，老大再不出头，我们只好另寻高明了啊。"猪头朱说，"五,四,三,二——"

　　先头的小混混说："等一等了，老板。"

　　他一揪下嘴唇，想打一口哨，结果呲了，他把头划了弧形，却并没有相应的哨声响起。

被推出去的那个小混混赶快补救，他站稳了脚跟，双手把四根手指伸进嘴里，压住舌头，头往下压，身子顺着劲往下蹲，响起了一声明亮的长哨。

身穿摄影马甲的老大从马路对面出现了。单看面相和身量，跟那两个小屁孩差不多少。

猪头朱说："妈的南蛮子长得年轻，还真不好猜年纪。你看那个唱歌的，叫什么来着，谭，谭咏麟，都多大岁数了，五十多了吧？可看起来也就二十多。"

刘勇纠正道："谭咏麟哪有五十多岁？谭咏麟也就三十多岁，顶多四十，搞不好没有你大。"

"那是谁？张，张国荣吗？"

"张国荣比谭咏麟还小点儿。你爱听他的歌？"

"夜风凛凛，独回望旧事前尘，是以往的我充满怒愤，诬告与指责积压着满肚气不忿……"

"别唱了，人过来了。"

小屁老大过了马路，来到他们跟前。

他有些紧张，吃不准两人的来头，多少有点想退出这笔生意的意思。

猪头朱恰恰从这一点判断此生意可成，于是施展本领，一顿胡吹乱侃，打消了小屁老大的疑虑。这毕竟是笔大买卖，小屁老大想拒绝也不那么容易。于是，他们一行四人登上了渡轮。

船到了对岸。

这里是个村子，也可能是个小镇，不过街面上没见几个人。

小屁老大却搞得神秘兮兮，领着他们东转西转，最后进了一个公共厕所，掏出一副扑克。

猪头朱叼着颗烟，拆开扑克，看了一眼，嚷道："耍笑皇军？糊弄鬼子呢？拿村长不当干部？拿豆包不当干粮？我要打洞的，什么穿小裤衩的、虚的、马赛克统统地死啦死啦的有。"

"嘘，小点声！"小屁老大另一只手快速递上另一副扑克。

猪头朱拆开，点了点头。"就是它，早拿出来不得了，先来一箱。"

小屁老大眉开眼笑。

"大箱小箱？"

"还用问吗？当然大箱了。"

"嘿，老板，好样的，有气派，肯定会发大财。"

猪头朱说："没完呢，画报，欧洲的，别给我弄那些狗屁《龙虎豹》,《花花公子》之类也别弄，只要真刀真枪干的。"

"放心，老板。"

小屁老大跟其中一个小弟使了个眼色，小弟跑步离开。

出了公共厕所，来到墙边的阴凉处，小屁老大跟猪头朱讨价还价。

小屁老大听了猪头朱的报价，差点儿跳起来，猛个劲说赔了赔了不赚钱。

　　猪头朱根本不理睬他那一套，只一口咬定一个价格，任对手惺惺作态、推辞搪塞、诅咒发誓。

　　最终还是小屁老大妥协了。他踮起脚尖，拍了一下猪头朱的肩膀，做豪爽状道：

　　"老板，有你的，不为赚钱，交个朋友吧，跟我来。"

　　猪头朱和刘勇跟着小屁老大东绕西绕，来到了一个老院子。

　　先行离开的小弟已经在院子中间候着了，地上摆放着两只看起来沉甸甸的硬纸壳箱。

　　小屁老大说："老板，快，快点儿，此地不可久留，一手交钱，一手交货。"

　　猪头朱鼻子"哧"了一声，昂首望天。

　　刘勇一步上前，把脚踏在箱子上，掏出把刀子，上面划开道口子，取出一副扑克，打开来，撒到地上。

　　普通的钩秋开尖而已。

　　小屁老大大怒，呵斥那个小弟道："他妈的，屁大点事儿办不利索，拿了些什么鬼东西？还不快去换过来！"他转向猪头朱，一脸诚恳。"唉，中国人办事情，什么时候能够认真起来！"

　　两个小弟抬起纸壳箱子，小跑着去厢房里更换。

　　新的一箱抬来了。刘勇一声不吭地上前验货，验完了扑克，又验画报，完事后，对猪头朱点了点头。

　　猪头朱这才点了钱，递给小屁老大。

　　小屁老大说："老板，差一半。"

猪头朱说："送我们过江，剩下的钱，马路边儿上的银行取了给你。"

小屁老大愕然，这是他没有预料到的。他接过钱，拿在手上，朝着正房的方向张望了张望，仿佛报纸糊住的窗子里头，隐藏着真正的老大，他俩彼此的眼睛能够穿透报纸，互相看得见，他正在向真正的老大发出无言的请示，等待下一步的行动指令。

过了一会儿，似乎征得了隐藏老大的同意，小屁老大表情顿时轻松，他把钱装进马甲里面的口袋，转向猪头朱说："没问题。老板，你够精明老练啊。送货！"

两个小弟分别给两只纸箱套上黑垃圾袋，用胶带横竖封严实了，一个帮助另一个发到肩上，摇摇晃晃扶起，压得东斜西歪，眼看要倒下，却磕磕绊绊走出了大门。

剩下的小弟，对着大黑箱子犯了愁，他望望小屁老大，似乎希望他能像刚才那样搭把手。可小屁老大昂首腆肚，没有看见一样。

小弟只好自己来，他先是把箱子搬到肚子上，用肚子顶着，往肩上发，失败了。

他蹲下去，直接用肩扛，结果把自己弄躺到地上了。

他迅速爬起来，变换着各种匪夷所思的姿势去试，仍然不行。他拍自己的脑壳，左右抽耳光，只差坐在地上号啕大哭了。

刘勇实在看得不忍，不顾猪头朱的瞪眼制止，上前帮着把箱子发到了那窄小的肩膀上。

"谢谢。"颤颤巍巍之中，小弟没忘礼貌。

最后，猪头朱和刘勇相继撤出。小屁老大从外面把大门锁上。

出门前，刘勇朝正房房门观察了几眼，挂着一把旧锁，锈蚀得厉害，显示好久没人进出过了。

过了一会儿，突然，正屋的门被轰隆撞开，一位瘦长的青年，裸身骑着摩托，在院子里转圈，顺时针转，再逆时针转，然后又顺时针转，转了二十几圈，转够了，开回了屋里。

他熄火，下了摩托，穿过杂物间，到了阴暗的密室。床上，盘肥婆光着身子在酣睡。她穿衣服时显得臃肿，脱光了却颇有几分淫荡。瘦摩托男一跃上床。

盘肥婆闭着双眼，分外享受。

五　恋爱中的阿娇

"今天晚儿上，我们要好好地乐一乐。我找俩，你呢，仨？算在我头上。"猪头朱伸着三根指头，然后卷回两根指头，留着一根食指，指向刘勇的鼻子。"可不许再装了啊。"他突然声音放软。"哥哥求你下楼跑一趟，还是那点儿事，买几瓶酒，点几个菜，咱们喝着，等待天黑。"

刘勇去街上，买了吃的喝的，拎了一大包回来，经过楼梯口，珠珠开开门，慌慌张张地把刘勇拉进她的家。

　　珠珠租的房子在楼梯拐角，巴掌大的一间屋，集卫生间厨房卧室一体。

　　"什么情况？"刘勇问。

　　"嘘。"

　　珠珠手指轻触到他的嘴唇，然后蹑手蹑脚走到门口，耳朵贴到门上。

　　刘勇走过去，被珠珠推回。珠珠说："联合执法的上楼了，一大帮子人，查身份证、暂住证，拿不出来往车上押，这回是市里的命令，谁也不灵。"

　　她耳语道："你在这儿多待一会儿，等他们走了再出去。"

　　"好吧，小妹儿没在家？"

　　"小妹儿在陈伯家玩呢，难得让我清闲会儿。"

　　刘勇打开塑料口袋，样样种种捡出些留给珠珠和小妹儿。

　　珠珠望着他，发现新大陆般惊呼："变靓仔了，都不敢认了。"

　　她用手掌摸了一下刘勇的头发，说："打了摩丝！"

　　刘勇有些不好意思。

　　他说："今天早上。跟朱老板做了趟生意，他让剪的，让我时髦一点。"

　　珠珠说："我怎么觉着朱老板不像个正经生意人呢，陈伯也这么说。你跟他在一起，可得多动点儿脑筋。"

　　刘勇说："知道。"

　　珠珠说："那个朱老板常去找发廊妹，你可别被带着学坏呀。"

　　刘勇说："知道了，放心吧，我有数。"

　　珠珠望着他道："谁知道你是真有数，还是假有数。"

　　珠珠的担心不是没有道理，年轻力壮的小伙子，灯红酒绿之际，两杯酒下了肚，真的就不知有数还是没数了。刘勇跟着猪头朱来到了四季春发屋，门脸儿不大，里面空间却不小，十几个发廊妹集中坐在客厅里，等着被挑选，猪头朱摸摸这个，捏捏那个，干脆直接把手伸进裙子里面，惹得一阵笑声和尖叫，最终他挑了两个，一高一矮，搂着上了楼。

　　"包夜，包夜。"猪头朱回头对着老板娘喊。

　　刘勇选了一个叫阿娇的姑娘，完事后，他俩穿上了衣服，坐在床上聊天、看电视。

　　刘勇手持遥控，换着台看。电视节目多讲粤语，他觉得好玩，成龙当然要讲粤语，没有任何问题，葛优讲粤语，就非常滑稽，这还没完，当他换到一部抗日剧，一个日本鬼子大佐审讯一个被俘的八路，双方你一问我一答，居然说的都是粤语，刘勇终于忍不住捧腹大笑起来。

　　阿娇以为他在笑她。

　　因为刚才她对他讲，她处在恋爱当中。关于她的爱情，多数人听了都不以为然，最好也不过是暧昧地一笑，不置可否。而阿娇偏偏要表现出，她自己并不觉得这有什么不正当。她就不能得到真爱吗？真是的。

　　作为一位性工作者，在情绪调动方面，她恰到好处，不让客人尴尬，又不使过分轻狂，这种"恰到好处"源自她的性情，所以做出来是那么质朴自然，单纯温馨。说白了，她简直像个好姑娘，好情人，好妻子，不像一个卖笑女子。

　　而事实上呢，她是一个发廊妹，却仍然做得像一个好姑娘，好情人，好妻子，并且不觉得有什么不妥。

　　阿娇说："看把你笑的，有这么好笑？"

　　她剥了个橘子，递给刘勇。

　　刘勇接了过去。

　　阿娇说："你很像我爸爸呢。"

　　刘勇说："快别这样说，太让人难堪了。"

　　阿娇说："他死了。"

　　刘勇说："咋死了？"

　　阿娇说："三十一岁就死了，都说太年轻了。妈妈改嫁，又生了一个弟弟，一个妹妹。我跟着奶奶过，后来出来打工。"

　　刘勇说："三十一，跟我爸去世的年纪差不多，我爸三十二，下煤井塌方砸伤，送到医院，抢救了两天，伤太重。你爸得了什么病？"

　　阿娇说："没有病，身体好着呢，他打工一个人顶两个人使，工地抢着要。"

　　刘勇说："那怎么？"

　　阿娇说："被枪毙了。"

刘勇说："杀人放火？"

阿娇说："听我大伯讲，命不好，赶上了严打，我不太懂。你的眼神跟他一模一样，越看越像，啊，不敢看了。"

刘勇把电视关了。尽管阿娇单纯可爱，一点没有脏的感觉，但是，若有人要他娶这样的女子为妻，这位来自北方的小伙子会毫不犹豫拒绝，他宁可接受珠珠做老婆，也不会娶一个发廊妹，他不能理解，一位哪儿都好的女孩，怎么能选择这一行。她完全可以打一份工，或者像珠珠那样做点小生意。

这个时候想到珠珠，刘勇感到有点难为情。

"多赚点钱呗。"阿娇似乎看见了刘勇的心思，坦然交代。"不赚些钱不行啊，两手空空，以后出嫁，多让婆家瞧不起啊。奶奶年纪大了，身体不好，吃药得花挺多钱，大伯家也不宽裕。"

刘勇说："赚钱有许多方法，找份活儿干不行吗？"

阿娇说："刚来的时候，上班打工，赚得很少，又累，后来姐妹儿介绍，来做这个了。既然做了，说什么都晚了，也没有什么后悔不后悔。"

刘勇无语。

他有些好奇她的那位男朋友。

他问道："他在哪儿打工？"

阿娇说："你问阿英吗？做广告，我老公阿英，在广告公司上班，今年刚刚毕业，暨大的。"

刘勇说："暨大？旁边的暨大？"

阿娇说："对呀，去年春天，阿英过生日，阿英的朋友找我，一块儿庆生。热热闹闹的，我们吃川菜，到防空夜总会卡拉 OK，一支接一支地点歌，他最爱唱罗大佑。阿英，傻傻的靓仔，过了几天，又来找我了。他害羞，不好意思进到店里，在外面等着我下班。说真心话，我已经快把他忘了。完全没有想到他是认真的。那晚我很开心很开心，之前我从来没有那么开心过，我简直不敢相信，在小巷子里，我俩跳着华尔兹，跳到了我的家。这一年多来，我们俩好好吵吵，分分合合也有过四五次了，可到了最后，谁都舍不得。我认真考虑过，下个月不做了。"

刘勇说："你们住在一块儿吗？"

阿娇说："没有。如果同居，我还能做这个吗？"

刘勇没有听明白其中的逻辑，为什么同居就不能做，不同居就可以做。

阿娇说："我老公也住南沙，他在西边，龙头五巷。我老公可拼了，拉广告，跑客户。前几天他跟我商量来了，要我搬到他那里去住，一是省点钱，二是互相照顾。我下个月搬过去，好好当一个贤妻良母。"

刘勇说："对呀，早点结婚吧，结婚会好些。"

阿娇说："不会这么快结婚的，后年，或者大后年。先把事业做起来。"

听到她说事业，刘勇莫名激动，对呀，事业，男子汉必须得有事业，才不枉世上走一遭。

刘勇说："你应该搬过去。"

"噢？"

"搬到阿英那里去啊，他不是在等你吗？"

"你是说我现在去？"

"现在去，马上去。"

阿娇沉思了片刻，两眼一亮。

她说："对呀，你说的对，现在去。谢谢你。"

刘勇十分开心，帮助别人做了一个正确选择，同时减轻了自己的尴尬。

楼下有人吵，引起刘勇警觉。

阿娇出去看了一下，告诉刘勇："来了一帮闹事的人，拿着刀呢，不过不要紧，力哥马上会过来。这条街归力哥管。"

没多一会儿力哥来了，可似乎没有起到应有效果。

这帮子人逼退了力哥的人，冲上了楼，直奔猪头朱的房间。

听到了猪头朱"牛哥饶命"的求饶声。过了一会儿，从门缝里看到，猪头朱被四个拿着大砍刀的家伙押着下了楼。

刘勇跟了出去。阿娇阻拦，没有拦住。

加上楼下的三个，那伙人一共七个，七个人七把刀。力哥这边，只有四个人，带了两把刀。

猪头朱被押出了发廊。

刘勇悄悄跟了出去，来到街上。

刘勇脑袋里闪出一句话，"空手夺白刃"，便毫不犹豫地执行了。他冲上去，勒住了落在最后面的一个人的脖子，下了他的刀。

"站住。"他把刀架到那小子的脖子上。

"嗯？"

对方的头儿，一个身形瘦长的青年，大约二十五六岁的样子，他已经走到了一辆摩托车前，这时候不得不站下来，回头看了看刘勇，似乎看不太懂，但并不想再看了，他把砍刀放到摩托车后座的专用挂包里，跨上了车。

"别走。"刘勇挥了挥手中的砍刀。

"怎样？"瘦子问。

"你们放人。"

"不能。"

"我废了他。"

"随便了。"

刘勇甩开胳膊里的人，直奔那瘦小子而去。瘦子已经发动摩托，准备离开了。

猪头朱被两个小子押着，继续往巷子深处走。

瘦子身旁的四个小子一起上前拦着刘勇。

刘勇抡刀，近前一个劈一个，劈得他们四散而逃。

力哥一伙儿一旁看得兴奋。

摩托车上的瘦小子见状，长叹了口气，熄了火，下了摩托，重新从挂包里抽出砍刀，万般无奈状，朝着刘勇走去。

瘦子确是一个狠角色，动手便知，手法刀刀着肉，不同于那种虚张声势式的瞎比画。

可是刘勇灵活，悟性高，加上天生一股子不要命的虎劲儿，渐渐地，不但没让那瘦小子占便宜，在气势上似乎反压着他一头。

押着猪头朱的两个小子，不由得放慢了脚步，犹豫着要不要继续前行。

力哥一伙儿发现机不可失，不再作壁上观，冲了上去，救下猪头朱。

瘦小子见势不妙，虚劈一刀，退到摩托旁，翻身骑上车子撤了。

"后会有期，我记下你了。"他盯着刘勇说。

"奉陪到底。"刘勇回答。

力哥的另一帮弟兄，有十来个，挥舞着家伙，匆匆从外边赶来。力哥解释几句，合做一块儿，簇拥着刘勇进了一家酒店。猪头朱紧紧尾随。

六　瘦子刀

力哥率众弟兄向刘勇敬酒。

力哥宣布，他本人从此追随勇哥，唯勇哥马首是瞻。

"兄弟混了这么多年，什么货色没见过，今天遇见勇哥这么仗义勇猛的，是兄弟的福分。"

众弟兄随声附和，力哥认的大哥就是他们的大哥，甘心情愿跟着勇哥和力哥干。

阿力说："这一片儿的发廊、饭店，南边一溜儿仓库，包括最大的四十二号库，我们说了算。南沙这块地儿，除了盘练，数着咱们了。盘练这个屌人，想我们的仓库想得头疼，但基本也算井水不犯河水，各赚各钱，两边儿小的较量有，大的冲突没有。这回盘练不惜撕破面皮，不知这位大哥怎么惹了他。"

猪头朱灰头土脸的，叹口气道："我压根儿不认识什么盘练，不过不瞒各位弟兄，自己作的祸，自己心里明白，这事儿早晚得来，躲是躲不了了。唉，我在老家手欠，动了牛哥的货，原本想倒个差价，回头再还回去，结果来这里把货丢了。勇哥，对不起，我没有敢对你讲实话，除了黄金，我藏在铁轨下面，还有袋东西，那是牛哥的货。你们说的什么盘练，我听着有一点耳熟，好像跟我老家的牛哥有联系，如果是做那种生意的，就对了，估计牛哥查到了我，联系盘练来办我。各位兄弟不是做这要命生意的人，我不能拖累你们，吃完这顿饭，我就走人了，去海丰，投奔跟我有深交情、一驾船的老哥们儿，当个水手，跑跑私货，了此一生吧。"

说完低下头去，两只小眼睛左右乱转。

阿力一伙儿均不作声，没有挽留的意思。刘勇见状，也不好说什么。

这怪不了别人，谁都不愿意跟那种会要人性命的生意扯上关系。

阿力说："没错，盘练一直沾那东西，最近听说，他准备玩点大的，联络了一位香港的化学教授，准备搞加工，正在寻找地方呢，说不定那个屌人又盯上了我们的仓库，他蓄谋已久了。弟兄们，随时准备战斗吧。人说有那东西就有钱，有钱就有实力，跟它斗等于鸡蛋碰石头，我阿力偏要碰一碰。"

弟兄们纷纷表态，受谁的气也不能受盘练的气，那个屌人，霸道得很。

阿力仇恨那东西有一个重要原因，他的姐姐因它惨死。

勇哥问："那个瘦子叫什么？"

阿力的一个得力弟兄豆文涛，笑着回答："瘦子刀，他是盘练的小姐夫。"

大家哄笑。

"那是个小湖南，从小跟着他爹来广东混。什么烂事都干。经常在火车站开着摩托车抢包。一贯心黑手狠，不久前被盘练看上了，收为打手。"

"后来盘练的胖姐姐看上了他，要了瘦子刀给她开摩托。"

"白天骑摩托，晚上骑肥马。"

"那一对儿有意思，好的时候大街上搂着晃荡，不好的时候，喝着喝着酒，拿着酒瓶对抢起来，打得头破血流。"

"快别再提那两个哈儿了，讲点有意思的。"

"勇哥，你怎么来南沙的？"

"勇哥身手不凡，从小练吗？"

大家围着勇哥，敬酒，干杯，聊了大半夜闲话。

继这场硬仗，勇哥凭着胆大心细，连续做了几件道上公认的漂亮活儿，算是在南沙彻底立住了。勇哥寻思什么时候抽时间去一趟暨大，探望一下江辉。

　　别看江辉比他年纪小，社会经验等于零，而且不善言谈说教，可是，他将会如何评价刘勇，刘勇非常看重。

　　江辉会时不时吐出一句半句真理般的警句，让刘勇非常佩服，觉得这位小朋友前途无量，将来搞不好可以跟汪国真媲美。

　　"既然选择了远方，便只顾风雨兼程"是刘勇最喜欢的名言名句。那还是在哈尔滨干工地的时候，一个来自内蒙古的十六岁小工，寒风中淌着鼻涕向他念叨的，当时他俩抬着一捆钢筋爬楼梯，走在前边的小工，冷不丁说道："大哥我跟你说，咱们出来了就要好好干，不干出个样来，回家让人笑话，'既然选择了远方，便只顾风雨兼程'。"

　　"小兄弟你刚才说什么？"

　　内蒙古小工出溜了一下鼻子。

　　"我说既然从家里出来了，咱们就好好干。"

　　"不是这个，后面的那句。"

　　"后面的？"

　　"对，后面的，一句格言。"

　　"啊，那是汪国真老师的一句诗，'既然选择了远方，便只顾风雨兼程'。大哥，咱们歇一会儿，哎呀妈呀，累死我了。"

　　真神奇，一瞬间，刘勇的眼中，内蒙古小工的鼻涕不再是鼻涕，而是电视剧《西游记》中红孩儿喷出的三昧真火，要把刘勇这身肉身凡胎，烧炼成精。

从此便记牢了，尤其来到南沙，这句动感十足、热情洋溢的诗句，一直激励他前行。

瘦子刀同刘勇那次格斗，右前臂受了轻伤。盘肥婆一边给瘦子刀碘酒擦拭伤口，一边大骂盘练。

瘦子刀说："没你的事儿。"

盘肥婆仍然嘟嘟囔囔。

瘦子刀说："给我闭嘴。"

盘肥婆继续叨叨。

瘦子刀说："最后一遍，闭嘴。"

盘肥婆怒了，棉签朝着瘦子刀的脸上一摔，道："你妈的废柴，老娘管你的。"

瘦子刀提手给她一大嘴巴。

盘肥婆照着他裆部一脚。

两人就这么撕打在一块儿了。打着打着，转而亢奋起来，瘦子刀三两下把她摁倒在地。

很快盘肥婆呼呼睡去。

瘦子刀拿出个本子，一个绿色塑料皮的小本子，那是在火车站抢包，包里的一个小本子，上面抄写了许多诗句，已经看了无数遍了，他还是喜欢，往往看着看着，便轻声朗读了起来：

> 我有过寂寞的乡村生活
> 它形成了我生活中温柔的部分

> 每当厌倦的情绪来临
>
> 就会有一阵风为我解脱
>
> 至少我不那么无知
>
> 我知道粮食的由来
>
> ……

能够让瘦子刀暂时摆脱内心痛苦的，除了性，就只有寂静的夜晚读小本子上的诗了。前者把他抛向太空、深渊和迷乱，后者，诗，可以把他送回到童年，送回到乡村，在那里他能够找到真正的自己，一个敏感的、无助的、向往平安喜乐的、失去了母亲，并且眼看着又要失去父亲的乡下孩子。

因为读诗会读得落泪，所以他愿意选择深夜，孤独一人，捧着小绿皮本，让疲惫的心绪，循着字里行间的秘密路径，悄然回到那无上的温柔宝地，享受歇息。

他的父亲患着尘肺病，医生坦白相告，只有几年活头，治不了，也没钱治，只能这样慢慢等死了。

父亲跟三个干力工的老乡在南沙合租一间屋，每天一大早，他要骑着自行车去火车站，排队买火车票，倒个差价。父亲已经不可能回老家了，回不去了，死活都得在外边儿，在广东，在南沙了。

瘦子刀姓蔡，跟许多姓蔡的小孩一样从小有三个绰号：菜包子菜团子菜刀，因为他长得瘦，小伙伴们更愿意叫他菜刀。来广东后，叫着叫着，成了瘦子刀。在乡下的时候，小菜刀是幸福的，深圳打工的父亲不断往家里寄钱，左邻右舍都很羡慕。父亲曾给他捎过一个横竖条格的鸭舌帽，让他在小伙伴中显摆了好一阵子。等到他的妈妈得了肝硬化，去世了，他的幸福生活随之结束，只好在悲伤和好奇中，随着父亲来了广东。父亲疼他，花高价把他送进了学校。其他民工的孩子都在街上捡破烂，他却进了学校。他拼命学习，认真做功课，成绩上升得很快，但是老师和同学仍然不喜欢他，态度神色里总有种瞧不起的意思，而他又总能觉察得出来，这是最不幸的地方。他做梦都想，他若是个广东孩子，是个城里孩子该有多好啊，那样的话，他会对所有民工孩子加倍地好，他会主动找他们玩耍，不让他们感到受歧视，感到自卑，感到孤单。

班里有一个叫安丽娜的女孩，美丽活泼，没有偏见，处处维护他。有一次周三下午，安丽娜邀请他去她家玩。

瘦子刀犹豫着答应了。

到了门口，瘦子刀丧失了勇气。安丽娜拉起了他的手。手指的柔软一触，直渗到心灵。

一个好大房间的家。安丽娜漂亮而和气的妈妈，亲切跟他唠家常，一连串问了几个问题，问他住在哪里，妈妈是做什么的，爸爸在哪个单位供职。

瘦子刀在颤抖，那一时刻，他恨不得根本没有来过广东。

他低下头。

"妈妈，去世了。"

"唉呀，可怜的孩子。爸爸呢，你爸爸做什么工作的？"

"爸爸——"

"等等，我猜猜，从事艺术行业吧，看你的样子，聪慧敏感，像是来自一个艺术之家。"

第二天瘦子刀从学校里失踪，不再去上学了。他告诉父亲，他要打工赚钱。那一年他十五岁。

他很快滑入了流氓混混行列，偷，抢，打架，砍人，他绷着脸，满怀着仇恨，仇恨广州，仇恨广州的人，仇恨四面八方来广州的人。混出了名之后，他仍然坚持在火车站抢包，专为给那些第一次来广州的人一点颜色瞧瞧，给他们当头一棒，让他们知晓，这里没什么好的，回去吧，哪儿来滚回哪儿去吧。

瘦子刀放下绿皮本，陷入了沉思。他看看表，凌晨五点。

他光着上身出了门。

骑着摩托，他来到了南沙东边的一个街口。

一会儿，瘦推车人从小巷子深处走出。

瘦子刀等着他过来。

"爸。"

瘦推车人见是儿子，从兜里掏出钱给他。

儿子没要，他原本想给父亲送钱来的。但钱太少，不能解决大问题，这正是他忧愁的根源。

"爸，你身体怎么样？"

"没事。"

"药还有吗？"

"有。"

父亲看着儿子胳膊上缠着纱布。

"胳膊怎么了，要紧吗？"

"不要紧，碰了一下。"

"早晨出门要穿件衣服，别凉着肚脐，会受病的。"

"没事。"

父亲欲言又止，最后还是说了。

"凡事小心一点。懂吗？"

"知道。"

"我帮不了你什么了，在这里，什么事都得自己帮自己。"

"知道。"

一阵沉默。

"儿子。"

"嗯。"

父亲看着儿子的眼睛。

"不行的话，三十六计，走为上。"

儿子点点头。

"爸爸，你走吧。"

"我买几个橘子去。你就在此地，不要走动。"

"不用了，爸，我还有事，拜拜。"

儿子实在不愿意看见父亲的背影，那衰弱疲惫的背影，摩托车画个圈，离开了。

父亲站在原地，望着儿子的光脊梁，直到望不见了，才推动自行车，绕过一段泥泞路，骑上去，慢慢悠悠地，延续他的"又多活了一天"。

天已大亮。

珠珠推着她的小车招揽生意。

四位小个子王经理在一家油条铺子吃油条，边吃边嘀咕事情，个子最高的王经理，眨动着小眼睛，东瞅瞅西瞧瞧。

陈明走进一家云吞店。原来他也在南沙。

当地哥刘若宜双手抄兜，站在小巷子口，一副悠闲自在的样子。瘦子刀跟父亲说话的时候，刘若宜远远地望着他们。瘦子刀骑车从他身边经过，两人对视了一下。

阿英吃过了阿娇做的早餐，穿戴整齐，走出了家门。

今天有两单生意有望做成，阿英比较兴奋。

而且除了广告业务，还另有一件好事。

七　春语诗社

暨大读书的时候，阿英倡导成立了春语诗社，被推举为社长，阿英有活力，肯奉献，诗社组织得有声有色，威望甚高，毕业了，每有诗歌活动，同学们仍然会想到他，邀请他。

心地单纯加上行事果敢，则比较容易获得快乐。爱情上，阿英遵循本心，突破偏见；事业方面，他不懈努力，积极进取；诗歌呢，更是没有丝毫懈怠，每天早晨起床，去趟卫生间，便伏案写诗，他的好多灵感来源于做梦。

这次诗社相邀，需要老社长帮忙，请他在南沙寻找一个合适之地，作为朗诵用的场所。

阿英欣然答应，几天来，他反复琢磨考量，怎样才能把这个任务完成好，不辜负同学们的这份信任。

诗社要求活动场所必须放在南沙，只能在"村"里，凡沾有文化气息的地方，如黑蚂蚁、小篷车都不去。有一位同学更加奇思异想，建议选在南沙窄窄的小巷子里，还要拦住每一个经过的人，让他们必须说出一句诗方可通行，这样，南沙人便真正参与了活动，与"诗歌的此时此刻"产生"肌肤之亲"，哪怕挨了骂，也属诗意盎然的雅事。

想法倒是新颖独特，考虑到后续的活动，比如会餐、小石头的乐队演出等等，室外终归不太方便，只能放弃。

江辉是这次活动的策划组织者之一。

暨大报到后第四天，江辉加入了春语诗社，并在那里结识了鲁速。鲁速读大三，现任诗社社长，睿智豪放，他看过了江辉投稿的诗歌，激动得夜不能寐，第二天大早上便来到江辉的宿舍，被窝叫起来交谈，万分投机，上午的课也不去上了，当天晚上，鲁速紧急召开诗社扩大会议，力排众议，破格提拔江辉为诗社的第三常务副社长。江辉虽然志不在此，却也全力支持鲁速，努力写诗的同时，协助做好诗社工作，结交诗友，交流心得，十分快活，关键他俩趣味相投、诗观接近，随便扯一个话头能聊上大半天，知音的美好，如白云轻风相会蓝天。

诗社对本次活动做了人事分工，鲁速总策划兼总统筹，老社长阿英联系场所，第三常务副社长江辉，负责联络通知一些校外的诗人。校内校外联欢交流，是春语诗社的传统。

江辉首先想到了诗人秦凯旋。

诗歌活动怎么少得了秦凯旋这样的"纯牌"诗人？秦凯旋是广州土著，却与这座城市格格不入，似乎从来没有为热气腾腾的"淘金热"打动过，并且也不认为这样有多么特别，属于什么异类，他的解释是，"人本来就不应该用地域或者时代来区分""但是只有少数人在少数时间里能够超越他所处的时代"，说这些话的时候，他两眼放空，呆若木鸡，仿佛已提前一大截进入了一个常人不能企及的境界。超前的意识，悲悯的情怀，加上急躁的脾气，构成了他诗歌的三驾马车。

结识秦凯旋是在一次文学活动上，当时大家聊到双性恋和同性恋，江辉感到有点难以接受，秦凯旋却平平淡淡地说道，"人本来就不应该简单地用男女来划分"，让大家肃然起敬，江辉也陷入了反思。

江辉听到不少有关秦凯旋的逸闻趣事，有一天半夜秦凯旋的鳏夫老爸发起了高烧，秦凯旋摸了摸患者的脑门认为问题不大，鼓励他尽量坚持，不必就医。鳏夫老爸无奈要点药吃。儿子找出来却不给吃，任患者伸长双臂，呻吟哀求，都不为所动，因为药瓶标识昨天是有效期的最后一天，已经过期两个小时了。

不送医院是因为秦凯旋本月的安全外出时间份额已经用完，只能在屋里待着，强行出门的话，遭遇车祸的概率极大，不但于事无补，反而有害老爸。

安全外出时间份额是根据他自行研发的一个复杂公式计算得出，什么阳历阴历，闰年闰月，平均天数，两加三减，开根号，再乘以广州市车祸率的最大公约数，除以全国的最小公倍数，最后还得 log 一下，方能得出来每个月应该在家待多少天，外出多少天，精确到了小时。终于他老爸病体恢复，能起身下地了，第一个动作双手十指交叉，前后旋转，手腕活动开后，左右转了转腰和脖颈，从床底下抽出来一根巨大的棒球棒。

"家不应该仅被一个固定空间所定义。"秦凯旋从家里逃出，到南沙租了一间屋，写诗、思考、读书，骑着一辆破旧自行车，江边，附近两座学校的校院，到处转悠。

有一次他扛着自行车从七楼下来，发现车轮没气了，一般人会放下自行车，返身上楼取打气筒，打完气，再把打气筒送回去，秦凯旋不这样，他是扛起自行车上楼，打完气再扛下来，这样节省一趟上下楼。你算一算，是不是这样？

江辉认识秦凯旋在南沙的家，不过，想找他不必去他家，秦凯旋每周至少两到三次会来暨大食堂蹭饭。

"秦凯旋，老秦。"

"老江。正在找你来呢。"

"我也在找你呢。"

秦凯旋说："诗歌朗诵的事吗？早知道了，你不找我，我也必到，我能不到吗？这事儿不算事儿。来，老江，你过来。"秦凯旋手心朝内，往自己的脸上勾。"过来。"

江辉走近了去，被秦凯旋一把抓住衣袖，拉到了路边一棵椰子树下。

秦凯旋说："老江，想不想见见我的情妇？"

江辉心潮澎湃，他完全没有想到，外表看起来挺老实本分的秦凯旋还有这么一出。情妇这个词，江辉倒是常在国外一些诗人诗集下面的注解里见到，浪漫诗人们鹅毛笔一挥，堂而皇之把诗稿献给某某妇人，底下注解写着的，某某妇人曾是作者某个时期的情妇，情诗送过去了，吻手、相思、约会，万一没整好，整砸了，被人家丈夫发现，能跑先跑，跑不了决斗，赶巧儿被打死了，还有诗作流传百世，不过好在此类极端的事情很少发生，外国丈夫多属猫头鹰，睁一只眼闭一只眼，挺让人佩服的。

"好吧，见一见就见一见。"

秦凯旋一拍车座，说："好极了，上车。"

他载着江辉，骑了小半天，来到了一家门前。

按了两下门铃，门打开，一位风姿卓绝的美人出现在他们面前。

"凯旋，是你，请进，请进，带来了位新朋友，太好了，怎么称呼呀？"

秦凯旋说："老江，暨大的，诗人。"

江辉说："我叫江辉。"

美人说："江辉，很好听的名字，快请进。"

女主人拿烟，江辉看了一眼牌子，竟然是三个五。

秦凯旋叼在嘴上一颗，又从盒里抽出来两颗，装进了上衣口袋。

"留着晚上思考问题时候抽。"他说。

"那就多拿几颗。"女主人笑了笑，对着江辉说："你也拿几颗吧。"

江辉说："我不吸烟。"

她说："诗人还有不吸烟的？"

说得江辉怪不好意思的，去拿出来一颗，刚要往嘴上放，其实已经轻轻碰触到了嘴唇上，女主人嚷道："慢着，不懂江湖规矩，先敬姐姐。"

她从江辉手中夺过去叼在嘴上，等着江辉给他点火。

江辉哆嗦着打着了火。

女主人轻轻一口，烟从鼻子里飘出来，袅袅升起。

江辉自己点上一颗，抽了两口，呛得连连咳嗽。

秦凯旋说："还得咱们丽娜，我们怎么威逼利诱，他都不肯抽。"

江辉问道："丽娜，你也写诗吗？"

安丽娜说："写得不好，向你们学习。"

秦凯旋说："安丽娜，诗人，舞蹈家，小提琴大师。丽娜，拉一段《梁祝》，让我们欣赏一下。"

江辉担心人家为难，说："算了，不用那么麻烦。"

安丽娜说："没事，多提宝贵意见。"

说罢去从琴盒里取出小提琴，大大方方地拉了一段。

秦凯旋鼓掌，江辉也跟着鼓掌。

"好久没练，手指都僵了。"安丽娜问秦凯旋，"写新诗了没有？"

秦凯旋低下头道："最近老不来灵感。"

安丽娜说："那就耐心等一等吧。哎，江辉，你印诗集了吗？下一次带给我看看。"

江辉说："还没有印。以前觉得不着急，再攒一攒，其实也够了，争取今年吧。"

安丽娜说："本小姐提前预约，印出来一定要送我一本。希望下一次来的时候，手抄一首二首代表作，我先学习。"

江辉说："学习不敢，批评指教吧，到时候我让老秦捎给你。"

江辉被书架吸引，他走近去。

秦凯旋说："看吧，看好了可以借，想看多久就看多久。"

江辉说："真的可以外借吗？"

安丽娜说："当然可以了，我还有好多书，放在我妈妈家。哪天我带你去挑选。"

江辉说："太好了，我就喜欢看书，等有机会我让老秦带我去，背个麻袋过去。"

安丽娜说："只要你背得动，能背多少背多少。"

江辉指着书架上的电话说："能借电话用用吗？"

安丽娜说："那有什么呀，随便打。"

江辉说："要打好多个。"

安丽娜说："打多少都可以，没事的，打吧。"

江辉说："今天不打。我们要搞一个诗歌朗诵会，等场地定下来了，我们再过来打电话通知来宾。这样能省些电话费。我们这次筹的钱款不多。"

安丽娜说："我赞助一百元，别嫌少。"

说完去取了钱，交给江辉。

江辉被她的慷慨惊着了，有些不敢相信这是真的，他说："不用，不用，我不是这个意思。"

安丽娜说："别客气了，请收下吧，我胳膊都疼了。凯旋，快让江辉收下。"

秦凯旋说："老江，收下吧。"

江辉说："这，太多了。"

秦凯旋说："别装了好不好，别人不了解，我还不了解？特别是你们那位鲁社长，再多都嫌少，江副社长，恭敬不如从命，收下，这不是您个人的事儿，这是组织上的事儿。"

江辉说："这可能是最大的一笔赞助款项了，好吧，我代表鲁社长和春语诗社全体成员，向您表示真诚的感谢，同时发出最诚意的邀请，邀请您参加我们在南沙的诗歌朗诵活动，时间地点另行通知。"

说完站起身来，朝着安丽娜鞠了一躬。

安丽娜咯咯笑了。

她的笑声脆得像铃铛，还带着一丝甜甜的感觉。

安丽娜去厨房烧水沏茶，大门被从外面用钥匙打开，诗人乔桥进来了。

　　秦凯旋和江辉大感意外，特别是秦凯旋，可以说有点蒙了。

　　乔桥倒是坦坦荡荡的，甚至还有些喜出望外，他说："没想到在家里碰到老朋友，欢迎，欢迎，来得正是时候。"

　　乔桥把开门的钥匙拿在手里，转了两三转，才慢慢装进了口袋。

　　安丽娜端着茶壶从厨房出来，介绍道："我的新男朋友，诗人乔桥。诗人凯旋，诗人江辉。他们要搞朗诵会。我决定参加，你也参加吧。"

　　秦凯旋一言不发。

　　江辉对乔桥说："正愁怎么才能找到你呢，春语诗社正式邀请乔兄参加南沙诗歌朗诵会，时间地点待定。"

　　"谢谢江副社长，请转告鲁社长，乔桥必到。"

　　说罢他从怀里掏出来一张叠得方方正正的报纸，鼻子上嗅闻了嗅闻，说："沁人心脾的墨香啊！"

　　他把报纸放到桌子上，张开两臂，往中间划拉。

　　"过来，同志们，都过来。"

　　大家虽不知道怎么回事，却不由自主被他的热情洋溢感染，纷纷上前。秦凯旋也凑了过来。

　　乔桥小心翼翼把报纸打开。

　　乔桥说："看，我们成名了！"

　　乔桥哽咽了，他猛地背转过头，起身而去，弃大家于原地不顾。

　　他奔向茶几，把三五烟抓在手里，狠狠地一抖，叼在嘴上，点着了火，深吸了四五口，才略微平静了一些，然后，拿着烟盒的手自然而然地往裤兜一插。

江辉回想起来了，上回大篷车酒吧搞文学讨论会，乔桥请来了一位媒体的朋友，省报的一位编辑老师，帮助活动发声，扩大影响，原以为走走过场，想不到事情竟然成了。

江辉迅速在报纸上找到了自己的名字和作品，虽然他一向志存高远，暗暗跟世界一流的大诗人们比肩较劲，但当看到自己的作品第一次变成铅字，自己的名字第一次刊登上了报纸，不过一张普普通通的报纸，仍是激动莫名。江辉暗下决心，不但不能骄傲，反要加倍努力，把品质提上去，可不能像某些诗人，名气跟作品不相称，落下个欺世盗名、臭不要脸的口碑。

乔桥的诗排在最前面，入选得最多，别人都是一首，只有他是"外一首"。安丽娜排在乔桥后边。但是他好像没有看到秦凯旋的名字。

秦凯旋也没有看到，他默默找了好几遍，还是没有找到自己的名字。他简直不敢相信，一把把报纸抓了过去，翻过来，覆过去，倒过来，正过去，最后猛地往地上一丢，骂道：

"蕞尔鼠辈，小肚鸡肠，怎么可以不选我的诗？我跟你们讲，真正的诗人从来就不以发表过作品没有发表过作品，而是以写出过好作品没有写出过好作品来界定的，但我仍然要正式表达我的愤怒，对好诗视而不见是愚钝，对好诗人故意排斥是犯罪，你们知道吗？"

　　说得大家全都低眉顺目，仿佛确实有罪并且知罪，在愧疚和忏悔呢。

　　乔桥捡起报纸。

　　"别急么，老秦，这次没有刊登，不等于下次不刊登，再说了，没有刊登你的诗歌，刊登了你的发言啊，归在理论批评里面了，我帮你找，看。"乔桥把报纸重新铺好，伸出食指。"看。"手指头落在乔桥的名字上面。

　　等了老半天，手指才开始往下划，划到最下边儿，找到了一个括号，括号里面写着"下接版缝"，再往版缝里找，版缝里是理论部分，记录着诗人们的讨论内容，挨着乔桥做的一大段发言。果不其然，下面有秦凯旋的名字，名字后面接着冒号，冒号的后面，秦凯旋的全部理论批评内容，仅有两个字，"就——是"，把发言者的口吃暴露出来不算，意思还整个给弄反了，当时秦凯旋对乔桥的发言持反对意见。

　　秦凯旋跳了起来。

　　"卑鄙，无耻，太卑鄙了，太下流了，人怎么能够这般下流无耻？我宣布退出，南沙的朗诵活动也不要找——找我了。"

　　秦凯旋摔门而去。

　　乔桥摇摇头，说："既然'真正的诗人从来就不以发表过作品没有发表过作品，而是以写出过好作品没有写出过好作品来界定的'，又何必如此动怒呢？"他左看看江辉，右看看安丽娜，语重心长地说："我们都是有了一定国际影响的诗人了，怎么还这样轻率轻浮呢？"

安丽娜问："国际影响？什么国际影响？"

江辉也问："对呀，怎么个国际影响？"

乔桥回答道："没看这是什么报吗？省报啊，省报出英文版，全世界都能看到。低调，咱们不谈这个。江副社长，诗社应该重点考虑怎样把朗诵会搞成国际化，而不是乡土化。我们虽出不了国门，但是可以邀请一些国外的诗人来我们这里，江副社长，请把我的意见带给鲁社长，三思后行，取消南沙，另选佳处。"

乔桥原名乔学工，在南沙住了好几年，前妻珠珠和女儿小妹儿现在还在那里，自打离婚以后，"逃跑者"乔学工，一次没有回去探望过她们。"逃跑者"是乔桥一首诗里给自己的自画像。

八　盘练的事业

珠珠母女不得不离开了陈伯的楼，在南沙西边找了间小屋住。

陈伯被盘练催促着跟肥婆办完了离婚手续，孤单一人，搬进了城里。

盘练如愿以偿，得到了肥婆的整栋大楼。

他赶走租客，改造装修，准备建成南沙最大的娱乐城。

香港那边儿，教授已经准备停当，只等南沙方面一声号令，便应约到位。最理想的地点，盘练选中了村南的四十二号库，既宽敞又隐蔽，运输转移都方便。唯一障碍就是勇哥和力哥。

瘦子刀主动请战，上次跟勇哥交手不胜，他心里一直憋着口气，非要再打一次，分出个高下不可。

盘练拦住了他，他把抱在怀中的鸳鸯眼波斯猫轻轻放到地板上，背起手，办公桌的后面来回踱了两趟，然后停下，抬起右手，张开五指，朝着瘦子刀的面部推拉，干咳了几声，说："嗯，这个，可以先礼后兵，人民币打先锋，不通再刀斧手跟进，能不动武，尽量不动武，仓库租给那些做假摩丝假洗发水的，才能得到几个钱呢？你去，扔两条道儿让他选，一是跟着我，有肉吃有汤喝，二是不听话，一条道儿走到黑，后果自负。"

瘦子刀按照盘练的意思找勇哥谈判，约在了和悦茶楼，结果可想而知，谈崩了，好在双方都很克制，没有当场发生冲突。

瘦子刀对他的弟兄们高声说道："你们下去等，我跟勇哥说两句悄悄话。"

他走近了去，对着勇哥的耳朵，耳语了几句什么。

勇哥听完了，鼻子"嗯"了声。

瘦子刀把食指压在嘴唇上："嘘。"转身离去。

瘦子刀下楼走远了，豆文涛问："勇哥，瘦子刀搞什么鬼？不是你拦着，今天就干他。"

勇哥说："我们俩的一点点私事，你们不用管。"

阿力说："小心上了他的圈套，姓盘的小子不是个讲究人，为了利益，自己家的亲戚他都坑。"

勇哥说："放心，有数。"

周六清晨，瘦子刀早早醒来，他把砍刀装进一个大帆布包。

瘦子刀骑着摩托，来到南沙西边儿的一个街口，停车等了一会儿，没有等到父亲经过，或许是已经过去了吧，他想，一转车把，加速冲了出去。

珠珠被眼前的车祸吓坏了。

一辆摩托车被松动了的电缆井盖弹起，一个高儿，人和车飞向了两个不同的方向，重重落在地上。

珠珠扔下小推车，奔向骑车人。

她一边察看昏迷的伤者，一边让小妹儿回家喊陈伯。

陈伯仍在追珠珠呢，一大早来到珠珠家，帮着加工田螺，听了小妹儿喊，跟着跑了来救人。

到了现场，陈伯见伤者仍处在昏迷状态，赶快打急救电话叫救护车，一块儿把瘦子刀送进了医院。

陈伯告诉珠珠说："我认识这个坏小子。"

在医院，陈伯打电话通知了盘肥婆，没等盘肥婆他们赶来，便跟珠珠和小妹儿离开了。

瘦子刀的意外爽约，让勇哥在南沙东边一块空田里白等了半天。

　　瘦子刀耳语约下的单挑，勇哥如期前往。

　　阿力和豆文涛不放心，悄悄布兵于外围，以防不测。

　　勇哥说："会不会是他发现了你们？"

　　豆文涛说："勇哥，你也太抬举他，他敢一个人来吗？搞不好他做贼心虚，想诳你，见我们有准备，就撤了。"

　　阿力道："不管怎样，小心总没错，跟盘练他们，没什么仁义可讲。"

　　勇哥沉思不语。

　　瘦子刀受伤，盘练颇为恼火，没怎么样先折了一员大将，不吉利。一开始，他怀疑是勇哥他们干的，后来知道不过是一场普通的车祸，可是勇哥和阿力的强硬、不合作，加上四十二号仓库势在必得，仍然促使盘练起了杀心。

　　他命令心腹丑福道："以最快速度联系道仔，让他明天晚上来见我。"

　　丑福说："明天？不可能的，盘总，谁知道他在哪里？道仔是隐身的，别人不了解这点，你还不了解么？"

　　盘练说："我不管，隐身不隐身他的事，找不找得到你的事，他就是股空气，你明天也得装进瓶子送我跟前。"

　　丑福拨电话。

　　过了一会儿，他说："盘总，联系上了，干鱼头那边有他的信儿。等一等。喂，喂。"

　　盘练说："让他马上过来，说我找他。"

　　丑福用手捂住话筒，提醒道："跟道仔讲话可不能这么不客气，得婉转温柔一些。"

盘练说："温柔你妈个头，他欠我的人情呢。"

"嘘——"丑福抱着电话蹲到了沙发后面，小声聊了一阵子，站起了身。"妥了，盘总，那边道仔得知是盘总叫，一口答应，不过，不确定是明天，还是后天，哪天来不一定，反正一周之内，说不准哪天他就来了，具体事项等人来了再定。"

盘练说："怎么讲？"

丑福说："道仔的风格，行踪诡异，数条命案在身的人么，不诡异不行啊。"

盘练说："装神弄鬼，嫌我给的钞票少了不是？"

丑福说："盘总当然爽快大方。再说了，道仔再怎么牛逼，还不能嚣张到跟盘总讨价还价的份儿上吧？"

盘练说："谅他也不敢。告诉值班的弟兄们，这几天眼睛瞪圆了瞅着，别失礼了给我丢人。"

道仔广西人，当过兵，打过对越反击战，复员后来广州打工。一个夏天的傍晚，他跟朋友老马街边喝酒聊天。两个喝醉酒的老外，揪住一个避让不及、撞了他们一下的中年男子举手便打，中年人被打躺下了，眼镜摔碎出去老远，两个老外仍不算完，继续踢他的肚子。老马实在看不过眼，上前拉架，他们就转过来揍老马，道仔早就忍不住了，冲上去帮忙，老外身高力大，道仔和老马不是对手，道仔血气方刚，哪肯服输，顺势抄起啤酒瓶子，把两个老外的瓢儿开了。事后道哥跑回了老家。他的马大哥被警察抓住，正赶上严打，流氓滋事加上破坏国际友谊，给枪毙了。道仔听后吐血三口，恼恨这世上没有道理可讲，后来又经历了一系列不顺心的事情，促使他狠下心，买了把五四枪，混上了江湖。据说近几年广东无头命案，至少三起是他的杰作，其中名声最响的是在广州白云酒店餐厅枪杀了一位香港大哥，当时香港大哥在喝早茶，两个保镖守护，道仔却隐身人一样，绕到了目标的身后，一枪脑壳掀了，然后空气似的飘然而退，隐身人的称号就是这么来的。

做掉香港大哥后果很大，道仔遭到追杀，他东躲西藏，跑路到了盘练这里，盘练怕招惹麻烦，没有见他，但是通过常年走私建立的关系，把道仔介绍到海丰的渔船上，船回人不回，一条条船换着，在海上漂了四个多月，避过了风头，才上得岸来。

所以盘练有事相求，道仔一口答应。

九 潘家祠堂

阿英相中了一个诗歌朗诵场所，潘家祠堂，清代建筑，飞檐斗拱，雕梁画栋，门神，祖宗牌位，特色十足，而且空间宽敞，开门热闹，关门安静，堪称最佳艺术活动地点。南沙有多座祠堂，潘姓祠堂就有两处，规模样式相近，阿英跟一位潘姓子弟认识，何不求他一试？

跟大多数南沙土著一样，潘六一有房有闲，悠哉游哉，而且他不满足于此，在十三行租摊位搞服装批发，收益可观，算是个小大款。无聊时他会找阿英喝喝茶，吹吹牛，聊聊文学艺术。潘六一曾经把几篇散文给阿英看，他的散文标题和开头非常正义善良有责任感，比如同情发廊妹，呼吁帮助来广东上货被骗的北佬，可不知怎么回事，写着写着就变味了，甚至价值观来了个一百八十度大转弯，诚恳变成炫耀，深沉化作轻浮，往往同情发廊妹变成了他如何巧用手段占便宜不花钱，或者本想帮助土老帽，写到最后却变成了行骗指南，怎样骗得北佬晕头转向找不着了北。阿英不好意思伤害他的积极性，往往含混地夸上一句"结构挺特别"，或者"语言很丰富"，其实不就是混乱和啰唆么。不过还好，潘六一爱好广泛，除了写散文，还弹琴、谱曲、绘画、装置、行为，转了一大圈，最后回归了国粹，改练软笔书法。这回算是找对了路子，进步神速，没用半年时间，便名声大噪，省级个人大展举办了两次。他的成功来自于他的"另辟蹊径"，秘诀如下：把一个字分为两半，分别用两种方式写，一半用左手，另一半把鞋脱了，用脚指头夹着笔写，左脚右脚不拘，随心情。你还别说，加上他有意挑选一些生僻字，马上会出来一种极为特别的效果，古朴苍凉，阴森怪诞，天真烂漫，不知其所以然的人，根本看不出蹊跷，只能跟着书协的人赞叹夸奖，而书协的人领了红包，评论起来格外卖力。从这以后潘六一跟阿英会面聊天，不再是文学爱好者跟诗人、小大款跟打工仔，而是书法家跟诗人，两位艺术家之间的平等对话，何等牛逼雅也。

阿英眼里的潘六一，有那么点儿浮夸虚荣，爱自吹自擂，但人家毕竟是当地人，人脉广，门路多，性格又风风火火，帮着联系个朗诵的地方，应该问题不大吧，于是找出潘六一的 BB 机号，抠了他，还别说，这是阿英第一次主动抠对方，连潘六一都感觉到奇怪。

"太阳西边儿出来了？"

"潘兄，小弟有事相求。"

"找我就对了，你说，广东还有我潘六一办不了的事情？"

"潘兄，是这么回事，我们诗社想在南沙搞一次诗歌朗诵活动。"

"没问题，我参加。一直没跟你说，其实我也是个诗人，我写过很多的诗，改天我先拿一百首给你。"

"你当然也可以来朗诵，不，我们肯定会邀请你朗诵，关键不是这个，我们缺一朗诵的地方，一个场所。"

"怎么讲？"

"我相中了你们南沙的祠堂，在那里搞活动一定相当有意思，想请你帮忙联系一下，借用一天，让我们在那里搞一次特别的诗歌朗诵。"

"多大点事儿，你借政府大楼我不敢吹这个牛，祠堂么，自己家一样。"潘六一拍着胸脯。"包在我身上了，不用花诗社一分钱。知道你们穷。"

第二天，潘六一通知阿英，事情已办妥当。

阿英担心不靠谱，跟着去了趟祠堂，见了祠堂主事的，潘六一的三表叔，当面落实了一遍，三表叔为人爽朗，思想开明，表示大力支持。

阿英兴奋地在祠堂转了一圈，端量如何布置会场，这儿放乐器，那儿放音箱，连桌椅板凳都是现成的，上哪儿找这么合适的地方啊？宽敞又安静，别有洞天，诗友们一定会满意的。

潘六一问："怎么样，还中意吗？"

阿英说："中意，中意，十分中意，十分理想。"

他拉过潘六一的手，双手握紧，上下摇了好几下，以示郑重，同时心想："别看他平常不守时，不守信，一副爱吹牛逼的轻狂样儿，到了关键时候，挺能办大事的。"

阿英马上赶往暨大，他要早点儿把喜讯告知诗社的朋友，让他们放心。

诗社的朋友们听后欢欣鼓舞，想象不出在南沙能还能找到比祠堂更适合诗歌朗诵的活动场所了。古老的传统符号跟火热的当代艺术，还有其他活泼好玩的元素，赶在一天聚首碰撞，必定精彩纷呈。

阿英说："小鲁，小江，有件事情跟你们商量一下。"

鲁速说："阿英兄，别客气，有什么吩咐尽管讲。"

阿英说："潘六一的意思，能否在活动中增加一项内容，颁发一个书法奖给他，再颁发一个传统文化守护者奖，给他三表叔。"

鲁速说："没问题啊，这要求不过分，很好解决，学生会要两张空白奖状，填上名字，盖上我们诗社的章就妥了，潘六一的三表叔叫什么名字？"

江辉说："那天不是有现场作画表演吗？让孙猴子画两张奖状，萝卜刻一个章盖，岂不化腐朽为神奇，又好玩又有意义了？"

大家拍手称好。

阿英说："那我就告辞了，老婆等着我吃晚饭呢，拜拜。"

鲁速说："阿英兄，潘六一的三表叔到底叫什么名字？"

"潘金金。"

送走了老社长，现任社长和副社长继续讨论有关朗诵会的其他事项。

江辉说："时间地点确定，该通知与会来宾了，有电话传呼的好说，那些没有电话没有传呼的，我得挨家上门告知。"

鲁速说："五月五日活动，还早着呢。场地解决了，经费还没有着落。咱们的活动下午一点钟正式开始，两点半结束，两点四十就得开始吃，不吃人心就散了。"

江辉说："钱不够咋办？"

鲁速说："还得请思想家刘成杰先生捉几只猫，至少得两只。"

思想家刘成杰只思想不表达，不说，也不写，所以至今谁都不知道他到底思想了些什么，他的解释是，"不急，水满自溢。"不过，不同于一般白日梦思想家，刘成杰的动手能力超强，他发明了好多好玩的东西，单是捕猫器，就有两种，一种是专门捕猫，一种既能捕猫又能捕鼠。

江辉举起双手，说："抗议！猫绝对不能再吃，捉猫杀猫，太残忍，我无法接受，好多同学都无法接受，女同学更无法接受。"

鲁速说："是吗？上次她们可是个个大块朵颐呀。"

江辉说："你没见一年二班的那两位女诗人，一边吃一边流泪，眼睛都哭肿了。猫通人性，多可爱啊！"

鲁速说："原来这样，我真不知道她们香在嘴上，疼在心里，那好吧，猫暂时先不吃了。不吃猫，肉类就得多买，无形中增加了一笔开销。还有酒水，酒水是大头。"

江辉问："经费还差多少呢？"

鲁速说："那玩意儿当然越多越好啊。好在主食一分钱不用花，我跟小包已经打好了招呼，他在食堂帮忙，顺二十个馒头几盒米饭一点问题没有，辣椒、咸菜调料也归他整。"

江辉说："高啊。"

鲁速说："鱼不用花钱，孙猴子会去河沟里钓，能钓不少呢，田螺归我，我去田里沟里随便一划拉就是一大包，我知道哪块田里多。"

江辉说："带我去，那肯定好玩。"

鲁速说："好玩是好玩，别让蚂蟥叮着。点炉子的酒精，从实验室整了一大瓶，管够用。蔬菜咱们从来没花过钱，菜地里摘吧。女诗友有不喝酒的，得买点甜水饮料，还有各种水果，水果又是一花钱大头儿，最后，还得留点儿争取够出一期纸刊。"

江辉说："经费不足我们另想办法，反正猫是不能吃了。不行的话，我们还像上回那样，挨处走一遭，对几个重要目标，来一遍地毯式轰炸怎么样？你笑什么？莫非鲁大哥正有此意？"

鲁速笑着搓了搓手，说："然也，然也，知我者，暨大辉也。"

江辉说："那好，先去炸老秦。"

鲁速说："近水楼台先得月，不炸他炸谁。"

江辉说："上回老秦让乔桥气着了，正好去劝劝他。"

他们来到了秦凯旋的楼下，两人用手做成喇叭状，向楼上喊：

"老秦。"

"老秦。"

"秦凯旋。"

"秦凯旋。"

"老秦。"

"老秦。"

秦凯旋正在家生闷气呢，写作写不下去，看书看不专心，他气乔桥，故意整他；气安丽娜，跟了乔桥；气江辉，在安丽娜家那天，没有同他共进退；气鲁社长，一直挺看重乔桥的；气诗社全体成员，怎么都那么没志气啊！但是当他在屋里隐约听到外面有人喊他的名字，屏息再听，确认是喊他，一下子从床上跳起来，打开了窗子。

"老鲁、老江，是你们，等着，我马上下去。"

"不，我们上去。"

进门二话不说，鲁速和江辉搬箱倒柜。

秦凯旋说："干什么，什么意思？"

江辉说："掘地三尺，筹措经费。"

他俩挪开了床箱。

厚厚一层灰里，埋着一张卷曲着的纸币和五个钢蛋儿。

鲁速打了个响指。

"好家伙么，还有大面额的。"

拾起来看，是张两毛的。

床箱归位，开始挪柜子，又找到了几个钢蛋儿，鲁速吹吹上面的灰，装进了口袋。

秦凯旋见两位社长为了这块儿八毛如此不惜精神力气，一股从未有过的、针对穷诗人当然也包括他自己的悲悯之情，从心底深处油然升起。

"老鲁，"秦凯旋小声说，"老江。"

"怎么了？"

"嗯，怎么了？"

秦凯旋说："我想跟你们说件事。"

"好吧，你说。"

"你说。"

秦凯旋说："事情是这样的，我曾经把一张崭新的十块钱纸币当书签，可想不起来夹在哪本书里了，你们找吧，肯定在这屋里，找到了你们就收下，算我捐献给诗社的了，这肯定比你们又搬又抬的强。"

鲁速和江辉喜出望外，对了一个飞眼儿，立即展开了新的一轮行动，挨本书排查。每本用大拇指搓着书页翻动两遍，再捏着书脊使劲甩动，包了封皮的，统统拆掉，不漏死角。

秦凯旋这屋里没有别的，全是书，桌子上，桌子底下，好多的书，两位淘金者费好大劲全部翻了一遍，却没有找到那张崭新的十块钱，倒是抖出来几张黄色图片，秦凯旋害羞地从地上把它们捡起来，悄悄收好。

两位社长彻底失望。

江辉说："老秦，怎么回事呀？"

鲁速搓着手掌，把搓成卷的脏灰放到烟灰缸里，说："怎么回事呀，老秦？咱可不能对组织说谎，有就是有，没有就是没有，没有谁会怪你。十块钱在哪本书里？不会是在你那本还没有写出来的书里吧。"

秦凯旋有些发急。

"我老秦从不打诳语，不过确实想不起来了，哪本书呢？"秦凯旋抓起一本书，来回翻动了五六遍，仿佛确认在这本书里似的。

鲁速说："老秦，你不必自责，不找了，我们愿意相信你，权当有这么回事儿，十元钱一定在这屋里的某本书里夹着，往往都是这样，别看现在怎么找都找不到，说不定哪一天，它会突然出现在你面前的，你说是吧？"

秦凯旋连声称是："没错，老鲁，就是这么回事，有一次我的手表丢了，找了半个月也没有找到，后来某一天，发现它躺在桌子上无声地嘀嗒呢，就在那一刻，我彻悟了一个词：存在与虚无。"

鲁速说："老秦，以后十元钱若找着了，你自己悄悄留着，我们不要了。"

秦凯旋说："唉，老鲁，什么意思，这还是不相信我呀，我是真心实意地想把它捐献出去，怎么会找到了悄悄留下呢？"

鲁速说："老秦，你诚心诚意捐吗？"

秦凯旋说："当然诚心许诚意，这还怀疑？"

鲁速说："老秦，既然诚心诚意，那给你一次洗白的机会。这样，书里那十元钱，管它在哪本里呢，放在那里不动，早晚跑不了，你从你自己兜里掏十元先垫上，你要是懒得动手呢，我们俩可以帮忙，当然了，你自己往外拿最好，正反都是一个账，你掂量掂量，怎么办合适？小江意下如何？"

江辉撸胳膊挽袖子道："双手赞同。"

秦凯旋说："就怕流氓有文化，动抢啊，士可杀，不可辱，痛痛快快的，我捐五元，另外五元我们楼下吃米线，要两个小菜，喝几瓶啤酒，好好聊聊，几天来我闷坏了，这样总行了吧？"

鲁速说："也好。"

江辉看了看鲁速，似乎有所顾虑，说："这个，合适吗？"

鲁速向他点了点头，肯定地说："可以的，小江，这不算挥霍公款，因为钱没有到我们手，而且老秦明明说了，他只捐五元，另外没捐的五元，他有全部的支配权。"

江辉说："那好吧，赶紧下楼吃饭，吃完了我们再去抄刘成杰的家。"

鲁速说："对头，刘成杰家抄完抄孙猴子家，孙猴子家是重点，画家都比较有钱。"

十　道仔

阿英从暨大回南沙，街口巧遇潘六一，他刚探望过三表叔。阿英客气地邀请潘六一回家吃晚饭，潘六一欣然应允。

阿娇见来了朋友，加做了两个菜。

潘六一饭量跟他的酒量一样大，一桌子饭菜很快被他吃光，阿娇不得不又去加炒了盘花生米和一盘鸡蛋。

潘六一边吃边侃侃而谈，谈他的书法精进了许多，谈他的生意又狠狠赚了一笔，眼看着家里的啤酒快被他喝完了，阿娇又出去换回来十瓶。

阿英说："我跟诗社的同学说了祠堂的事，他们都非常高兴，对潘兄的无私帮助表示深深的感谢，来，我替鲁社长敬潘兄一杯，表示感谢，潘兄，干杯！"

"别提啦。"潘六一举杯干了。

阿英说："潘兄，你真的为我们办了一件大事，也算帮了我个人一个大忙，我个人再敬你一杯。"

"不要这么客气。"潘六一一仰而尽。

阿英马上给他斟满。

潘六一擦了擦嘴，说："对了，阿英，忘告诉你了，三表叔通知我，管祠堂的另外几位老伯不同意搞朗诵，说你们纯是瞎搞，不正经，会惊吓着了祖宗，所以，想在祠堂搞活动，已经不可能了。"

阿英瞪大了眼，半天才轻轻道："你该早告诉我一声。"

潘六一没事人一样说："这不才见着你吗，我也是刚得知消息。没事，我们再另找地方，包在我身上，在南沙，你提我潘六一，都给面子，来，打开最后一瓶。"

真实情况是祠堂的空地被租用了出去，而租用祠堂的商人，正是潘六一介绍给三表叔的，叔侄俩得到了一些好处费。商人进了一批电脑以及相关的电子器材，受货方耽搁了提货，通过潘六一联系上了潘家祠堂，暂时存放一下。

既然放了贵重的货物，就不好再允许诗社搞活动，三表叔有些为难。

潘六一安慰三表叔道："诗社那边儿小意思，我去跟他们说。"

这不，他如此轻描淡写地跟阿英说了。

阿英暗暗叫苦，对潘六一这种不靠谱的人，本就不该抱幻想。

　　阿英给公司老板打电话，请了明天的假，他得抓紧时间另找地方，不能让朗诵计划落空。

　　第二天，阿英到另一家祠堂，跟主事的协商恳请，无果，再去下一家，仍然不行，所有祠堂跑了个遍，一家都没有谈成。他继续转悠着找寻，有没有其他合适的场所，走着走着，来到了一栋刚刚装修停当的大楼前面，大楼已焕然一新，已完全看不出它原来的旧模样。

　　这是阿娇以前租住过的地方，陈伯的老楼。

　　他走近去，两位马仔拦住他。

　　"干什么的？找谁？"

　　"找谁？干什么的？"

　　阿英灵机一动，说："找你们老板。"

　　"找我们老板，什么事？"

　　"什么事，找我们老板？"

　　阿英说："见了你们老板再说。我只跟他谈。"

　　两位马仔对了对眼色，点了点头，态度突然恭敬起来。一个飞快地上楼，一个弯腰伸手说道："请跟我来。"

　　阿英来到了一间办公室，门里一左一右各立一保镖。

　　老板偎在巨大办公桌后面的老板椅上，旁边站着一位副手。先进来报信的那位马仔，站在办公桌的前边。

　　老板忽而面露不屑，他看了看站在旁边的副手，又看了看前边的马仔，摇了摇头。

　　马仔马上拦住阿英，说："对不起，我们认错人了，请走开。"

"慢着，等等。"大老板从椅子上立起身，慢条斯理地说："听说你要找我，有什么事情吗？"

阿英说："对不起，我以为老板姓陈呢。这大楼——"

老板说："它永远不会姓陈了，其实也从来没有姓过陈。不过你有什么事，可以跟我说。"

阿英双手递上自己的名片道："谢谢指教。"

副手截住，接过去交给了老板，老板拿在手里，皱着眉头端详了好半天，才自言自语道："诗人，广告公司主管。"他抬头端量了端量阿英。"诗人？"

阿英上前一步，做了自我介绍，然后直奔主题，简明扼要地说明了朗诵的事情，询问老板能不能支持一下文化事业，在大楼开业之前，借处场地一用。

"不用很大，一中型会议室就可以。"阿英说。

老板跟副手面面相觑，不知所措。桌子前的马仔扑哧笑出了声。

老板用眼色制止，马仔却越笑越大声，带动着副手也笑了起来，两个人笑得蹲到了地上，最后老板也绷不住了，跟着哈哈大笑，直笑得站立不稳，不得不重新坐下，在椅子上抽搐，最后完全瘫化在了老板椅上。

"哈哈，诗歌？"

"哈哈，朗诵？"

"哈哈，五月五日？"

站在阿英身旁的马仔，跟着狂笑。

"哈哈。"

阿英反倒觉得他们可笑，但尽量克制住，没有失态。

阿英说："我们等于间接为贵公司进行了宣传，做了广告。"

"给我宣传？"

"他要给我们宣传，哈哈。"

"哈哈，给我们做广告，广而告之。"

"没听说过，做贼还请人敲锣打鼓？哈哈。"

老板眼睛一瞪道："胡说些什么，丢你老木。"

老板转向阿英，说："咳，咳，别理他们，都是些傻瓜没文化，我们谈点正经的。看介绍，你做广告写诗歌，广告么我还略知一二，诗歌不是十分明白，我来问你。"

"您说。"阿英向前一步，做出认真倾听的样子。

老板说："'月黑杀人夜，风高放火天'，这个算不算诗歌？"

阿英说："算啊，古代绝句。"

"那么这个呢？"老板揉了揉鼻子，欲言又止。

大家屏息以待。

阿英说："请讲。"

老板说："这个，'黑夜给了我黑色的眼睛，我却用它寻找光明'，算吗？"

阿英两眼放光道："当代名句，您懂啊。"

老板仰头哈哈大笑，他晃着脑袋，对副手和马仔说道："'黑夜给了我黑色的眼睛'，特别喜欢里面的两个黑，黑夜的黑，黑色的黑。其实这句诗里，还有一个黑，第三个黑，怎么第三个黑，你们知道吗？"

副手和马仔害羞地回避了老板的目光。

老板转过来望着阿英。

阿英摇摇头，他读诗读语感，看诗看直觉，并不做分析考究，所以不知道第三个黑是怎么回事。

阿英说："请指教。"

老板说："不当真，不当真，都是我自己瞎琢磨，第三个黑，'它'，'我却用它寻找光明'的那个'它'，眼睛，夜，加起来一共三个黑，一片光明为背景，衬托着三个黑，多棒啊，全世界的诗，除了这句，其他我统统不认。朋友，你说你要借用场地，搞诗歌朗诵，我理应支持，可惜这里我还没有装修完毕，急着赶进程，乱七八糟不说，砖头瓦块的，不安全。不过，既然找上我了，不会让你空手而归，给你介绍一场所，那可真是个好地方，再合适不过了。"

阿英有些激动，老板身旁的副手和马仔俯耳聆听，不敢漏掉一字的样子。

老板却一伸手。

"拿笔来。"

桌子上有一个超大的笔筒，插着毛笔钢笔签字笔等等五六十支不止。

副手赶紧上前，从笔筒中抽出一支中号的签字笔，双手塞到老板的手中。

老板在一张白纸上嗖嗖写下两个字，"勇仔"，点了个冒号，然后向天棚上看，停顿了很长时间。

大家继续等待着。

老板向上翻着的眼睛突然翻了下来，俯身一挥而就。

阿英接过纸条，上面写着：

"勇仔：兹绍介一诗人朋友阿英去你处，商谈五月五日借用四十二号库房搞诗歌朗诵一事，因库房我计划在六一儿童节后收回，故暂需尔等接洽协助为盼。盘练。"

阿英说："谢谢盘总，事情成了，我会正式给您发邀请，请您参加朗诵会。"

盘总说："那要先看勇仔给不给我面子。"

阿英说："我诚意去谈，加上盘总的推荐，应该乐观。再见盘总，再见，再见，再见。"经过门口两个蜡像保镖，阿英同样俯身致意。"再见，再见。"

此时已近中午，阿英决定回家吃了午饭，再去四十二号库找"勇仔"不迟。

阿娇开门告诉他，家里来了客人。

阿英说："欢迎！"

进屋却没有看到来人，而其实客人坐在餐桌前的凳子上面，很奇怪地，他像透明似的，不占空间。

直到他站起来，朝着阿英笑了笑，阿英才真正看清楚，来客三十多岁，面颊削瘦，个儿不高，目光犀利。

阿英让阿娇陪客人，他去厨房做饭。

客人表示感谢，说："不用麻烦了，我还有事情。"他看了看手表。"约好了朋友的。今天终于见到了马娇，见到了你，都这么好，我心里踏实多了。"

他从怀里掏出一个信封，对阿英说："好好对待马娇。听马娇说，你们明年结婚，我可能去非洲出劳务，参加不了你们的婚礼了，这是我的一点心意，一定要收下。"

他把信封放到桌子上，没等主人推让，转身离去了。

那人转身要离开的瞬间，阿英强烈感觉到他身上有一种特别的、神秘的，甚至说是恐怖的劲儿。

"不要争，不要送，再见。"

"再，见。"

"再见，叔叔。"

阿英拿起信封，沉沉的，自言自语道："真是个怪人。"

阿娇说："我爸爸生前好友，听奶奶提到过，他去乡下看过我奶奶。"

阿英说："不知怎么，这人有点恐怖，他让我说不出来地紧张，好像不是在自己家里似的。"

阿娇说："他很和善的啊，他跟我讲，当年他刚出来打工的时候，好多事情都不懂，是'马大哥'，我爸，帮助他，开导他。后来我爸出事，好像跟他有点关系。他内疚。"

阿英说："老婆大人，给我下袋方便面，吃完我得去谈事情。"

江辉到安丽娜家打电话。

秦凯旋本来要一块儿来，临行前变了卦，说家里老爷子病了，发高烧，得回家看看。

　　江辉说："别去了，不给药吃，也不送医院，看了也是白看。"

　　秦凯旋说："万不可用昨天的经验推导今天及预测明天。老江，军情紧急，恕不奉陪。"

　　江辉说："我开玩笑的，需要帮忙的话，往安丽娜家打电话找我。"

　　秦凯旋说："谢谢，老江。"

　　江辉说："老秦，要不我跟你一同回去看看。"

　　秦凯旋说："不用，老江，组织活动重要。"

　　第一个电话打小石头的传呼，很快回了，江辉把时间地点通知了小石头，提醒他，乐队可以提前一天把音箱架子鼓等运到祠堂，小石头算了一下日子，告诉江辉，他有一首写南沙村的歌马上写完排练，正好赶得上，献给南沙，献给朗诵会。

　　江辉说："那太好了，你的歌词就是诗，既写实又抒情，诗社的同学都非常喜欢。"

　　安丽娜问："写《徘徊高第街》的那个小石头吗？"

　　江辉说："是他。"

　　安丽娜说："那我得找他签名。"

　　第二个电话打到化工厂，找思想家刘成杰，工友说他拉屎去了，十分钟以后再打。江辉刚要挂断，工友说等等，拉屎的人回来了。

　　江辉说："捕猫器啥的不用带，这次我们不吃猫。"

　　刘成杰说："不带就不带，你以为我愿意费那力气？"

江辉问:"你怎么走?"

刘成杰说:"我思考思考。"

江辉说:"请尽量快一点,这是借别人家的电话。"

刘成杰说:"思考完毕,坐公交车。"

江辉说:"好,我们派自行车去接你。车票钱交公。"

江辉对安丽娜说:"瞧,又多了一份公款。"

安丽娜笑了笑,说:"真有你们的。"

第三个电话打给了画家孙猴子,交代他钓鱼的事情。

江辉说:"鲤鱼鲫鱼鲢鱼鳝鱼,啥鱼都要,泥鳅也可以,能钓多少就钓多少,钓多了拿到村口卖,卖了钱可以多换几瓶珠江啤酒啊。还有,把刻章的刻刀带上,有用。"

该打的电话都打完了,有两个传呼没有回,江辉不想等了,他在安丽娜的书架上挑选了十几本书,向她告辞。

安丽娜挽留他吃饭。江辉挑书的时候,安丽娜已经在厨房准备好了几个小菜。

江辉问:"乔桥回来吃吗?"

安丽娜说:"应该不会。"

江辉说:"你们不是男女朋友吗?"

安丽娜说:"没错儿,不过,"她撩了撩头发说,"我是自由的,他也是自由的。陪我喝一点儿红酒。"

她启开一瓶威士忌,往两只高脚杯各倒了一点。

"干杯!"她说,"你也是自由的,诗人都是自由的,诗的灵魂就是自由,自由的灵魂称为诗。"

江辉说:"没错,自由的灵魂可称为诗,说得真好,这是谁说的？"

安丽娜说："乔桥。"

面对安丽娜，江辉思想斗争了好一阵子，不是因为乔桥，大家都知道乔桥从来不缺女人，除了安丽娜，他还有其他女朋友，而秦凯旋就少有什么人喜欢他了，从感情上说，江辉跟秦凯旋更近一些，既然老秦说过安丽娜是他的情妇了，那江辉就只能跟安丽娜保持距离，这是最基本的"义气"，他一点儿都不想因为安丽娜伤害到老秦，虽然老秦嘴上再三说讨厌安丽娜，也是不可以的，再说了，那明显是老秦的气话，但是，当安丽娜翘起脚尖，双臂挂上了江辉的脖颈，胸脯挤着他，再正经、再要强、再讲义气的小伙子，也只好举手投降了，更何况他还是个童男子呢，如何经受得住，"老秦，你打我一顿吧。"他控制不了，很可能压根儿就没怎么控制，他狠狠地抱住了安丽娜，笨拙地亲她，安丽娜马上回吻，热烈地吐出舌头，她只穿着一件睡衣，不知怎么回事，那睡衣自动掉到地上去了，他碰触到她细小的乳头，像触到了开关，安丽娜嗓子里发出一串银铃似的笑声。

江辉用手背擦了擦额头上的汗。

他被她引导着，来到沙发上，完成了初体验。

女神温柔大方，满足了诗人全部的渴望和好奇。

江辉紧紧搂着安丽娜，充满了甜蜜和感激，正是这位奇女子的热情和慷慨，他得以初尝云雨，成了"有经历"的男人了。

安丽娜说："今儿晚别走，留我这里吧。一会儿带你去爱侬咖啡喝下午茶。"

江辉想："我这不是也有情妇了吗？一定要写首诗纪念一下。"

阿英吃过午饭，去四十二号库拜访"勇仔"。

豆文涛接待了阿英。

阿英说明来意，双手把盘总的条子递了上去。

豆文涛勃然大怒，纸条扔到了地上，喊人进来，把阿英扣了下来，阿英不明就里，直喊误会。豆文涛从沙发底下抽出砍刀，急冲冲来到门外，看看有没有人跟来，没有，他才回到办公室。

若不是见阿英一脸无辜，人长得文弱，而且跟自己最崇拜的香港演员郑少秋有七八分相像，至少会抽他十来个大耳刮子，那都不算解恨。

豆文涛收好砍刀，捡起纸条，从头到尾再仔细看了一遍，心头火又起，也不管像不像郑少秋了，照着傻乎乎信使的屁股，狠狠地踢了一脚。

阿英抗议道："你怎么打人呢？"

豆文涛大叫："老子还要杀人呢，你他妈的六一节后收回？收回个头啊。"

阿英说："收回？什么收回？那是你们的事情，我怎么知道？我只想借用个可供诗歌朗诵的地方。拿刀动枪的，干吗，吓唬人？真伤了人你负得了责任吗？"

　　豆文涛气得哇哇大叫："吓唬人？老子这就砍了你，你信不信？"

　　阿英说："砍我？为什么啊？我跟你什么仇，什么怨？"

　　豆文涛绝望了，抡起拳头直往墙上捣。

　　豆文涛给勇哥打电话，不在服务区内，找不到，阿力在海南，赶不回来。豆文涛干脆把阿英关进了库内的一个小屋，不放回家。然后安排弟兄，带好家什，密切观察，严防死守。

　　第二天，豆文涛联系上勇哥，电话里把阿英和盘练纸条的事情讲了，勇哥听得一头雾水，一开始，他跟豆文涛一样，以为阿英是盘练派来寻衅的马仔，可听着听着感觉不像那么回事，很可能是误会了，平白无故关了人家一夜，不合适，请他过来喝杯下午茶吧，当面看看怎么个勾当。

　　豆文涛拿件衬衫包了砍刀，跟两个弟兄押着阿英，拦了一辆的士。

　　"去爱侬咖啡。"

十一　神秘纸条儿

　　后半夜还不见阿英回家，阿娇下楼打传呼，好久没见回，这是以前没有的情况，她开始慌张，又等了一阵子，越发心慌，决定去找珠珠。

　　敲开珠珠家的门，把情况讲给她听了，珠珠也觉得不对头，跟阿娇一同来到街边，打公共电话给陈伯。

阿娇说："不好意思麻烦陈伯了。"

珠珠说："没事的，老陈比咱们有主意。"

陈伯打的过来，了解了情况，一时拿不出更好的办法，继续打传呼。三个人围坐在公共电话旁，等着回电。

过了一会儿，陈伯说："阿娇，这样吧，我们在这里等，你回家，万一阿英回去了呢？"

阿娇说："那好，阿英要是回家了，我给陈伯打传呼。"

珠珠说："有新情况我们互相通气，别害怕，不会有什么的。"

阿娇走了，珠珠拉开陈伯，离看管公共电话打瞌睡的胖大姐稍远了一点。

珠珠说："有件事要跟你讲呢，上回窗外扔了那块石头不是么，今天下午，不，应该说昨天了，昨天下午，从窗外，又扔到我屋里一块石头，两次都是瞅着我在家的时候，这回我有警惕了，马上跑到窗口，看见个背影，是个男人，大块头的男人，一闪，拐弯不见了。我打开包着石头的纸条。"

陈伯问："这回写了什么？"

珠珠说："字字揪心，'速速通知勇哥，道仔已到南沙，这几天就要动手！'"

陈伯说："交给阿勇了？"

前两天珠珠收到一张纸条，纸条裹着块石头，从窗外"咚"地扔在地板上。珠珠家住在一楼，随便从窗前走过的人，都可以从开着的窗子往里头扔，珠珠没当回事，以为哪个小孩子调皮，她捡起纸条看，写纸条人竟然知道她的名字。"珠珠，不用管我是谁，冒死报知一件重要事情，请务必面告勇哥，盘练雇了一位杀手，叫道仔，要来做掉勇哥。"珠珠立刻呼来了陈伯，两人一商量，都觉得事态严重，无论真假，应该立即交给刘勇，于是珠珠跑去找到刘勇，把纸条给他。刘勇看那字，明显是用左手写的，他想了半天，想不出盘练的阵营中会是谁能帮他。宁可信其有，不可信其无。勇哥决定搞几根长家伙，增强实力，跟盘练干到底。阿力去海南，勇哥则跟一个专门从事秘密交易，名叫老管子的人联系上，一面接受他的心法训练，一面等着从他那里搞到一支真正的好东西。那个老管子亦非等闲之辈，在他的行当里，屹立江湖多年不倒，没有点绝活儿怎么行。他眼睛毒，嘴巴紧，不可靠的买主，出多少钱也不跟你做，甚至见都不见你，一旦跟你做了，你放一百个心等着，头拱地也要办到，你不说的，他从不问，第三者休想从他嘴里打听出买主的丁点儿信息。也不知为什么，老管子见了勇哥，发自心底里喜欢，主动把自己的经验倾囊相授，"不要主动用劲儿，放松，再放松，刚好能把它端起来就行，注意天秤的另一端，就是你的神经，要做到松紧适度，太松就懈了，太紧就僵了，特别注意食指，骨头和筋都抽走了，只剩神经，一丝拙力不使，让它不知不觉中响了最好。"老管子不肯拿那些仿制的破烂货糊弄勇哥，好汉配骏马，终于有了确切的信儿，他才通知勇哥有谱了，马上会有一把真正的好家伙，冒过几次烟的，三两天之内，再冒最后一次烟，退役到他的手，他会郑重把它交给勇哥，好物件有灵，愿意找一个好主人。勇哥兴奋异常，这段时间，他一直在刻苦做着轻重两种练习。轻的用一只塑料玩具，端起，放下，练放松；重的是底下吊一块砖头，练习臂力和稳定性。老管子指导他，等轻重练习差不多了，宝贝也该到手，宝贝到手只练宝贝，其他任何东西能不过手就不过手，最好拿筷子都改成左手，"让右手饿着，明白吗？"

珠珠回答陈伯道："交给阿勇了。我真有点为他担心。"

陈伯说："对呀，最好让阿勇出去避一避吧，盘练手黑，为了他的'事业'，什么事都干得出来，当年跟对岸赵霸子争码头，半年后等机会他逮住了赵霸子，舌头割了，绑只井盖沉了江。珠珠，我在这里等电话，你回家睡会儿吧，看看小妹儿，醒了找不着你，该害怕了。"

珠珠说："我回去看看，马上回来。"

看着珠珠离去，陈伯叹息，他打心里面喜欢珠珠，希望她能嫁给自己，提过几次，珠珠终归有所顾虑，后来整得他也怕了，怕惹恼了她，连做普通朋友的机会都失去。

一会儿珠珠回来，拿了件厚衣服给陈伯披上。

珠珠说："放心吧，小妹儿睡得很好。"

她给陈伯整理整理衣领，说："后半夜天凉，别感冒了。"

陈伯动了情，说："珠珠，我还是想对你说。那天你说过考虑考虑，考虑得怎么样了。再考虑下去，可真的把我考虑老了。"

珠珠说："我说过考虑考虑，我也说过咱俩不合适呀，说过好多次了，这个你怎么记不住呢？"

陈伯说："可我就是忘不掉你，怎么能忘得了呢，一睁眼，一闭眼，想的都是你和小妹儿。"

珠珠说："老陈，我知道你对我好，对小妹儿也好。我也想过了，其实你条件相当不错，只要你点个头，好多外地妹儿了，争着愿意嫁给你呀。"

陈伯说："珠珠，除了你，我一个也看不上。唉，难道我一辈子真就这么白费了，前一半生找个老婆挨打受气，后一半生一个人孤独到死？"

珠珠说："不会的，你人那么好，一定能找到一个称心如意的老婆。她跟了你，也算是有福的。"

陈伯说："不要，不要，除了你，我谁都不要，刘晓庆钟楚红要跟我我都不要，我只要你。"

珠珠说："别乱掰了，刘晓庆钟楚红能看上你？我能赶得上她们？"

陈伯说："对我来说，你比她们强一百倍。"

陈伯去拉珠珠的手。

珠珠说："来电话了！"

电话在响，一声比一声大。

陈伯起身，三两步跑到电话旁，一把抓了起来。

珠珠凑上去听。

并不是阿英，一个醉鬼，打错了电话。

里边看电话的胖大姐，早已靠在椅子上睡着了。

珠珠说："老陈，我也总想着这些日子，你对我们母女的种种好，而且，你这个人，说真心话，我觉着哪个方面都不错，就是，那个什么，你说，你是不是真的有点岁数大呀。"

陈伯低下头，说："有点岁数大，可是，也就大二十岁呗。"

珠珠说："二十三岁，还不嫌大吗？大很多了，我有个姨，她比我姨夫小十岁，我记得她总爱说，'找男人可不能找岁数太大的，成天就知道迷糊睡觉。'"

陈伯说："那你看看我，成天迷糊睡觉了吗？我的精气神多足啊。"

珠珠说："今天看还好，可也许明天就不那么好了，老陈，我这样说，没有咒你的意思，不论怎么看，你马上进入老年，我还年轻。再说了，女人本身比男人活的岁数长。"

陈伯说："但是我太爷爷很长寿的，活了一百岁的，耳不聋、眼不花的，还能下地干农活儿呢。如果我们结了婚，我一百岁，你也快八十了。"

珠珠说："活一百岁、八十岁，我还真没想那么远呢。"

陈伯说："怎么不想那么远？那时小妹儿结婚嫁人，生了一大堆孩子了，我们做外公外婆，其乐融融。珠珠，我告诉你吧，我身体挺好的，一点儿病都没有，你是担心男女之间的事，我将来没有能力吗？我告诉你吧，只要保养得当，男人到了八九十岁，照样可以过夫妻生活，这可不是我凭空瞎说，这是经过科学证明了，千真万确的事情，哪天我把那期《茶余饭后》找给你看，你不信我可以，但不能不信科学。"

珠珠说："不看，不看，快别那么说，我不是那个意思，你想歪了，这些年没有那个事，我不也过来了吗。我怕你死在我前头了，我害怕这个。"

陈伯说："我又没病没灾，说得我行将就木了似的，不会的，我还要再活五十年呢。小妹儿很快该上学了，你自己一个人，总是难，我们一块儿过，我们去市里住，学区好，去文化宫学点音乐舞蹈，补补文化课，都很方便，咱们怎么样都无所谓，可不能亏待了孩子啊。"

珠珠说："可不是吗，我这一切还不都是为了小妹儿将来能好？其实一个女人还图什么，有个男人对她好，对她的女儿好，那个男人经济条件算不错，又肯诚心帮助她们，她还有什么不满意的。可是，老陈，我——"

陈伯说："我知道的，珠珠，你那么年轻，跟了我亏了，可是我会一百倍对你好，不让你受丁点儿委屈。孩子她爸那边有消息吗？"

珠珠说："没有。想必过得不容易，不然不会不过问小妹儿。"

陈伯说："你跟小妹儿的爸爸，有复合的可能是吧？"

珠珠说："没有了，老陈，比我跟你好的可能性还要小一千倍。"

陈伯说："那我就放心了。珠珠，你是不是害怕肥婆呀？肥婆人凶，不讲理，可我们已经正式离婚，两清了，我的事跟她一点关系都没有，你用不着再害怕她。"

珠珠说："我不害怕她，我怕她干吗？你还不了解我，陈伯，假如我们真的成了一家人，你别当真，我只是说假如啊，她还敢欺负你，打你，我挺身而出，保护你。"

陈伯说："谢谢珠珠，我知道你会的，其实吧，我也不是怕她，想一想，觉得她怪可怜的，家庭不正常，从小把她宠坏了，又多跟些恶人接触，才养成了那么个坏脾气，她本质上不应该那样的。"

珠珠说："陈伯你人真是好，这样都不肯说肥婆的坏话。"

陈伯说："珠珠，你看！"

天空反射下来的晨光，已悄然笼罩到了南沙。

温暖明亮的晨光，穿过两座楼之间的缝隙，照到了珠珠的头顶上。

陈伯看着珠珠。直看得珠珠害羞起来。

陈伯也不好意思了，他抬头仰望，说："天亮了！"

珠珠说："啊呀，真快呀，天亮了。"

陈伯说："珠珠，你看，我们多好，聊天聊到天亮了。"

珠珠说："不知阿娇那边怎么样了。"

陈伯说："我照顾小妹儿，你去看看阿娇。"

江辉和安丽娜来到爱侬咖啡。

跟热情开朗的姑娘聊天，永远不必担心冷场，带着耳朵就行了，一落座，安丽娜便自顾自说起来个没完。

天南海北讲了一大圈，安丽娜吐露了心底里的秘密，她不为人知的初恋，虽不过是个萌芽，原以为早已经淡忘，实际上却铭心刻骨，惦念至今，那瘦瘦的少年才是她诗歌的真源头，她写的诗，都是指向他的。

江辉问："他叫什么名字？在不在我们诗社里面？"

安丽娜说："他姓蔡，大家叫他瘦子刀。"

"诗社名单好像没有姓蔡的。"江辉道，"你的诗指向一个人，而我的诗，其实都是写在我自己，之前我还没意识到，这么多年来，原来一直都是在'我我我'，过于狭隘和自恋了。丽娜，那个瘦子少年后来哪里去了呢？"

安丽娜说："早先我以为他跟着他爸回老家，回乡下，不在广东了，不然不会不来找我的。可最近我不这么认为，有一种强烈感觉，他在我身边。好几次做噩梦，他被大火包围了，向我呼救，我骑着摩托车，拼命往火里冲，大火像堵墙一样，把我弹了回来，我急得大轰油门，准备再向里冲，每次到这个时候，我醒了。"

江辉望着面前的奇女子，再望望玻璃门外的街道和行人，一瞬间，千真万确地见到了，时间，没错，就是时间，无形无相的时间，正在以一种眼睛能够看得到的方式，洋洋洒洒地在他的面前流逝，更加出乎意料的是，他同时看见了护送他来南沙的老乡，邻居，刘勇，勇哥。

勇哥被四个弟兄前呼后拥着进了门，朝江辉这边走来，很快，勇哥发觉异常，他定睛一瞅，竟然是江辉，兴奋得不行，特别当他注意到，江辉竟然带着一位漂亮女人，更是惊奇，而江辉见刘勇穿戴打扮出众，手持大哥大，带着几个兄弟，也是稀罕。

"勇哥。"

"江辉。"

"好久不见，你都好吗？"

"好，你怎么样，你也都好吧？总想去学校看看你，又总有理由往后拖延。"

"勇哥，我也常常想起你。"

靠近窗边的位置，坐着两位男性客人，似乎被刘勇和江辉相逢的情景吸引，其中一位朝着勇哥这边打量，他盯了一阵子，辨认清楚，站起身，走了过去。

他直奔刘勇。

刘勇察觉，转向来人。

那人说："嗨，朋友，你还记得我吗？"

刘勇一听这特殊的声音，喜出望外。

刘勇说："是你吧？"

那人道："是我，你还没有忘记。"

刘勇说："怎么会忘记，陈明，火车站淋浴，我一直记得你呢。"

陈明说："真是无巧不成书，我们又相见了。"

刘勇说："你不一定记得我的名字了，我叫刘勇。"

陈明拍了一下脑门，说："对，刘勇，刘勇。"

勇哥身边的马仔推了陈明肩膀道："叫勇哥。"

刘勇制止了，让兄弟们另坐，他要跟老朋友叙叙旧。

陈明笑着说："勇哥，混成大哥了，不简单。我虽然没有记住你的名字，可你的神情留在了我的脑海中，千万人中也认得出。"

刘勇说："你呢，你怎么样？生意越做越大了吧。"

陈明说："是啊，自你我浴池一别，做什么什么赚钱，关键找到了未来最有前途的投资，南沙那边儿正在筹建电脑城，我准备包一个大卖场。"

陈明招呼跟他一起的朋友，介绍给刘勇。

"潘六一，刘勇。"

潘六一上前伸出手，说："久仰，久仰，我家在南沙。"

勇哥跟潘六一握了握，说："邻居。"

潘六一说："还望勇哥多多关照。"

刘勇说："彼此彼此。"

刘勇开了个包间，招呼江辉、安丽娜、陈明和潘六一，可还没有走进，豆文涛已押着阿英过来了。

勇哥站下。

豆文涛上前跟勇哥说话。

阿英眼尖，看到了跟勇哥在一起的江辉。

"江辉！"阿英喊。

江辉一愣。

江辉说："阿英兄，这是怎么回事？"

勇哥看到阿英一副书生模样，便知道了个八九，主动向阿英赔礼道歉，恳请原谅。江辉和潘六一听阿英诉说，才明白发生了那么多事，好在阿英并未受到实质的伤害，便安慰劝解，豆文涛见此情形，赶快向阿英连赔不是，安丽娜觉得十分好玩，潘六一掏出盒健牌香烟给大家分发。

阿英一向大度，他说："没事的，误会一场，不算什么。"借了勇哥的电话，通过电话亭向家里报了平安。

豆文涛去旁边包间陪他的兄弟。勇哥招呼大家，落座看茶。

阿英不明白江辉怎么会跟勇哥如此熟络。

江辉笑了，讲起他们是老乡、邻居，还是勇哥一路护送他到暨大报到的呢。

于是大家七嘴八舌，纷纷道出原因出处，陈明经常来广东做生意，而潘六一是陈明的生意伙伴，两人正谈生意，看见勇哥跟江辉巧遇重逢，而被豆文涛押来见勇哥的阿英，在这里看到了诗社的江辉，更没想到放他鸽子的潘六一也在场。

阿英从头到尾，把事情的经过讲了一遍。江辉吃了一惊，祠堂不借给诗社用了，这可如何是好？

潘六一羞得无地自容，原来陈明就是租用祠堂的那个生意人，正是他介绍给三表叔的，所有误会、巧合、矛盾、疙瘩，都在这里挑明了。

勇哥说："阿英，江辉，这样好不好，如果四十二号库你们看得上，觉得还合适，随便给你们用，如果没看上，我再想其他办法。"

陈明说："我占用了你们定好了的场地，实在不好意思，我出点赞助费做补偿吧。"

江辉看了看安丽娜，说："确实有点儿麻烦，刚才不久，我已经电话通知了参加朗诵会的人，地点就在潘家祠堂。改四十二号库我须马上更正，晚了来不及。"

安丽娜说："可麻烦了，得一个一个打电话找。最好别改，就潘家祠堂了。"

勇哥说："也是，换地方牵扯太多，不如这样，如果陈兄肯通融一下，把货物搬到四十二号库去，祠堂不就倒出来了吗。"

陈明说："勇哥高明，我举双手赞成，这样吧，潘兄。"他转向潘六一。"我把货物搬走，不用祠堂退钱，只当诗社付的场地费，祠堂那边儿不会有意见吧？"

潘六一说："祠堂原本就是无偿给诗社朗诵用的，都怪我三表叔，给诗社和我好朋友阿英造成了这么大麻烦，真对不起。"

勇哥说："就这么定了。"

道仔从阿娇家出来，来到了盘练的大楼，几个民工进进出出，往大楼里搬运家具，他慢慢靠过去，跟在民工的屁股后面，进了大楼。

大门口站岗的两个马仔没有任何警觉。

道仔径直来到盘练办公室，经过门里那两个蜡像保镖，飘然站在了盘练的面前。

"盘总。"

　　两位保镖这才发现有不速之客光临，赶忙上前阻拦，却被盘练喝退。

　　"都去门外待着吧！"

　　盘练很不高兴，不用说，此人必是道仔无疑，这意味着，如果道仔是别人雇来的杀手，那么他已一命呜呼了，不过转眼他又释然，从另一方面看，这不正是他找道仔的原因所在吗？让一位隐身人去干掉勇哥，定将探囊取物。

　　屏退了副手，盘练跟道仔洽谈业务。

　　盘练要求道仔快速完成这个活儿，三天之内，认清楚目标，干掉他，然后离开南沙，从此再无干系。

　　道仔答应。

　　盘练表示将全力配合，他让道仔今儿晚上好好休息，明天派两个弟兄来带他确认目标。

　　道仔跟盘练探讨了几个细节问题，起身告辞，在巷子里转了两转，离开南沙，过了江。

　　他有个老友住在江对岸，道仔的五四枪是从老友那里买的。

　　老友叫老管子。

　　不知怎么，自从见了马大哥的女儿女婿，从他们家出来，道仔突然萌生了退意，是啊，孩子们都已经长大成人，快要结婚了，结了婚会生孩子，那美好的未来日子，在阳光里活泼泼地显现，而他却仍要在阴暗中煎熬，好没意思，他讨厌这种灰暗无光的感觉，那滋味，于是他果断做出决定，南沙将是他的最后一票。干完这一票，人退休，枪归原主。

老管子带着道仔到了一处秘密处所。

老管子亲自下厨，做了几个拿手的小菜。

因为须时刻保持清醒，两位都不贪杯，一瓶干红见底，不再喝酒，开始喝茶。

老管子在香炉里点燃了几片极品海南老沉香，烧水沏茶，茶是最顶级的大红袍，从那五棵古树上采摘下来的。

道仔说："本应把它一埋了事，但我做不到，它早已成精，是个活物了。它的命应该比我长。"

老管子说："给我吧。我收了。有人想它想得睡不着觉。"

道仔说："再好不过。这世上不平事太多，需要它去摆。不过千万不要交到一个蠢材手里，给糟蹋了。"

老管子说："不会，他绝对配得上，堪称最佳人选。"

道仔说："三两天的事儿，不超过三天，我亲自交到你手里。"

老管子说："这就打电话，让他高兴高兴。"

他拨了个电话，告诉电话那头的人，好货已经有谱了。老管子对着话筒说："再坚持个两三天，冒完最后一次烟，它就是你的了。"

道仔没有问"他"是谁，其实问了也白问，老管子不会透露半个字，这也是他们相交这么多年，对老管子放心的一个重要原因。他来这里，只是找老朋友唠一唠心里话。他原本可以一连几十天一句话不说，但自从见了马大哥的女儿女婿，他变了，特别想找个人说说话。

道仔所谓的说说话，是找一个知音相向而坐，抽支烟，喝口茶，唠几句家常。

道仔没有透露他的具体目标，老管子当然不问，只烧水倒茶，相视微笑。

道仔向老管子请教了几个问题，缅甸和柬埔寨哪个国家更适合隐居，从云南过境容易不容易，有什么讲究？

凡自己知道的，老管子皆如实相告。

盘练送走道仔，便着手下一步事项，他的想法简单明确，只要干掉勇哥，其他如阿力豆文涛等"废料们"均不在话下，瘦子刀的伤也基本养好，单他一个，对付"废料们"已绰绰有余。干掉了勇哥，四十二号库就是他的了。

他安排副手丑福道："电话香港教授，带着设备前来报到，工厂随时可能开工。西北牛哥那边儿，催货催得紧哪。"他推开双手，撒娇状。"遗憾的是，哥哥我囊中无货啊。"

十二　重逢

市二院的病床上，秦凯旋默默祈祷，此时的他，一点不贪心，只一天一天地向神乞讨，这小气的神，他觉得好好笑，自己一向胆小怕死，结果却说死就要死，唉，可怜的"人"啊。

秦凯旋偷看病志，知道自己得了白血病，那时他还能下地走动，现在不行了，他躺在病床上，睁一下眼睛都感到累。

鲁速、江辉、安丽娜、乔桥来到医院探望秦凯旋。只有两张探视证，他们轮换着上楼，说是探望，其实在做最后告别。

鲁速和乔桥先上楼。

他俩出来的时候，眼圈红红的。

江辉问："怎么样？"

鲁速摇摇头。

乔桥说："一直在睡，没有睁眼睛。诸位，这地儿没法待，我先告辞了，丽娜，到家给我打个传呼。"

江辉和安丽娜来到秦凯旋病床前。

虽然已有心理准备，江辉还是大吃一惊，他怎么瘦成了这个样子？

安丽娜强忍着没有哭出声来。

秦凯旋睁开了眼睛。

安丽娜手握成拳头，向秦凯旋示意。

她说："凯旋，加油！"

江辉跟着举了举拳头。

他咬着牙，说："老秦，加油！"

秦凯旋咧咧嘴角。

江辉说："老秦，你想说什么？"

秦凯旋歪了一下脸，闭上了眼睛。

　　安丽娜手伸到枕头下面，取出一个小本子，翻开来，是秦凯旋写的诗。

　　安丽娜说："放心吧，凯旋，南沙朗诵会上，我读你的诗。"

　　江辉说："老秦，好好养病，等下一次朗诵，你自己来，我们还是愿意听你原声的。"

　　秦凯旋的眼皮动了一动。

　　安丽娜小声说："他在笑，我们不要哭，不要哭。"

　　江辉泪流满面。他说："你搞什么鬼呀，老秦。"

　　瘦子刀摩托车摔伤住院，头两天躺在床上不能动，安排了个小弟照顾起居，刚可以下地，他把小弟支走，一个人独处，静一静心。住院期间，盘肥婆共来露过两次脸，说忙着打麻将，匆匆来，又匆匆去了，为了方便她消遣，盘练重新配了个小伙子给盘肥婆开摩托。

　　夜深人静之时，瘦子刀盘问自己："如果自己一下子摔死了呢？"

　　他列举了种种可能，虽然条条悲惨凄凉，但每一条都可以接受。他唯一不放心的是父亲，这段日子，不知道他的身体怎么样了。他的眼前闪过妈妈，闪过少女安丽娜，对拼过刀子、打过死仗的瘦子刀来说，死，真的不是那么可怕。

　　他接着问自己："如果没有摔死，而是摔瘫痪，没有康复的可能了，将会如何？"

　　每一条答案都是可怕的。除了父亲，不会有人管他，而他根本不想让父亲知道。没有钱，医院会把他赶走，至于盘练或肥婆，压根儿别想指望，可怕，即便想跳楼自杀，都动弹不了。

　　对这两个问题的思考，已足够让瘦子刀大彻大悟，这几天他考虑最多的事情不是死，而是活，接下来他将怎样去活，出院的时候，一个大胆的计划，已经在他的脑海里设计成形。

　　从秦凯旋的病房出来，江辉和安丽娜进了电梯。

　　电梯里，刚出院的瘦子刀，认出来了安丽娜，那个在他每一次假想死亡时都要想到的少女，在他还活得好好的时候，现身了。

　　前所未有的窒息感险些令瘦子刀失去知觉，仅次于摩托翻车，电梯下到一楼，瘦子刀才缓过心神。

　　电梯门打开，瘦子刀抢前一步，想快速离开。

　　安丽娜不敢相信她的眼睛。

　　她不相信这个酷酷的小伙子就是她梦寐以求、日思夜想的少年诗人。

　　她惊呼："是你？"

　　瘦子刀没有勇气继续装下去了。

　　安丽娜把秦凯旋的诗歌交给江辉，扑了过去。

　　他们拥抱在了一起。

　　十多年的分离，换来三天三夜如胶似漆。

安丽娜问瘦子刀道："你为什么要躲开我？这些年来，你怎么不来找我？你受伤住院是怎么回事？你知道我一直在惦念着你吗？这些年，你是怎么过的？想我吗？常常想我吗？"

瘦子刀道："过几天我就离开广东了，永远离开，到一个谁都找不到的地方去，到乡下。"

安丽娜说："你去哪里，我去哪里，我再也不会让你离开。"

爱侬咖啡跟朋友们告别，勇哥回到四十二号库的办公室，当晚，阿力海南回来，带来几根长家伙。

勇哥说出想法。

阿力和豆文涛一致赞同。

勇哥的意思，与其坐等敌人上门，不如主动出击，先发制人，干盘练！

豆文涛说："勇哥，就等你这句话了。"

阿力说："对，早打早主动，擒贼先擒王，要干就往死里干。"

勇哥说："耐心再等两三天，等我宝贝家伙到了，不用你们动手，在旁边看着就行。"

十三　神秘人现身

油炒田螺，陈伯的拿手菜，鲜嫩有回味，给珠珠小吃

摊赢来好多回头客。陈伯的特别之处是在下锅前，吐泥洗
净，白醋泡洗五六分钟，白醋是秘方的关键，泡肉，洗壳，
去除了泥腥味，螺肉不易老，下锅后用急火爆炒，再加葱
加姜加蒜加辣椒。

　　每天清早陈伯来珠珠家，一是加工田螺，二是让珠珠
放心出早摊，陈伯过来，孩子可以睡个自然醒。

　　洗田螺的时候，窗子异响，陈伯蹑手蹑脚出门，快速
绕了过去。

　　有个大汉扒着窗子往里张望。陈伯胆子大，一把抓住
了他的胳膊。

　　大汉一哆嗦，把手中的什么东西扔进了屋里。

　　陈伯乐了。

　　"猪头朱？"

　　"陈老板。"

　　"屋里说去。"

　　四季春那次猪头朱被勇哥从瘦子刀手中抢下来，因猪
头朱不受大家待见，便识趣地离开南沙，去了海丰，投奔
一个跑船的老哥们儿，到了才知道情况有变，整条海上黑
运输线已经被盘练收买，成为了"事业"的一部分。这是
猪头朱完全没有想到的，一时进退两难，后来在老哥们儿
的劝说下，选择了一个大胆的保全之策，回南沙，负荆请
罪，争取盘练的饶恕，只有这样他才能在广东继续混下去。
盘练对猪头朱本来就没有仇怨，整治他完全是因为包头牛
哥，眼见猪头朱服软，又是个大块头，正是用人之际，顺

水人情给跑船的兄弟一个面子，放了猪头朱一马，安排他
专门跟着小屁老大一伙，以后有了成绩，再提拔重用不迟。
猪头朱活泼好玩，懂得施些小恩小惠，很快便跟弟兄们打
成一片，能听到一些"高层秘密"，盘练请道仔，就是跟
弟兄们喝酒时知晓的。眼看着一条鲜活的生命就要被毁，
猪头朱坐立不安，回忆跟勇哥相处的日子，实在不忍，思
来想去，觉得珠珠是个可靠之人，就写了纸条，选珠珠在
家的时候，从窗户扔进去。

　　进到屋里，猪头朱对陈伯说："陈老板，你从来爱护
勇哥，去跟他说说，让他离开南沙吧，道仔已到，动手就
在这两天，三十六计走为上。我只能帮到这一步，漏了消
息，我脑袋也没了。"

　　陈伯赶快找到勇哥，把猪头朱的事讲了。

　　"好汉不吃眼前亏，还是躲一躲吧。"

　　勇哥一拍腰间，说："放心，陈伯。"

　　勇哥腰里别着一把真正的大五四，刚从老管子那里得
到的。

　　盘练从来没有这么气愤过。

　　以前生气他骂人打人甚至杀人，现在看来那还没有被
气到顶点，没有到无语的程度，想一想吧，盘练被气到无
话可说，用一个医学术语形容，患了障碍性失语，是个什
么样的情景？

　　这是让道仔给气的。

　　那天，小马仔做眼，给道仔指认目标，道仔认清了目标后，却突然做了个匪夷所思的决定，不干了，拜拜了，没错，道仔没有去执行合同，而是决定辞工，炒了盘练的鱿鱼。

　　当时，小马仔领着道仔，躲在路边一小饭店里，等着勇哥经过。勇哥如期而至，小马仔远远地做了指认，道仔要小马仔待在原处别动，起身朝着目标走去。

　　勇哥每天来粤生茶楼吃早茶。他带着两个弟兄，大摇大摆地走向茶楼，道仔从一旁的小饭店出来，跟他迎面而过。

　　勇哥扫了一眼道仔。

　　道仔浑身颤抖，摇摇晃晃走到街口，拐过弯，双手扶着墙，要昏倒似的。好半天才恢复正常。

　　道仔去找盘练。

　　道仔对盘练说："对不起，你另请高明吧。"

　　盘练张口结舌，半天说不出一句话来，怀抱的鸳鸯眼波斯猫掉到了地上，可能是摔疼了，尖叫一声，跳着逃出了屋子。

　　道仔说："别问原因，这趟活儿我做不了了。"

　　盘练闭上眼，扭开头，一副横竖不愿意再见到对方的样子，一会儿，他抬起左胳膊，朝着道仔挥了挥手。

　　道仔歉意地鞠了个躬，转身离去。

　　盘练喘了阵粗气，喊来小马仔，详细盘问。

　　小马仔如实相告。

　　盘练仍然琢磨不透。

小马仔说："不知怎么了，他像病了一样，依靠在墙边上，呕吐却吐不出来。"

盘练蔑视地哼了一声，说："斗牛士良心发现之日，就是死在斗牛场上之时。他不做我这单，以后任何单也别想接了，退休吧。"

道仔到了老管子那里，双手把枪交出，老管子双手接过去，用红布包好。

老管子说："完活了？"

道仔说："没有。"

老管子说："噢？"

道仔说："下不去手。"

老管子说："天意，上天让你到此为止，干净洗手。"

道仔说："是的，我切切实实感觉到了，绝对是天意。"

道仔把五四枪交给了老管子的那一瞬间，身心轻松畅快。

道仔静静地望着老管子。

"再见，老管子。"

老管子说："不留你，一路顺风。"

道仔说："你也保重。"

道仔登上了去云南的火车。

道仔想起马大哥和勇哥，两个人怎么长得那么相像，太像了，走路姿势，眼神，向勇哥开枪，那不就跟向老朋友开枪一样么，比向自己开枪都难，他无法做到。

车厢喇叭播放粤剧，丐儿腔唱着："有人星夜赴考场，有人辞官归故里。"

老管子送走了道仔，给勇哥打电话，通知他沐浴更衣，过来取枪。

十四　父亲之死

瘦推车人骑着自行车，从火车站回南沙，中途歇了五六次，最后一次下车，再没了力气上去。他推着它，晃晃悠悠，好不容易到了他租房子楼前。他锁好车子，一屁股坐在台阶上。

有个邻居跟他打招呼，他回应，可似乎嗓子并没发出声音，眼睛看东西开始模糊，像是整个人沉到了湖底，他对自己说："坚持，再向上游一下子吧！"可是怎么搞的，连划一下手臂的力气都没有了？他浮不出水面，只能憋着气在水底下行走。

他挣扎爬上二楼，到自己家门口，掏出钥匙，打开门，老乡们都打工去了，这样好啊，省得问长问短了，"阎王爷要你的命，有啥子办法呀？"他跌跌撞撞走向自己的床，一头栽了上去。

"还好，回到家了。朋友们，不要怪我呀，给你们添堵了。"瘦推车人说，"再见，儿子，我到那边祈祷保佑你。老婆，我来了。"

　　老乡晚上回来，蔡老哥的尸身早凉了。三个人都是蔡老哥从老家带出来的，烧热水，擦身子，凑份子买寿服，摆了香台供果。瘦子刀过来，送到殡仪馆，第二天火化了事。

　　瘦子刀回想父亲的点点滴滴，既难过伤感，又虚无荒凉，他扑在安丽娜的怀里失声痛哭，自责自己无能，没有钱为父亲治病，重病的父亲，不得不骑着自行车，在火车站南沙村之间奔波。

　　香港教授到了南沙，得知四十二号库盘练并未如期拿回，不免看不起。

　　香港教授翘起兰花指。

　　"盘总，人家的时间很宝贵好不好。人家是专业人士，爱业敬业，不是来白吃饭的，人家只想开工，开工，开工，重要的事情说三遍，可是去哪里开工？朝阳大道上开工？"

　　盘练早知香港教授不男不女，没料到竟如此恶心，若不是不可或缺，真想一脚踢了出去。

　　虽称香港教授，但他并非教授，也非香港人，他原籍江西，在一化工厂做技术员，因阴阳怪气不受工友待见。其实何罪之有？他不过不承认自己是个男的罢了。若不是脑子灵，肯钻研技术，能解决别人解决不了的问题，单位不会用他做技术员。后来还是出了事，他在公园男厕所猥亵一男孩，被扭送派出所，劳动教养一年，出来后丢了工作，开始制作麻醉品，最初是小范围内，渐渐有了名气。多数时间他躲在香港，有合适的活儿了，奔赴现场操作指导，足迹跑遍大陆台湾东南亚。他喜欢香港，钱能按他的兴趣花出去。

盘练说："教授，马上五一节了，你先放松几天，让弟兄们带你四处转转。长假过完，四十二号库正式开工。我保证。"

"希望这回的保证能得到保证，哼。"

五月五号，中午时分，江辉骑着自行车，来到思想家刘成杰家住的楼前，高喊他的名字。

等了好长时间，一位小鼻子小眼睛小个子姑娘从楼门洞走出来。

她问："谁找刘成杰？"

江辉说："我，春语诗社的，你是？"

小姑娘说："你叫江辉吧？我是刘成杰的女朋友。刘成杰让我代替他去朗诵会，他病了，参加不了了。"

江辉说："他怎么了，什么病？"

小姑娘皱起了眉头，说："唉，别提了，还不是让哲学艺术给累的，天天思考，我看着都心疼，这不，病了，头痛，卧床不起了。"

江辉说："我上楼看看他？"

小姑娘说："那倒不用，刚给他吃了两片扑热息痛，睡下了。刘成杰说，'今天，天塌了，都不会比朗诵会重要。'一定要我替他。我叫胡芳芳，叫我芳芳就好。"

江辉说："好吧，芳芳，你怎么走呢？"

芳芳说："刘成杰怎么走，我就怎么走呗。"

说着话她绕到车子这边儿，跳上车座。

到了南沙的潘家祠堂，芳芳下车，掏钱给江辉。

虽然这一块钱已提前打进了开销预算，但是让江辉从一位女士手里拿这一块钱，他还是感到非常不好意思，犹豫再三，最终决定不伸手去接。

芳芳说："歧视女性？不对啊，江辉同学，看好了，不是一块，是两块，一块交通费，一块是我对朗诵会的一点心意。"

江辉更不好意思拿了，他领着芳芳进了祠堂，人群中找到鲁速，引见给芳芳，芳芳把两块钱交给鲁速，鲁速假意推让了两推，第三次果断收下了，介绍些女性诗友跟芳芳认识。这时间点儿他最繁忙，许多人进进出出找他汇报请示，他一会儿点头，一会儿摇头，刚挥手把人派走，又招手叫回来。

小石头乐队占据祠堂空地中心位置调试音响，吸引好些小孩子围观。小石头写了首《南沙村的酱油让我励志无敌》，歌词大意是写一个打工下班回到南沙的青年，做晚饭时没了酱油，从窗子伸手到邻居家摸了瓶，用完又递了回去。小石头沙哑的嗓子唱了个开头，马上得到大家的共鸣，得来一片欢呼，后面是一些抒情性质的排比句，小石头闭着眼，陶醉地唱道："南沙村，你的繁华，你的肮脏，南沙村，我的爱，我的梦想，南沙村，你的酱油，我的希望，南沙村，我的晚餐，你的灯光。"

　　水房里，女诗友洗菜摆果盘；主席台上，坐着乔桥和他请来的两位媒体界的朋友；画家孙猴子，按照鲁速的要求，拿一个大萝卜刻艺术图章，蘸上印泥，铺开来两张奖状，在潘金金和潘六一的名字上面，重重地一按，事情就成了；祠堂大门口，阿英指挥着小卖店的雇工往里面搬啤酒；潘六一和他三表叔潘金金取来赛龙舟表演用舞狮行头，套在身上，耍了一段雄狮震脚和狮宝宝眨眼，博得阵阵掌声和欢笑。

　　江辉左寻右找，没有见到勇哥。五一那天，勇哥请江辉吃了个饭，陈明也在，席间，陈明含蓄劝说勇哥上岸，做点正经生意，江辉表示了同样的态度，勇哥静静地听着，没有说是，也没有说不，吃完了饭分手的时候，江辉邀请他们两位五号参加朗诵会，勇哥答应了，陈明见勇哥答应，跟着也答应了。

　　江辉看到了陈明，走过去，跟他打了个招呼，询问陈明，陈明说勇哥一会儿到。

　　他在祠堂门口东张西望之际，戴着墨镜的安丽娜，开着摩托从巷子那头过来。

　　五月五日，勇哥一早醒来。

　　他后悔当着陈明的面，答应江辉在朗诵会上朗诵诗歌，挥刀打架他不怵，让他在一群大学生面前朗诵诗歌，越想越恐怖。如果不是个言而有信之人，他会爽约不去参加。

　　他开着桑塔纳，去了珠江边上，放倒座椅，摇下车窗，塞进一盘罗大佑。

　　　假如你先生来自鹿港小镇
　　　请问你是否看见我的爹娘
　　　我家就住在妈祖庙的后面
　　　卖着香火的那家小杂货店
　　　……

　　被道仔放了鸽子，又让香港教授，一个不阴不阳的家伙给数落了一顿，盘练属实窝火。

　　他咬牙切齿，从老板椅上站起身，对垂手而立的几个骨干弟兄，下达了必杀令。

　　兵分三路。主力一路，由丑福带队，去勇哥的住处，不留活口。盘练本来想要瘦子刀带队去的，他把瘦子刀叫来，看到瘦子刀瘸着腿，右胳膊吊在胸前，裹着厚厚的纱布，手指头都不露，就失望地打消了念头，安排他在大楼看家。前天晚上，瘦子刀喝醉了酒，从楼梯上摔下，旧伤未愈，又添新伤。

　　第二路去四十二号库周边埋伏，等待命令，看丑福那边情况定动手时间。

　　第三路去豆文涛家小区外伏击。

　　三路弟兄领命离去。

　　盘练坐下，抱着鸳鸯眼波斯猫，闭目养神。

　　最快传回消息的是丑福，他们到勇哥家，破门而入，发现勇哥并未在家，丑福喘着粗气请示盘练，下一步怎么办？

　　"守株待兔。"盘练命令丑福道，然后通知在四十二号库周遭埋伏的弟兄们原地待命，不得轻举妄动，干掉勇哥才是最大目的，切忌打草惊蛇。

　　盘练又给埋伏豆文涛的弟兄打电话，暂时取消行动。可那面的弟兄告诉他，已经做完了。盘练觉得也罢，做了就做了，活该他倒霉。

　　肥婆骂骂咧咧地闯进了盘练的办公室，她抱着大黑猫，进门往地上一丢，叉着腰，气势汹汹奔盘练而去。

　　盘练以为她麻将又输了，便让身旁的一小弟速去取钱过来，好赶快打发她走，谁知肥婆大怒，把钱摔到地上。

　　肥婆说："美元呢？老娘要美元。"

　　盘练昨天刚在陆丰那边收回了一笔美金，肥婆不知怎么知晓了，这些日子她吵吵着要去澳门玩，要多带些美元，盘练推说不凑手，给了她一点儿港币糊弄了事。

　　肥婆说："陆丰那边儿不是送了些过来吗？拿老娘当傻瓜。"

　　盘练拿这位不讲理的姐姐没有办法，只好哄她道："我的亲姐姐，美元给香港教授拿去了进设备材料，真的没剩多少了。"

　　肥婆说："剩多少我拿多少，哼，变态倒是手快。"

　　盘练哭笑不得，打开身后的保险柜，快速取了几张。

　　他说："要从南美进设备，非美金不收，还不都是为了我们的事业？熬过这段时间就春暖花开了，什么美元英镑瑞士法郎，随你点，那个时候，你最好住澳门别回来了，烦。"

肥婆说："别哄老娘。"

盘练说："不信你阿弟？公司得留一点活钱备用，你先拿这几张吧。"

肥婆一把抓过去，装钱进包，一副余怒未消的样子。

她呼唤黑猫，没有回应，满屋寻找，不见踪影。刚才还见它跟鸳鸯眼波斯猫一块儿玩耍了呢，可现在屋里只有鸳鸯眼波斯猫，大黑猫却失踪了，鸳鸯眼波斯猫有重大作案嫌疑。肥婆恶狠狠盯它。它躲到沙发角，做贼心虚般偷偷瞄肥婆，肥婆越发觉得可疑了。

大黑猫是肥婆片刻不离左右的宠物，丢了还了得，盘练发动马仔们找寻，楼内没有，往楼外扩大搜寻范围。

肥婆则一步步朝着鸳鸯眼波斯猫走近了去，绕着它转了一圈又一圈，寻找破绽，鸳鸯眼波斯猫也转着脖子回盯她。突然，她在鸳鸯眼波斯猫的猫爪子上发现了几根黑毛，还用说吗，这一定是从大黑猫身上扯下来的。鸳鸯眼似乎有所察觉，两只爪子快速地擦擦，妄图销毁证据。这怎么能行，说时迟，那时快，肥婆四下里望望，正面墙上挂着一把龙泉宝剑，她冲了过去，按住剑鞘，呛啷啷抽了出来。

鸳鸯眼波斯猫见状不妙，"喵"的一声，跃出了窗外。

姐弟俩都是爱猫如命之人，大黑猫没找到，鸳鸯眼再跑丢了，能行吗？

盘练下令："给我追！"

马仔们呼隆隆下楼。

肥婆跟着追出去。

她寻思鸳鸯眼波斯猫十有八九会去找大黑猫，找到了鸳鸯眼就找到了大黑猫。

十五　捉住那只发情的猫

瘦子刀在盘练大楼一间小房间里玩无声电游，听得盘练离去，耐心等待了一会儿，悄悄起身。

他来到走廊，右手从纱布里伸出来，用事先配好的钥匙，打开了盘练的办公室。

朗诵会的开场戏是小石头乐队的表演，反响热烈。可南沙的观众看完了小石头乐队演出便纷纷退场，朗诵诗歌的时候，剩下基本都是诗社的人了。

正式朗诵开始前一分钟，勇哥到场。

他在掌声中上台，颤巍巍朗读了《热爱生命》，诗读到一半，他感觉自己已置身烈火之中，整首诗读完，人已经燃烧殆尽似的，茫茫然，空空也，这时若有人问他诗是什么，他不会回答，因为他已经说不出话来了，要等他一会儿，等到他恢复正常了，他会毫不犹豫地告诉说："诗，就是热血沸腾。"

陈明被勇哥和现场的气氛感染，站起来用家乡话朗诵了一首古诗《敕勒歌》。

他英俊的长相和清澈爽朗的嗓音，引起同学们交头议论。

诗友们踊跃上场，朗诵朋友的诗，朗诵名家名作，朗诵自己的诗。

美好的下午时光，自结识了诗歌，便从此不同。

最感人的场面是安丽娜朗诵秦凯旋的诗，诗写得好，朗诵者声情并茂，诗作者的状况又牵动人心，小石头乐队在没有彩排的情况下，自动为安丽娜的朗诵配上了音乐，大家心跳如敲鼓，向苍天祈祷，希望秦凯旋早日康复。

有的诗友想起与秦凯旋交往相处的日子，忍不住热泪抛洒，感慨生命的脆弱珍贵，光阴之万万不可虚度。

最后阿英以一首情诗结束上半场。

上半场的结束意味着第二个高潮掀起，这第二个高潮有诗友称为反高潮，用鲁速私下的话讲，"吃是诗的反高潮，不过也许反高潮才是朗诵会真正的高潮。"

鲁速说："朋友们，诗友们，为了诗歌，我们举杯！"

祠堂东边角突起喧哗。

芳芳飞身从墙头上捉下来一只黑色大肥猫，她接过别人递过来的一根绳子，缠来绕去几下子，把猫捆好，往榕树上一挂一拽，吊了起来。

江辉怒不可遏，他看看鲁速，说："不能再吃猫，我们有约定的，老鲁，你得管管。"

几个反对吃猫的同学站在江辉身边。

同意吃猫的人同样很多，他们嘀嘀咕咕表示不满。

"不行。"江辉说，他站起身。"诗人不是野人，我坚决反对吃猫，如果你们非要吃的话，我现在就退出。"

同意吃猫的阵营中有人小声说："退出并不解决问题，你退出我们就不吃了吗？小资假慈悲。"

潘金金和潘六一赞成吃猫。

鲁速倡议举行现场表决。江辉非常不满，他觉得鲁速实际上是支持吃猫的。但他又想，自己若是真走了的话等于是在帮对方的忙，反对吃猫派中会少了一票的。他决定不离开，跟吃猫派斗争到底。

鲁速说："朋友们，诗友们，请静一静，咱们投票解决，少数服从多数。如果不同意吃猫的人多，就放生；如果要求吃猫的人占多数，就吃猫。不过，真到了吃猫的时候，刚才投反对票的同学想吃的话，也可以吃。怎么样，这样公道吧？"

吃猫派哄道："我说他们虚伪吧，又不想杀生，又想吃。"

江辉说："乱栽赃，才不会动一口呢，想想都寒心。"

鲁速说："朋友们注意了，马上开始站队。"他抬起两臂，指向左右两边。"同意吃猫的人站在外边，大门口这边，反对的坐在原地不动。咱可说好了，哪边儿人多，听哪边儿的，按哪边儿的结果处理，无论出现哪种结果，另一方只能在心里遗憾，不得再提出异议，不然就会陷入永无结果的争论当中，这对一个组织而言，有害无益。"

有人问："如果票数一样呢？"

江辉替鲁速回答:"票数一样,就不能吃,得放,票数一样放生。"

鲁速点头同意。

吃猫派中有人说:"好吧,不妨让出一票,看这畜生的造化了。"

鲁速说:"那好,就这么定了,票数一样得放生。来吧,朋友们,同学们,开始!"

人们纷纷站队,有的二话不说就起身站了过去,有的看看别人站过去,才犹豫着跟着站了过去,有的站起身,寻思寻思,终究不忍,又坐了下来。

黑猫吊在那边树上,在微风中打秋千一样轻轻晃动。

结果出来了,赞成吃猫的比反对的多了一票。

江辉望着鲁速,只有他还没有站队。

鲁速看看江辉。

他坐了下来,站在了反对吃猫者的一边。

"放生!"江辉说。话音未落,大门被从外面撞开,进来七八个人,站在了赞成者一边。

吃猫派环顾左右,哈哈大笑起来,当中有人说:"乌拉,我们绝对优势获胜。"

鲁速看闯入者们来者不善,上前一步,客气地询问:"你好,你们,有何贵干?"

"贵你个头,给老娘滚开。"

那伙人为首的是盘肥婆,旁边是盘练,跟着六个身高马大的马仔,一路追赶鸳鸯眼波斯猫,追到了祠堂。

芳芳看见有一只猫从狗洞钻进来，本能地伸脚一踩，没有踩到，那正是鸳鸯眼波斯猫，它一扭身，钻到桌子底下，三转两转，没影了。

盘练大呼："关大门！"

潘六一赶快上前跟盘练打招呼，盘练哼了一声，似搭理没搭理的。

肥婆眼尖，看到了吊在树上的心肝宝贝，一声尖叫："谁干的？"

她扑了过去，把黑猫放下来，抱在怀中，哄孩子一样晃动着。黑猫不知是吓得还是怎么的，傻了一样一动不动躺在肥婆怀中，不翻身不动，只会眨巴眼。

肥婆叫道："封锁大门，追查凶手，扑街王八蛋，今天不把凶手交出来，谁也别想出去。"

诗人乔桥本心不赞成吃猫，但看到他请来的两位媒体老师站到吃猫一边，就跟着站了过去。吊猫的树旁，两位赞同吃猫的女诗人在小声猜测黑猫的性别，到底是雄是雌，公还是母。乔桥告诉她们这是只公猫，并热情地用手轻拨猫的两腿之间的绒毛，教她们如何辨别猫的性别，乔桥说："瞧，公的，正发情呢。"这一幕正好让肥婆进来时看到，她抽泣着，把怀中黑猫放到地上，扯住乔桥，猛抽耳光。

两个马仔上前，用捆猫的绳子反背捆住乔桥两手拇指，吊在了树上。鲁速江辉他们阻拦，马仔们抽出砍刀吓退。

潘六一见状不妙，给潘金金使个眼色，叔侄俩悄悄从侧门暂别了。

盘练喊："封锁所有的门，堵上狗洞。"

鲁速说："朋友，是不是误会了。我们是暨大的学生，我们来诗歌朗诵来了。"

媒体的两位老师掏出记者证给肥婆。

肥婆直接扔地上了。

肥婆说："狗屁诗歌，狗屁记者，你们他妈的先问问你们自己是不是人？虐待我的宝贝儿，我什么时候舍得动过它一指头啊。"

鲁速说："我们这不没吃它吗？我们正在投票，最后良知战胜了贪欲，决定不吃，把它放掉。再说了，我们不知是您的猫。"

肥婆说："什么？你们还要吃它？你们要杀死我的宝贝，吃了它，我没听错吧，气死老娘了。"

吊绑在树上的乔桥说："我抗议，你们这是触犯法律，懂吗？"

盘练走过去，抓下乔桥戴的帽子，揉了揉塞进了他的嘴里。

盘练看了看两位媒体的老师，告诉把守大门的马仔道："把门打开，让识时务者先行一步。"他提高嗓门。"无罪者可以离开。"

两位媒体老师"嗖"地窜出了大门。几位女同学也拉着手跑了出去。陆陆续续，朋友们和同学们相继离去。

鲁速见有几位关系较近的同学还在犹豫，摆手他们赶紧走。

阿英对他们说："没事的，误会很快就会解除，同学们先回去吧。"

诗友们纷纷撤离。芳芳跟乔桥歉意地摆摆手，跟着走了。

阿英对盘练说："盘总，您一定还记得我吧。我是做广告的阿英，今天我们在这里开诗歌朗诵会。我看您是误会了，乔桥他没有捉你的猫，捉你猫的人已经离开了。"

盘练说："做广告的朋友，诗人，朗诵会不邀请我？不怪你。我的条子好像没起作用，面子不够大呀。可是你明明知道捉猫的人跑了，不拦住，不报告，也不对。"

阿英说："盘总海量，不会计较。"

肥婆说："跑了？给我抓回来。"

诗友走得差不多了，只剩下乔桥、鲁速、江辉、阿英、陈明，以及跟陈明坐在一起的一位青年，那青年背对着大门，仍在喝酒。

盘练挨个看看，包括对阿英，均一扫而过，他朝着背对着的那人走过去，那人才是他的兴趣所在。其实进门不久，他就注意到那人在用大哥大打电话，再一看，吓了一跳，赶快装作什么都没有发生。他悄悄命令马仔速速喊人增援，同时做好随机应变，等看清了对方竟然等于是孤身一人，怀疑过后，不免狂喜，甚至有了些许同情。

马仔呼叫丑福，让他带人火速前来潘家祠堂，四十二号库外的弟兄却没有联系上。

原来四十二号库的那些弟兄，埋伏到中午时分，看到阿力从库房出来去吃午饭，按捺不住冲出去砍杀。阿力非常机警，掏出五连发打翻了他们两个，自己也被砍伤，退进了库房。盘练的人多，一不做二不休追杀进去。阿力的一个小弟逃了出去。他先去找豆文涛，发现豆文涛已经出了事，给勇哥打电话，把豆文涛阿力被砍的情况告诉了勇哥，豆文涛确认已经死了，阿力也性命难保。

勇哥听完了电话，一动不动坐在那里。

盘练来到勇哥的桌旁，拖了个板凳，坐了下来。

盘练说："勇哥。"

勇哥没有说话，神色凝重。

盘练说："我以为你会在家，或者四十二号库，怎么也不会想到会在这里。真应了那句老话，踏破铁鞋无觅处，得来全不费工夫。可能你也没有想到我会来这里吧？"

勇哥说："是的。得来全不费工夫。"

盘练哈哈大笑，说："那你看咱们在哪儿办？"

勇哥说："你挑。"

盘练说："反正不能在这里。"他抬头四下里看了看。"可不能惊着了人家的祖宗。"

勇哥说："对，我不能对不起潘家的朋友。咱们出去，另找个地儿。"

陈明说："勇哥，你哪儿也别去。"

盘练看了看陈明，仿佛刚刚才看到他似的。

他问："他是？"

勇哥说："来南沙做生意的朋友，跟我们的事儿没有关系，让他们走。"他转向陈明。"你带着江辉他们一块儿离开，我跟盘总有点事儿要处理。"

江辉说："你不走我不走，我要跟你在一起。"

陈明说："盘总，久闻大名，我叫陈明，来南沙做生意，有机会定将登门拜访，向盘总请教。天下没有化不开的结，今天给兄弟个面子，让勇哥跟我们先走，回头我做东，专请盘总。"

盘练说："呵呵，敞亮人，我喜欢，可是我跟勇哥之间不像你想的那么简单，说实话，即使我答应了你，勇哥也不会答应，是不是，勇哥？"

勇哥说："没错，我不答应。"

陈明对勇哥说："他们走，让我留下来陪你。"

盘练说："瞧瞧，我好羡慕，有这么多朋友不避危险陪你。我跟你比就差远了。"他环顾了一下他的马仔。"他们不走，是因为我给他们开薪水。"

盘练离开勇哥和陈明，来到树前，问乔桥："我有些嫉妒，勇哥给你开薪水吧？"

乔桥摇头。

盘练把乔桥嘴里的帽子拿下来扔到地上。

乔桥说："请放我下来。"

盘练夸张地"噢"了声，才看到他被绑着一样，对马仔做了手势，说："放下来。"

肥婆说："不行，他虐待并污辱我的大黑。"

盘练安慰肥婆道："算了，你把他绑起来，吊在树上，不也算虐待污辱了他吗，冤冤相报何时了，得饶人处且饶人。让他们都去吧，我好腾出时间跟勇哥办我们的正事儿。"

"呸。"肥婆朝乔桥脸上吐了口唾沫，抱着大黑猫先离开了。

盘练摊开双手，对他的马仔说："你们看，勇哥不给他们开薪水。"

勇哥说："你也快不用给别人开薪水了。"

盘练说："不，不，我如果不给他们开薪水，他们一天也不会跟我，更别说危难之时挺身而出、同甘苦共患难，我想都不敢想。勇哥，其实我挺嫉妒你的。"

陈明说："盘总，我们找个喝茶的地方，慢慢商量。"

盘练哈哈大笑，摇摇头说："你们不了解我不奇怪，可你们也一点不了解勇哥。"

江辉站上前，对盘练说："勇哥如果出了什么事，你得负全责，我就是证人。"

盘练被难住了似的，喃喃道："你是？"

江辉说："我是暨大的，我叫江辉。"

盘练说："江辉，好记的名字，我能记住。"

勇哥微笑着朝江辉伸出手掌，意思是不必再跟这家伙啰唆。

他对盘练说："时间宝贵，我给你个建议，多对你的马仔们交代点有用话吧。"

盘练左右转头，对马仔说："勇哥惦记着你们呢，让我跟你们说点有用的，我想想，什么有用呢？想起来了，好像我今天早上对你们说过了。我虽然话多，但并不爱重复。"

勇哥站起身，说："别耽误工夫，我们出去。"

盘练看了看江辉陈明，说："对，你们不走，我们走。"

江辉说："勇哥，别跟他们去。"

陈明说："对，我们不去。"

勇哥对陈明说："照顾好江辉。"

勇哥在前，盘练和众马仔跟着，离开了潘家祠堂，断后的两个马仔用砍刀拦住江辉陈明。

等勇哥盘练走远了，马仔们收起刀，追赶他们去了。陈明掏出大哥大，报了110。

只听一声特别的响声，接着又是一声，又一声。

大家惊骇。

陈明说："枪声，开枪了。"

阿英看看鲁速。

江辉拔腿往外冲。

祠堂大门外突然出现一队全副武装的特警，一个掩护，一个突击，标准的战斗动作，冲祠堂而来，江辉首先被他们扑倒。

"不许动！都不许动！"

陈明鲁速乔桥统统被摔倒，铐了起来。

鲁速喊："警察同志，误会了，罪犯在那边。"

江辉拼命挣脱出来，跑出了祠堂。

十六　螳螂捕蝉

瘦子刀打开盘练办公室门，发现有人撬开了保险柜。

竟然是猪头朱。原来他也惦记上了盘练从陆丰收回来的这笔美金。

猪头朱打开了保险柜，把里面的美元装进了挎包，刚要往身上背，忽觉脑后一凉。

"别动，动就崩了你！"

猪头朱吓尿了裤子。

身后那人把挎包抽过去，背到了自己身上，从包里取出一捆，扔给了猪头朱。

"数完五十个数，你再回头。"

猪头朱听出不是盘练，喜出望外，原来是位同道，还留点汤让他也喝，赶忙表态道："大英雄，大好汉，我闭着眼睛不看你，你快走吧，盘练他们马上就会回来。你走远了，我再逃。一，二，三……"

数到三十，猪头朱撒腿就跑，刚出了办公室门，听得有脚步声从一楼上来，那是肥婆和她的保镖从祠堂抱着大黑猫回来了。猪头朱赶快往楼顶上跑，找个地方躲藏，还没到楼顶，只听得肥婆大喊大叫，以及"不许动，警察！"的喊声，好像她的保镖在做抵抗，但很快被制服，一会儿，连肥婆在内均无声无息了。猪头朱觉得不对头，爬到楼顶，找了个堆放着杂物的夹缝，用块塑料布套在头上，藏了进去。

勇哥琢磨如何把盘练一枪毙命。

他出了祠堂，大踏步走向小巷，哪里人少他往哪里走，这正合盘练的心思，在后面紧跟。到了小巷深处，盘练前后瞧瞧，放慢了脚步，他的手下，一个外号叫光头金的掏出枪，其他人拔出长短刀，盘练拔出了手枪，对着勇哥的后背扣动了扳机。

子弹擦着勇哥的耳朵发过，勇哥从腋下掏出五四，转身，本来这第一枪是给盘练的，看到盘连身旁的马仔举枪要打他，枪管一拨，先把马仔打倒了。躲在马仔后面开枪的盘练慌乱中开了第二枪，仍然没有打中，与此同时勇哥的枪口拨向了盘练，一枪正中眉心，盘练倒地身亡，群龙无首，剩下的马仔阵脚大乱，掉头朝后跑，可是一队持枪武警正朝这边冲过来，逼得他们又折身往勇哥这边跑，勇哥转身，发现前方同样出现了武警的身影。勇哥闪身进了楼洞，往楼上跑。

勇哥上了楼顶，两名武警追到了楼顶。

勇哥从这个楼，跳到另一座楼，抓着防盗栏，爬到了一处较矮的楼顶，终于甩掉了追踪，找个地方藏好了手枪，下到了一条街上。

勇哥不明白武警为什么出现？冲着他来的吗，还是冲着盘练来的？

前边有一个瘦子背着挎包，慌慌张张地赶路。

他本能一摸腋下。

那人一扭头，也看到了他。

勇哥二话不说，朝着那人扑了上去。

那人掏出枪，制止了勇哥。

"大路朝天，各走一边。今天没时间跟你纠缠。"

勇哥说："瘦子刀，有能耐你把枪放下，你不是一直不服我吗？今天咱们好好干一场。"

瘦子刀说："你比我勇猛，可以了吧？"

勇哥说："阿力和豆文涛的命怎么算？"

瘦子刀说："他俩跟我一毛钱关系没有，我没有参与。我要赶路，让开！"

勇哥向前逼近。瘦子刀后退半步。

"别逼我！"瘦子刀说。

这时，陈伯匆匆忙忙经过，看到阿勇，失色道："出大事了，盘练那边有个变态把小妹儿绑架到楼顶层，武警包围了大楼，不让我们靠前。那个变态身上有炸弹呢，怎么办，珠珠都吓昏过去了。"

瘦子刀收起枪，准备离开。

陈伯不知是病急乱投医渴望帮助，还是怕他拦着勇哥不放，愤愤不平地对瘦子刀说："为人不能忘恩负义，你的命就是小妹儿救的呢。"

瘦子刀停住，望着陈伯。

陈伯说："摩托车摔的那次，不是珠珠和小妹儿喊人，谁会管你？"

勇哥说："陈伯，小妹儿在哪处楼顶，快带我去！"

陈伯说："在我那个楼顶。"

　　陈伯和阿勇刚要动身，瘦子刀对勇哥发话："我刚从那里逃出来的，楼前楼后楼里全是警察，附近楼的楼顶都布了警，武警有大行动，可能是扫毒打黑，你去，飞蛾扑火，不但救不了人，自己也得搭上。"

　　陈伯说："啊，那可怎么办？"

　　勇哥安慰陈伯："去了再说，到现场看看。"

　　瘦子刀对陈伯说："交给警察，警察会先救人质的。"

　　陈伯说："我担心那个变态，他身上绑着炸药，手上拿着刀子，喊话给他辆车，放他去香港。我担心他狗急跳墙。"

　　瘦子刀说："有条电缆暗沟通到大楼的地下室，我刚才就是从那里爬出来的。这样，我领着勇哥从那里进大楼救小妹儿，你到楼下见机行事。时间紧迫，我还要赶路呢，勇哥跟我来。"

　　瘦子刀叼着手电筒在前，下了电缆沟，他把身上的背包摘下来，找了个旮旯藏好。

　　勇哥跟着瘦子刀爬进了盘练大楼。他俩发现一楼布有武警，没有走楼梯，沿着电缆通道继续往上爬，到了六层，听听没有动静，悄悄出来，找到个隐蔽的角度，掰开防护栏杆，准备爬上楼顶。勇哥在前，正要往外探身，瘦子刀拉住，把枪交给了他。

　　瘦子刀说："小心。香港教授不但有炸药，还有枪。"

　　勇哥接过枪，说："咱们的恩怨了了，你可以撤了。"说罢翻上楼顶。勇哥找个垛子，藏了起来。

瘦子刀跟着爬了上来，来到勇哥身旁。

勇哥惊奇。

瘦子刀小声说："我心疼这把家伙，用完了还我。"

勇哥伏着身子，用手朝另一边指了指。

瘦子刀观察。

前方垛子后面，传来小孩子哭声和香港教授自言自语的咒骂声。

勇哥觉得事不宜迟，再等下去的话，说不定就会出现想不到的恶劣后果。

他告诉瘦子刀，他先上，瘦子刀接应，万一他被打中，请瘦子刀接着完成。

瘦子刀点头。

勇哥正准备出击，旁边的杂物堆从中分开，一个活人头顶着塑料布显露了出来。

勇哥把枪口指向那人。那人朝着勇哥直摆手。

勇哥这才看清楚是谁。

"你怎么在这里？"勇哥说。

猪头朱扯下套在头上的塑料布，说："千万不能过去，香港教授布了炸弹，你没见那些细线，碰上会爆炸。"

勇哥和瘦子刀仔细观看，发现阳光下有一条钢丝线在风中微微抖动。

瘦子刀说："注意，那边楼顶有警察，小心把我们当教授打了。"

勇哥问猪头朱："拉了几圈线？"

猪头朱说："我只看见这一圈。"

勇哥对猪头朱说："你顺着这里下到楼里面，在窗边等着，我们救了小妹儿，交给你。你好生接住了。"

猪头朱说："没问题，放心吧，我总得做点好事儿。"

"哥。"勇哥拉住猪头朱。

猪头朱吓了一哆嗦。

勇哥郑重道："你可一定要等着，不能离开。"

猪头朱说："一定的，别人不救，小妹儿一定要救。我也不想再东奔西躲了，救了小妹儿，我下楼自首，争取宽大处理。"

瘦子刀说："要不你等等我，我带着你一块儿跑。"

猪头朱说："累了，不想再跑了。"他掏出一叠美钞，交给瘦子刀。"够朋友就替我存起来，等我判个三年五年出来，有个本，心里不慌。"

瘦子刀接过去，说："放心，你好好干，救了小妹儿，只会多不会少。来吧，伸手。"

勇哥和瘦子刀抓住猪头朱的双手，把他顺进楼里。猪头朱又重又笨，费了他俩好多力气。

勇哥回到垛子后面，深吸两口气，定了定心神，脑海中闪过"兵贵神速"，一跃而出。

街巷里武警布防严密。

一个穿便装的高个子警察站在空地上，用广播话筒在跟楼顶的绑架者对话，他一遍遍重申，只要不伤害孩子，将安排一辆加满油的桑塔纳，让他离开。

外围站满南沙的群众。鲁速、乔桥、阿英、陈明跟警察解除了误会，一块儿赶了过来。阿娇在一旁陪伴着珠珠。

珠珠躺在担架上，救护车的医生给她打点滴。乔桥刚刚知道女儿被劫为人质，急得恨不得自己去死。陈伯劝他，要相信警察相信政府。

江辉感觉高个子指挥员非常眼熟。

为避免误伤，陈伯跟着江辉，把勇哥已上楼顶解救小妹儿告知了手持话筒的便衣指挥。

原来便衣是缉毒侦查员，针对盘练贩毒团伙展开打击行动的首要功臣，江辉刘勇来南沙的第一天，在中巴车上遇到的、热心而和气的当地哥。

江辉认出了他，隔着封锁线喊："刘若宜，刘若宜大哥，我们有紧急情况报告！"

因为当初印象深刻，江辉记着这名字没忘。

刘若宜示意放江辉和陈伯过来，领他们到总指挥部。

领导听取了陈伯的报告，权衡利弊，决定观察配合，在楼上营救者采取行动之前，不断用喊话分散绑架者的注意力，同时做好随时突击以及后续工作准备，一切以孩子的安全为中心。

楼顶突发情况。

枪声，孩子的哭声，高声唱歌声。

勇哥抱着一个人，从楼顶上跳了下来。

勇哥从垛子后面闪出，跨过钢丝，冲向了香港教授，因为担心伤及小妹儿，稍一犹豫，香港教授开枪，打中了勇哥的腹部和手腕，枪掉了，但是勇哥没有停步，继续前冲，扑掉香港教授的手枪，把他按到楼边缘的挡墙处，瘦子刀跟着冲过来，抢起小妹儿，抱着她跳过钢丝拉索，拼命往回跑，到窗子处，喊猪头朱。

"猪头朱！"

"在呐！"

一双手伸了出来。瘦子刀把小妹儿递下去，然后返身去帮勇哥。

这时候，香港教授拉开了身上炸药的导火索，哧哧冒烟，勇哥抱紧他上了挡墙。勇哥腹部的鲜血淌到了地上。

香港教授紧搂着勇哥的脖子，像一个女人不放手她的挚爱情人。

勇哥往前助跑。

香港教授伏在勇哥的肩头，没有任何抵抗，眼望瘦子刀，唱道："天地悠悠过客匆匆潮起又潮落，恩恩怨怨生死白头几人能看透。"

勇哥抱着香港教授，纵身一跃，跳了下去。

"红尘啊滚滚痴痴啊情深……"

江辉在楼下看得清楚，勇哥奋力朝着另一处较矮的一座楼的楼顶跳去，这样可以尽量不伤及无辜。

一声爆炸。

"勇哥！"

江辉跪倒在地。

盘练大楼顶层响起了连环爆炸。

珠珠晕了过去，乔桥扑在陈伯的怀里，陈伯一面抚慰乔桥，一面扭头察看珠珠。阿娇把珠珠的手捧到自己脸上。

"冲！"刘若宜冲进大楼。

小妹儿安全得救，回到珠珠和陈伯身旁。

乔桥喜极而泣，拥抱亲吻女儿，然后掩面离去。

猪头朱解救人质有功，争取宽大。

盘肥婆被押着经过陈伯跟前。

陈伯大声对她说："进去好好改造。"

盘肥婆瞅瞅陈伯和珠珠："呸！"被武警摁着头押走。

阿英阿娇挽手相依。

鲁速陈明潘六一，陪伴江辉身边。

传闻瘦子刀在楼顶爆炸中身亡，尸首无存。

不过当天有人看到，从电缆沟爬出来一个黑脸瘦子，背着挎包，被一个戴墨镜的姑娘开摩托车接走了。

后 记

"我总要在这一生里，写那么薄薄的一本小说出来才好。这是我的努力方针。"

孙犁先生轻声一语，道出了短篇写作的高度和难度。

于我而言，首先它难在语言文字，恰当、生动、形成风格又不画地为牢。

第二，结构形式朴实无华，做不到朴实无华，就须别开生面。

第三，找到属于自己的主题立意。善于问为什么？怎么办？真诚提问并勇敢接受答案。

以上任何一条实践起来都相当困难，更何况即使条条周全，仍难确保作品出色，还不能少了那，能够触动作者情感的神来之笔。

二〇一四年八月的一个晚上，石槽海边儿，惘闻乐队大连首场演出，我当即震撼，只觉得那乐曲来自于神，或者说伴着乐队演奏，那不可见的神，穿越舞台上空的黑暗，以雷霆万钧之势降临人间。

灵感和激情可遇不可求，只有老老实实地写。

百无禁忌地写。